朴さんと吉田さん

佐々木想
sasaki omoi
著

言視舎

主要人物表

広沢長彦（ヒロサワ ナガヒコ） 日本国籍の男性。

広沢綾子（ヒロサワ　アヤコ） 日本国籍の女性。広沢長彦の配偶者。

広沢栄治（ヒロサワ エイジ） 綾子と長彦の息子。

田中昭一（タナカ　ショウイチ） 経済産業省の官僚。


吉田ユニス（ヨシダ ユニス） 神奈川県出身。両親はアフリカ出身で日本で難民申請中に病没。

吉田智子（ヨシダ トモコ） ユニスの娘。小学生。

朴英子（パク エイコ） 神奈川県出身。韓国籍。ユニスと智子の一つ上の階に住む親子の庇護者。私塾で幼少期のユニスを教えた。


朴光雄（パク クァンウンまたはミツオ） 神奈川県出身。両親と共に帰還船で北へ。10年前に脱北。韓国籍。

朴智英（パク　ジヨン） 両江道（リャンガンド）出身。李恵英（イ・ヘヨン）と朴光雄の娘。10年前に脱北。韓国籍。

李倉洞（イ　チャンドン） 仁川広域市出身。学生時代に朴智英と知り合った。

布施辰子（フセ　タツコ）
神奈川県出身。母親はフィリピン出身。父親は日本国籍。吉田ユニスの小学生・中学生時代の同級生。弁護士。

木崎葉子（キザキ　ヨウコ）
小学生で吉田智子の同級生。

木崎洋一（キザキ　ヨウイチ）
木崎葉子の父。元出版社勤務。

尹青海（ユン　チョンヘ）
平安南道（ピョンアンナムド）平壌市出身。ハナウォンで朴光雄と知り合った。

洪秀全（ホン　スジョン）
私服警官。

陸冠見（ユク　ギャンギョン）
新進の作家。

1　広沢さん（1）

広沢長彦は一人船室にいた。

右手の親指を左手指でゆっくりと何度も何度も揉みほぐしながら、広い船室をカーテンで区切った空間に1脚だけ置かれた椅子に座っていた。船室の壁からエンジン音が伝わってくるが、自分の肉体とは関係のない遠い世界の音のように感じられる。

長彦は若い頃、漁船に乗ったことがあった。アメリカへ留学したいと思いながら父親に学費の援助を言い出せなかった彼は、当時使い始めたばかりのインターネットで見た船員募集に応募して東北地方の港へ行った。そして港に着いてすぐに後悔した。遠洋漁業だと思っていた船は、実際は7日程度で港に帰ってくる近海漁船で、乗船中は生活費がかからないものの、給料は陸の仕事をするのと変わらなかった。また船頭と機関長の兄弟は、お金を目的とした期間漁師ではなく、長くその道を行く若い漁師を育てようと考えていた。長彦は事情を話してすぐに帰ろうとも考えたが、何人もの応募者から自分が選ばれたと聞き、船に乗った。自分から発心して何かを始めるが、流されてどこか別の場所にたどり着いてしまうのは彼にはよくあることだった。

最初の7日間の航海は毎日嘔吐を続けた。だが港に帰る頃には食欲が出てきて、甲板の端に据えられたトイレにも慣れた。仕事はおぼつかなかったが慣れない仕事はこんなものだろうと本人も周囲も考えた。一旦彼は周囲の漁師たちに受け入れられたと言えた。ところが次の航海で若い漁師志望の青年が新たに入って来た。以前水商売をしていたという青年は広沢よりもはるかに仕事の手際が良く他の漁師達と関係を築くのも早かった。

劣等感にさいなまれた広沢は船から去った。留学資金は当然貯まらず、彼はそれから工場や建設現場を転々とするが、留学することもなく40代を迎え、機関長が言った「お前は恰好ばっかりだな」という言葉だけが残った。

今、広沢が乗る船は20トンの延縄漁船ではない。海上保安庁の巡視船である。船長はじめ保安官たちは敬礼で彼を出迎えた。広沢は彼らの目の中にあの時の漁師たちの自分を侮蔑する色はないか探したが、さしあたり見つからなかった。

広沢はスーツを脱ぎ、壁にかけてある赤いジャケットと白いスラックスに着替えた。赤い。こんなに赤い服を着るのは小学校の体育の帽子以来である。そしてスラックスの白さは体操服をはるかに超える。

船室を仕切っているカーテンを開け、田中昭一が入ってきた。

「いよいよですね。似合うじゃないですか」

そうだろうか?と広沢は思ったが口には出さず、「大丈夫です」と答えた。

「船酔いも大丈夫そうですね」

「ええ、薬をいただいたので」

田中は経済産業省のキャリア官僚で、今回のプロジェクトの担当者。灘高校から東大を経て入省、現在はグローバルクリエイティブ課に在籍している。今回のプロジェクトに抜擢され昼夜問わずこのプロジェクトに身を捧げてきた。田中は、

「それでは首相のお言葉がありますので」

と言うと丸っこい腕でカーテンを開けて合図した。合図を受けてカメラを担いだ男と長いマイクを持った男達が入ってくる。男たちが撮影の準備を手早く済ませる間、田中はモニタをつけた。やがて画面に首相の浅田が現れた。首相執務室とみられる部屋から日の丸を脇に従え広沢に話しかけた。

「広沢長彦さん。今日は待ちに待った日ですね。今日は私たち日本人の代表として正々堂々と戦ってきてください。そして平和の祭典を思う存分味わってきてください」

広沢は黙って聞いていた。田中が広沢を見る。広沢はそれに気づいて、

「日本の代表として、そして平和と親善の使者として正々堂々と戦います」

と述べた。狭い船室にカメラを構えた人々がひしめき息をひそめている。

モニタには首相に代わり体育館と日の丸の手旗を持って集まっている人々が映し出された。リポーターがここが広沢の故郷の町の中学校の体育館であることを全国の人々に説明する。人々が旗を振っているのを広沢は画面越しに見ていた。リポーターが一人の中年女性にマイクを向けた。

「広沢さんとは中学校で同級生だったそうですが、広沢さんはどんな生徒でしたか」

「広沢君は高校で進学校に行ってしまったんですけど、中学の時は結構頭が良い人でした」

「リーダーみたいな？」

「そうですね」

「広沢さんに何か声をかけるとしたらどんなことを？」

「町にも活気が出るので今回は頑張ってもらいたいと思います。戦勝パレードも予定されてるらしいので」

広沢は黙ってモニタを見ていた。船室内のカメラマンたちは息をこらしてじっと広沢を狙っている。リポーターは椅子に座っている男性に声をかけた。広沢はモニタ越しに久しぶりに父親を見た。しばらく会わないうちに7割程度小さくなった父親は、平和の祭典の意義と祭典を開催にこぎつけた首相をボソボソと称えた。近くにいる老婦人が割って入った。

「この人は奥さん早くに亡くして苦労したから」

周囲の人々もそれに賛同する。リポーターは首相のノーベル平和賞受賞の可能性に触れ、中継を終えた。画面は切り替わり海を行く巡視艇が映し出される。

田中は画面が切り替わるのを見て、船室にひしめき合っているカメラマンらに部屋の外に出るよう告げた。カメラマン達が出ていくのを境に、広沢は手指をもみほぐし始める。田中はそれを見て言った。

「手順は大丈夫ですね」

広沢は手指のストレッチを続けながら頷いた。

甲板に出たカメラマン達は近づいてくる島影を撮影し始めた。小さな島が次第に近づいてくる。

やがて船が接岸した。下船する人たちの気配が広沢の船室にも届く。田中が入ってきた。

「そろそろ時間です。準備はいいですか。お手洗いとか」

「もう一度いいですか。手順を」

と広沢は聞いた。田中は右手を差し出した。広沢も右手を差し出しお互いの人差し指から小指までお互いの人差し指から小指までを握り合った。親指を大きく動かしながら田中が言った。

「開始と同時にあちら側が抑え込みに来ます」

広沢の右親指がそれをかわす。

「それを右にかわして抑え込む」

広沢が田中の肉厚の親指を抑え込む。

「もう一度」

田中に促され動きをもう一度繰り返す。

「これで本当にいいんですね？」

広沢は聞いた。田中が答える。

「これでいいです。大丈夫です」

広沢はもう一度聞いた。

「この動きでいいんですね？」

田中はうなずいた。浅田首相を支える経産省の官僚たちは首相にノーベル賞を取らせることが目的ではなかった。サムレスリングの代表選手に試合をさせて、その勝者の国に係争中の領土の帰属を認める。この荒唐無稽にも思われる試合を平和の祭典の名の下に開催することを、首相に進言したのは経産省の官僚たちだった。本当にうまくいくのかといぶかる首相を、ロシア側に莫大なお金と引き換えに根回しして必ず勝つからと説得した。北方領土問題を領土を取り返す形で解決したら首相の名は永遠に残る。首相は賭けに出た。経産省はロシアから一本釘を刺されていた。ロシア政府としてもわざと負けたことを国民に悟られる訳にはいかない。芝居は上手くなければならないと。選手選びはスーパーコンピューター「件《くだん》」が行なった。これは文部科学省を飛び越え経産省が秘密裡に開発させたスーパーなコンピューターで、アメリカから一部を輸入後、千葉山中の農場で研究開発された異色のコンピューターだった。そして、この「件」に選ばれたのが広沢だった。

広沢が田中について船室を出て甲板を歩き、タラップを降りてきた。広沢のブレザーは日の光の中ではさらに赤く、スラックスの白はさらにまぶしかった。頭には番傘のようなものを被った。これは前年開催された東京オリンピックで、各国からの観光客を通じて全世界に広まった帽子で、「カサボーシ」と世界中で呼ばれている。2度目のオリンピックは過去最大の観光客を全世界から集め成功裡に終わっていた。待ち構えていたカメラマンたちが一斉にその姿を捉える。田中は島で待っていた外務省職員の出迎えを受け、彼らは田中と広沢を広場へ案内した。警備スタッフと報道関係者以外は誰も見当たらない。

「ここには人は住んでいないんですか」

広沢の問いかけに職員は短く「はい」とだけ答えた。

港からすぐの広場に大きな看板が立っていた。そこには『平和の祭典・サムレスリング大会』と日本語とロシア語で大書してある。広場の端までたどり着いた広沢は広場の真ん中で待っているロシア人たちを見た。外務省職員は広沢を広場の真ん中へと誘う。広場の真ん中に丸いテーブルが一つ。広沢はコンクリで急ぎ造られたと見える広場を真っすぐテーブルまで歩き出た。外務省職員はロシア外務省職員と握手。続いて広沢がロシア代表選手と向かい合った。ロシア選手は恰幅がよく、青、赤、白の3色が用いられたブレザーを着用していた。

両国の外務省職員が開会を宣言し、選手の2人はそれぞれの右手を差し出した。広沢はロシア選手の大きな右手を自身の四本指で握った。相手の顔を見る気にはならなかったが、恐れを悟られたくないがためにさっと見た。彼は広沢を見てはいなかった。安心して視線を落とす。彼はどのようにして選ばれた人なのだろうか。負けて国に帰ると彼はどのような処遇を受けるのか。もとより広沢にはそれを慮る余裕はなかった。両国がギリシャから招いたという中立の立場の審判の男性が2人に日本語とロシア語でルールの説明を手短かにする。広沢は大学で第二外国語にロシア語を選んだが、ロシア語の説明はほとんど聞き取れなかった。審判は大きく手を上げた。その手が降りたら競技開始である。頭上にはヘリコプターが旋回し、広場の周りは両国の報道カメラマンで埋め尽くされていた。田中も広場の端に立っている。

審判が手を下した。開始したら相手選手が抑え込みに来るから、それを右にかわしてかわした後すぐ左にずらして抑え込む、はずだった。ところが相手選手は右にずらした広沢の指を躊躇なく抑え込んだ。副審2人がロシア語と日本語で数を数え始める。

『アラース』というロシア語を聞きながら広沢は考えた。この言葉は昔習った。カウントの始まりだ。あまりにも早く勝負がついてしまったらロシア選手は祖国で何を言われるかわからない。だから疑われないようにわざと最初に抑え込んで勝負を長引かせているのではないか。だが広沢を抑え込んだ指はいつまでもその抑え込みを解かない。もとより凄い力で、はねのけられるものではない。カウントは進む。広沢ははねのけようと力をこめる。だがどうしても広沢を抑え込んでいる指から逃れることができない。静まり返った広場で『ピャーチ、シェースチ、セーミ』とカウントは進む。そして副審はジェーシャチと叫んだ。少し遅れただろうか日本人の副審が『10』と言った。

ロシア代表選手は喜びを爆発させた。広沢はその様を立って見ていた。

広沢はどのように東京まで戻ってきたかあまり覚えていない。ところどころ港や空港が騒然としていたのは覚えている。田中はいつの間にかいなくなっていた。気が付けばタクシーに乗っていた。日が暮れ、東京郊外の住宅地の慣れ親しんだ道を走っている。広沢にはここ数日のことが夢の中の出来事のように思われた。タクシーの運転手が車を止めた。

「お客さん、ここからは歩いたほうがいいかもしれないですよ」

広沢には意味がわからない。

「お代はいただいていますから。この帽子、あげますよ。何か被ったほうがいいかも。ちょっとくたびれてるけど」

広沢は「カサボーシ」を失っていることに気づき、千葉を根拠地とする球団のくしゃくしゃになった帽子を受け取るとタクシーを降りた。自宅の前には何人かの人が集まっていた。広沢に気づいた男性の一人が広沢のところに駆け寄ってくる。

「広沢さんですね。国民の皆さんに一言お願いします」

別の男性も聞いてくる。

「ロシア側から金品を受け取っていたというのは本当でしょうか」

「疑惑に答えてください」

広沢は「違います」とだけ言い、何が違うのかも自分でわからぬまま玄関のほうへ走った。

「違わないじゃないですか。広沢さんでしょ」

背後から罵声が飛ぶ。鍵をポケットから取り出している間に広沢の頭に物が投げられ、先ほどもらったばかりの帽子に卵が当たって割れた。卵を投げたのは近所の若者なのか、彼らの歓声が上がる。卵が2つ当たり広沢はようやくドアを開けて中に入ることができた。

家の中はまだ新築の匂いがした。サムレスリングの代表に選ばれた広沢が政府からの支度金を元手にマイホームを建ててまだ1カ月ほどしか経っていなかった。玄関に帽子から卵の白身が落ちる。

広沢綾子が奥から出てきた。

「おかえり」

広沢長彦は聞いた。

「外の人たちずっといるの?」

「たぶん」

綾子の顔は先ほどタクシー運転手から帽子を差し出された長彦の顔に似ていた。

「警察は? 前はすぐ来てくれたろ」

長彦はスマートフォンを取り出し管轄の警察署に電話をしたが、以前対応してくれた課長には代わってもらえず報道の自由があるからと同情されるだけだった。

綾子と長彦には息子が一人いた。小学2年生の栄治は元々失敗を恐れるあまり慎重で引っ込み思案だったが、父親が日本代表に選ばれ学校でも目立つようになり、明るくなっていた。長彦がシャワーを浴びた後、3人はテーブルについた。ボウルにサラダが盛られている。長彦は息子が父親の敗北を目の当たりにしてどのように思っているのかもちろん気にはなっていたが、もちろんあえて聞こうとはしなかった。栄治はアニメをじっと見ている。

「ピザ、まだ？」

栄治が母親に聞いた。ボウルのサラダはピザを待っていたのだ。ピザはきっと来ない、永遠に。長彦がそう思った時、綾子が「パンにチーズをのせて焼いてあげる」と冷蔵庫へ向かった。

しばらくして家の外から大音量で音楽が流れてきた。

「あれ、何？」

栄治が聞いた。家の外で誰かがロシア民謡『一週間の歌』の音楽をかけている。

「日曜日に市場に出かけ……」

綾子が歌い始めた。長彦はよく歌詞を覚えているなと感心した。子どもの頃に歌った唱歌でも長彦は正確に歌えないが彼女は歌うことができた。長彦も知っているところだけ唱和した。

「テュリャテュリャテュリャテュリャテュリャリャ」

栄治は黙ってそれを見ていた。いつの間にか外は静かになっていた。綾子と長彦は歌い続けた。

「テュリャテュリャテュリャテュリャテュリャテュリャリャリャ」


その晩、長彦は延縄漁船に乗っている夢を見た。船は真夜中の沖合に静かに漂っているが、船員は他に誰もいない。長彦は一人、巨大な月を見ながら小さな青いリンゴをかじる。そうしているうちにリンゴは長彦の手からするりと海に落ちた。海面に浮いてくることもなくそれは見えなくなった。

3日後の朝、長彦はランドセルをしょっている栄治を見て驚いた。当然栄治は小学校を休むものだと考えていた。綾子は平然としている。長彦は今週は休んだほうがいいんじゃないかと言っ

てみた。綾子は、

「お父さんが栄治を家で見るの？」

と聞いた。長彦が黙っていると、長彦の問いは最初から存在しなかったかのように2人は出て行った。

長彦は恐る恐る家を出た。昨日までの人垣は見当たらない。週が明けて暇な人間は姿を消し、日常が戻って来たのかもしれない。長彦は秋の日差しの中を通いなれた道を駅まで向かった。

会社に出社した長彦はすぐに上司に呼ばれた。平和の祭典の件で会社に昨日からずっと苦情の電話がかかってきているという。週刊誌やテレビ・インターネットに長彦がロシアから金を受け取っていたという情報が流れ、それが事実であるかのように語られていた。長彦はその日のうちに8年間勤めたこの企業を退職することになった。

帰りの電車の中で前に座った男性が広げていた新聞には、同僚の結婚式の余興で長彦がコサックダンスを踊る写真がデカデカと載り、ロシアの民族舞踏を披露、というキャプションもついていた。先ほど長彦に退職を言い渡した上司がかつて撮影した写真だった。コサックダンスはウクライナの民族舞踏だと長彦は思ったが、それをして身の潔白を主張できるとも思えなかった。

長彦が自宅に戻ると、壁に塗料で大きく『非国民』や『ロシアの犬』などと書かれていた。そして栄治が壁の前に立ちその落書きを見ていた。

長彦は「学校は？」と聞いたが、栄治は黙っている。母親に合わせて家を出はしたが学校には行かなかったのではないかと長彦は思った。

「お母さんは勘が鈍い」

と長彦は言った。栄治は黙っていた。結婚して住むアパートを探す時、綾子はトイレも壊れているような古い格安の一軒家に興味を示した。長彦はその家に住みたくはなかったが、妻の言い分を聞いて申し込んだところ、大家からこんな家に人を住まわせられないと逆に断られてしまった。女性はカンが鋭いと理由もなく信じてきた長彦にはそれは衝撃的な出来事で、それ以来長彦は綾子が右と言えばやんわり左を選んできた。

「おばあちゃんは勘が良かった」

と長彦は言った。長彦が小学2年生の時に亡くなった彼の母親に栄治は会ったことがない。栄治は黙っていた。長彦は栄治の小学校に電話し、息子を転校させると言った。電話に出た教師は長彦に気づかない様子でロボットのように対応し、長彦にとってはありがたかった。

長彦は米を炊き、おにぎりを作り、荷物をまとめた。綾子が帰ってくると、荷造りをするように言った。綾子は家を離れることによい顔はしなかった。出産の後、何年も正規の職につけず、2年前にやっと得た仕事を失うことになる。彼女はこれまで自身の収入が少ないために夫に蔑まれていると考えてきた。一方で長彦は彼女は暗くなって帰宅したので、壁の落書きを見なかったのだろうと考えた。彼女がここに留まりたいということは、すぐにでもここを出なければならない。

噂が収まればすぐ戻って来ることができると説得されて、綾子は渋々駐車場の車に乗った。栄治はなおも黙っていた。最後に長彦が車に乗り込もうとした時、男性が近づいてきて声をかけた。

「広沢さんどちらに行かれるんですか。ウェブニュースジャパンの黒田です。夜になるとご家族でロシア民謡を歌われているということですが」

長彦は答えた。

「すいません。取材は経産省にお願いします」

「経産省の課長さん、行方不明だそうですね」

長彦は男性を見た。

「ご存じなかったですか?」

長彦はそれには答えず車に乗った。男性の仲間なのか、あるいは関係ないのか、駐車場には何人かの男性が現れた。車の外の人々は何かを叫んでいるが、長彦はクラクションを鳴らして車を出した。

見慣れた東京郊外の町を走り、高速自動車道に乗った。

「もう大丈夫だよ」

と長彦は言ったが、栄治はすでに眠っていた。それまで石仏のように動かなかった綾子が窓を少し開けた。長彦はパワーウインドウで窓を閉めた。

「窓開けないで」

綾子は石仏に戻った。

車は道を走っていた。道の両脇には、日の光を浴びて田が延々と続いていた。綾子と栄治は眠っていた。長彦は車を道の先に見えてきたファミリーレストランの駐車場に止めた。

綾子と栄治はステーキとハンバーグの定食を勢いよく食べた。長彦はきのこ雑炊を食べた。長彦は絶えず店内に注意を払っていたが、3人を気にする者は誰もいなかった。腹を満たした綾子と栄治はトイレに行ってから車へ。長彦はそれを見届けてレジへ行き、従業員の女性に提示された金額を支払った。長彦を見ていたその女性が言った。

「広沢くんやないん？」

広沢は女性を見た。確か中学の時の、

「土田さん」

「こっち戻って来よったん」

「そうなんよ」

女性も平和の祭典については知っているだろうが、広沢は彼女の穏やかな口調に安心した。長彦の去り際に彼女は、自転車で通学する中学生に言うように、

「気をつけり」

と言った。

長彦が車に戻ると綾子と栄治が車の外に立っていた。車のバンパーに卵が投げつけられているという。よく見ると卵の殻がこびりついている。家の駐車場で投げつけられたものかもしれない。綾子は自分たちが食べている間に投げられたものだと言い出した。彼女がそう言うならばもう疑いがない。家の駐車場で投げつけられたものだと判断して長彦は車に乗った。

車を走らせて20分、栄治がトイレに行きたいと言い出した。あと1時間ほどで長彦の実家に着く。さっきファミレスでトイレに行ったのは何だったのだと長彦は問いただしたが、それは小便をしてきただけで今度は大便をしたいという。この辺りにはコンビニエンスストアもあまりない。田舎で育った長彦は少年時代よく河原で大便をしていたが、郊外とはいえ都会育ちの栄治は立小便すら経験がない。

少し走ると地方にしかないコンビニエンスストアのチェーン店舗があった。長彦は車を停車し、栄治を伴い中に入った。店内は客はおろか店員も見当たらずひっそりとしている。長彦は誰もいないカウンターの奥に向かって声をかけた。

「ごめんください」

誰も出てくる様子がない。

「すみません。トイレ貸してもらえませんか」

ドアを開けて男性が一人入って来た。

「ここトイレないよ」

長彦は男性を見た。男性は言った。

「広沢？　広沢やない？」

今度も中学時代の同級生に違いない。長彦は必死に古い記憶を辿った。山本だ。バスケ部の。

「おお、山本」

「久しぶりやねえ。それ息子？　トイレならうちの使い。すぐそこやけ」

山本はそう言った。山本は故郷に残り、小さな工務店を継いだという。3人は店の外に出た。

「ついて来（き）」

と山本は言い、長彦の車の隣に停めていた車に乗り込んだ。長彦と栄治が車に戻ると綾子が山本について聞いた。

「あれは？」

「山本だよ。中学の時の同級。トイレ貸してくれるって」

「あの人私をじろりと見たような気がしたけど」

心配する綾子をたしなめ、長彦は山本の車の後について車を出した。

長彦は山本の車の後ろをついていく。

「まだ？」

綾子が聞いた。長彦は、

「もうすぐだよ」

と答えたが、確かに山本が言ったほどすぐそこでもない。綾子が栄治にまだ我慢できるか聞く。

栄治は黙っている。

「まだなの」

綾子が声を上げた。先を行く車が山を背にした家の庭に停車した。長彦は「ほらついたみたいだよ」と車を停め、栄治を外に出した。栄治は山本の後を走って家の中へ入っていった。栄治にトイレの場所を教えた山本が家から出てきた。

「こっち帰って来たん？　色々大変やったんじゃろ？」

「ああ、そうなんだ」

家以外のトイレが苦手で、そのため便秘がちな栄治は山本の家のトイレをうまく使えているだろうか。

「気にしんな。人の噂も75日じゃろう」

「結構長いねえ」

長彦は笑ってみせたが、山本は笑わなかった。

「うちに上がって休んで行きいね」

長彦はまだ実家にも帰っていないからと辞退した。綾子が車内からチラチラと2人を見ている。

「あれ奥さんやろ。別居しよったんてね」

長彦は山本の顔を見た。

「今度のアレにお前が出るっちゅうんでヨリを戻したって書いてあったが」

「いやいや、何を読んだかわからないけど」と長彦は否定した。

栄治が家から出てきたので、長彦は息子に声をかけた。

「汚さなかったか?」

栄治は振り向かず車に乗った。挨拶もできなくて、と長彦は山本に謝り、ありがとうと言って車に向かった。

「広沢」

呼びかけられて長彦は振り返った。

「やっぱりロシアからはいくらかもらったぞ?」

山本が真っすぐこちらを見て立っている。

「お前チャイコフスキーが好きじゃったろう。ブラバンで。みんなガーシュインが好きじゃったそい。お前だけ」

この男は誰だ? 山本はバスケ部のはずだ。目の前の男が得体の知れない者に思われ恐怖が襲ってきた。長彦より後に漁船に乗りこんできたあの青年に似ている気もする。長彦は急いで車に乗った。できるだけ早くエンジンをかけバックで車を出す。『井上』と書かれた表札が目に入った。井上、井上、井上、全く覚えていない。ブラスバンド部に井上という男がいたかどうか思い出せない。山本が手を振っている。綾子が長彦の様子を不審に思い「どうしたの？」と聞いた。長彦は答えなかった。

少し前から車の給油ランプが点灯していた。長彦は栄治に努めて明るく声をかけた。

「もうすぐお父さんの通った小学校だよ。いじめなんて見たことなかった。ここなら安心だ」

やがて山を背にして広い校庭と小さな校舎を持つ小学校が見えてきた。校門の周囲の塀に文字が書いてある。綾子が「なに、あれ」と言った。

「平和の祭典の応援の時のが、そのままに」

と言いかけて長彦は車を道に停めた。塀には『広沢家は田所小学校の恥』『広沢家子弟の転校絶対反対』『広沢家は日本から出ていけ』と大書してある。綾子は、

「こんなところで暮らせないよ」

とつぶやいた。

「とりあえずうちはもうすぐだから」

長彦は小学校を見せるために速度を落として運転していた車の速度を上げた。

少し走ると、ガソリンスタンドの敷地の隅で看板が燃やされていた。長彦が船のテレビで見た彼を応援する看板だった。給油ランプは相変わらず点滅していたが長彦はそのまま通り過ぎた。

陽が暮れた。実家はもうそこだ。綾子が窓を開けた。長彦は怒鳴りながら窓を閉めた。

「窓開けるなよ。寒いだろ」

「いいでしょ。開けても」

綾子は怒鳴り返し、開けた。長彦が再び閉めた。

「暑けりゃ開けて、寒けりゃ閉めればいいでしょうが。そのつど」

「雪国だったら死ぬぞ」

「雪降ってないでしょうが。どこにも」

窓ガラスが上下を繰り返す。

「誰のせいでこんなところにいるんだよ」

「俺のせいか?」

「私のせいじゃないでしょ」

「いやいやあなたのせいですよ」

「なんで」

「だって反対したろ。あなたが反対しなけりゃ俺は出場してないよ。あなたが反対したせいで私は出場したんですよ」

綾子は鼻で笑った。窓ガラスの上下動は中途半端に開いたまま止まった。

車が徐々に減速し、完全に停車した。あたりは完全に暗い。

「どうしたの」

先ほどから黙っていた栄治が聞いた。

「ただのガス欠だよ」

とだけ長彦は答えた。皆が押し黙った。

「ロシアからお金もらったの？」

と綾子が聞いた。長彦は車を降りて、助手席のドアを開け、綾子を引きずり下ろした。

「俺が日本のため、お前たちのために、どんな思いで出場したと思ってんだ」

「日本のため、日本のためって全て自分のためでしょうが」

綾子が叫んだ。そうかもしれない、と長彦は思った。結婚し子どもにも恵まれたが、長彦は自分が行き詰っていると感じていた。自分を馬鹿にしてきた連中を見返したかった。人に真似できないことを何か成し遂げたかった。自分のために。だがしかし、綾子がそう言うのだから、違う。自分が経産省から日本代表にある日突然指名された時にそれを引き受けたのは、日本のためであり家族のためだった。暗闇の中で２人がつかみ合いを始めた。

「やめてよ」

栄治が叫んだ。そして言った。

「向こう。家が燃えてる」

長彦と綾子はその声を聞いて遠くを見た。闇の中で火の手が上がっている。長彦は綾子をつかんでいた自身の手を放し、炎のほうへ歩き出した。

「どこ行くの？」

栄治がもう一度叫んだ。長彦はそれには答えなかった。燃えているのは長彦が少年期を過ごした彼の実家のある場所だった。長彦は吸い寄せられるように炎のほうへ歩いた。

その家はものすごい勢いで燃えていた。３人の後方から車が走ってきた。青い回転灯が回っているのでパトカーだと思った栄治が大きく手を振った。

車が停まった。

「助けてください。ガス欠なんです」

中から男たちが降りてきた。手に棒のようなものを持っている。

長彦は前方に見える火の手にくぎ付けになっていた。誰かが草むらに倒れる音に気付き振り返ると、男が立っていた。手に持った凶器を振り下ろした男は長彦が山本だと思っていた男に少し似ていた。

暗闇の中で家が燃え続けていた。道に長彦の車が停まっていた、人の姿はどこにもなかった。

2　吉田さん（1）

目の前に天井があった。

吉田ユニスは二段ベッドの上に横たわり、天井の傷を見ていた。その傷は雪に覆われた山々にも見え、帽子を被った蠅にも見えた。彼女は雪に覆われた山を自分の目では見たことはなかったが、小学生の頃、図書館で借りた図鑑の中にそびえ立つ雪山の姿があった。蠅もまた図書館で借りる図鑑の中にその姿を見たが、彼女が子どもだった20数年前には彼女と両親の住宅にも学校にも蠅はその姿を見せていた。

ユニスが手を伸ばしてその傷に触れようとした時、小さな爆裂音が部屋に響いた。この8畳の部屋には二段ベッドが2つあり、4人の女性が寝起きしている。ユニス以外の誰かが放屁をしたに違いないが、名乗りをあげる者はもちろん音に反応する者もない。

ユニスは一番最初にこの部屋に来た時、放屁を我慢していた。だがそれが体にとって余りにも愚かなことだと気づくのに時間はかからなかった。今では彼女自身もすかすことさえしない。放屁の際、すかすのは臀部に無駄な体力を必要とする。

ユニスの父は公共の場所はもちろん自宅の居間でも放屁をしなかった。おならを我慢できることが人間の強さの証明だと考えていたようだった。

この8畳間のドアは鍵を持った者がやってきて外から開けるまで開くことがない。今日もまた、廊下から足音が聞こえてきた。一つ一つの扉の鍵を開けながらその足音は近づいてくる。ユニスの部屋も施設の職員の手により開錠された。9時半から11時半まで彼女たちはこの部屋を出て、廊下やホールへ行くことができる。だが、正面玄関や別の出入り口を抜けてこの施設全体の外へ出ることはできない。

ユニスがここに来てもう3カ月がたっていた。

ユニスは施設内の多目的ホールと呼ばれる比較的広い部屋の壁に設置してある公衆電話まで歩き、テレフォンカードを入れ電話を掛けた。施設の外ではほとんど使われなくなったカードがここでは今も必需品だ。かけた先は小学5年生になる娘に預けている自分のスマートフォン。今日は土曜日で娘の吉田智子が出る。

「元気？」

「うん」

人類が始まって以来どれだけ繰り返されてきたかという何の変哲もない親子の安否確認。だがユニスがいつ出てこられるのか、彼女自身にも誰にもわからない。彼女は何か罪を犯して服役しているわけではないから刑期にあたるものがない。ある日突然施設から出されることもあれば母国とされる国へ強制送還される可能性もある。全ては出入国在留管理庁（入管庁）が決め、どのように決めているか外からはわからない。

彼女にとって母国とされる国とは何か。彼女の両親はアフリカ中央西部に生まれたが、彼女自身は両親が内戦を逃れてきた日本で生まれ育った。神奈川県の小学校と中学校に通い、使える言葉も日本語だけだ。

「学校は？」

学齢期の子を持つ多くの親が子ども達に聞くようにユニスは聞いた。子ども達の答えは大概親を心配させないあたりさわりのないものになる。

智子はユニスが20歳の時、日本人の吉田昭雄と事実婚していた短い期間に産んだ。吉田昭雄はユニスの支援者の一人でユニスよりも18歳年上の映像ディレクターだった。彼女は日本の市民権や定住権を取得できるのではないかと期待したが、入管の取調官は配偶者ビザを得るための偽装婚を疑い、その時初めて彼女は施設に収容されることになった。子どものころ父親が何度か収容された施設に、その時初めて。

「英子さんは？」

とユニスは聞いた。

「ここにいる」

と智子は答えた。

初めてユニスが収容されてから彼女を支援してきたのが朴英子。彼女はかつて私塾を開いており、小学生のユニスにボランティアで勉強を教えていた。自分の住む団地の真下の部屋が空いた時、その部屋を借りてユニスと智子を住まわせた。ユニスが施設に収容されているこの数カ月、智子は英子の部屋から小学校に通っていた。

テレフォンカードの時間がなくなった。

多目的ホールには女性たちが3人、『ここから出してください。お願い』と書かれた紙をもって静かに立っていた。

ユニスは彼女たちの後ろを通り部屋へ戻った。生まれた頃から日本にいるユニスから見れば、そうした意思表示や行動はこの国では逆効果になるように思われた。職員が自分たちより下だと思っている者達の言うことを聞くはずはなく、むしろそれによって彼らが早くここから出される可能性は低くなると。だが、ここにいて何かをしなければ神経を正しく保つことも困難だとも思われた。1日1日が無為に過ぎていく。

ユニスが部屋に帰ると、下のベッドで彼女より随分年上と思われるヒジャブを着た女性がお腹を押さえてうずくまっている。ユニスは声をかけた。女性はうめき声をあげて何かを言っているが、ユニスには聞き取れない。部屋にあるブザーを押した。

少しして女性職員がやってきた。

「どうしたの」

ユニスは女性職員にベッドにうずくまる女性を指し、医者に診てもらうよう訴えた。女性職員はうずくまる女性を一瞥すると、彼女に小さな紙袋を差し出した。

「この薬を飲んで」

それはこの施設の職員が何かにつけ取り出す鎮痛剤だった。

「お腹が痛くて苦しんでいるんだから医者に診せてください」

ユニスの怒気を孕んだ言い方に動揺したのか、それを女性は少し笑いながら言った。

「本当にお腹が痛いかあんたにわかるの？　医者でもないのに」

「私は医者じゃないけれど、だからこそ医者を呼んでください。早く」

ユニスは子どもの頃、医者になりたかった。熱を出しても保険証のない家族は医療費が高額になるのでなかなか医者にかかれない。彼女の母が病院に運び込まれた時、もう少し早く病院に来てくれたらと言われた。ユニスは懸命に勉強したが、中学3年生のある日、勉強をきっぱりやめた。

男性職員たちが2人廊下を走ってやってきて、ユニスを押さえつけた。2人は彼女を抱えるように部屋から連れ出すと、独房に放り込み、鍵を閉めて去っていった。

ユニスは独房のベッドを見下ろしながら、これでまた収容期間が延びるだろうと思い、自身の運の悪さに唇を噛んだ。汚れたベッドの隣にある剝き出しの便器から臭気が漂ってくる。

彼女が最初に収容された時、智子を妊娠していたが、職員たちは彼女のお腹が目立つまで、詐病として取り合わなかった。それから10年の間、彼女は5回この施設に収容されてきた。国に大きなイベントがある年には大体収容された。何度収容されても慣れることはない。顔見知りになった人たちは皆体を壊していった。父も施設に収容されることがなければ、もっと長く生きていたはずだ。あの年上の女性も一体何の科があってここに囚われているというのか。ユニスは染みが残るベッドのマットレスの端の端にゆっくり腰かけた。

ユニスが部屋から出されたのは、その独房に何度か食事が運ばれた後だった。ユニスはまた2人の男性職員に連れられ元の部屋へと向かった。途中、男性職員の着る制服のテカテカの化学繊維の1本たりとも視界に入れたくなかった。部屋に戻ると、ユニスの下のベッドが空いている。ユニスが、

「ここの人は?」

と聞くと、職員は、

「あなたに教える必要がない」

とだけ答えて部屋を出て行った。ユニスは数秒ほど空のベッドを見て、梯子を登り上のベッドに腰を下ろした。唇にできていたヘルペスは乾燥しカサブタのようになっていた。

＊＊＊

智子はランドセルをしょって階段を駆け下りた。階段の隅にいつも何かしらの虫がその腹を出して横たわるこの古い団地が、彼女が物心ついて以来の住居だった。父と母は彼女が物心つく前に別離したが、母とともに父の姓を名乗り続けてきた。

智子が階段を降りきり、道へ出て振り返ると階の窓から英子が手を振っていた。智子は手を振り返して、コンクリで固められた団地内の道を急ぐ。コンクリの隙間からキバナコスモスが伸び一斉に花を咲かせている。

小学校は団地から歩いて30分の距離にある。

「トモちゃんおはよ」

昨年度まで同じクラスだった岡田芳子が声をかけてきた。昨日配信で見たアニメの話をしながら学校の敷地へ。2人で学校の門をくぐり、上履きに履き替えると芳子は、「またね」と言って3組の教室へ入っていった。

智子は1組の教室の扉を開けた。子どもたちは智子に声をかけるでもなく遠くから見ている。その視線を感じながら智子は自分の椅子に座った。

「なんか臭いね」

窓際の女児が窓を開けた。そばの児童も「なんかね」と言い、別の窓を開けた。智子はそれを聞きながら窓のほうに視線をくれず真っすぐ前を向いていた。


午後、教室で学級会が始まった。学級委員長が前に出て言った。

「今日の議題は『吉田智子さんに臭いと言う人がいる』という件についてです」

智子の顔は一瞬引きつったが、周囲の視線が一斉に自分に集まったのを感じ取ると、努めて平然を装った。

「何か意見はありませんか」

と委員長が聞いた。智子は、そんなものに意見も何もないだろうと思っていたが、はたしてパラパラと数名の児童が挙手するのに驚いた。1人の児童が指名され起立した。

「吉田さんに臭いと言うのは本人のためになっているので良いと思います」

智子はさらに驚いた。また別の児童が手を挙げた。

「本人のためになっているかどうかを決めるのは本人だと思います」

そりゃそうだ、もっと言ってくれ、この主張が主流になってくれ、と智子は願ったが、次の児童は、

「本人にはわからないこと、わかっていても認めたくないことがあると思います」と言い、先の児童も『なるほどな』という顔でうなずいている。

「吉田さんがトイレで手を洗わないところを見ました」といった意見が出揃ったところで、多

数決が取られた。

「吉田さんに臭いと言うのは本人のためになると思う人」

　多くの手が挙がる。

「吉田さんに臭いと言うのは本人のためにならないと思う人」

　児童らが智子を見た。智子は児童らの視線を受けながら黙って座っていた。手を挙げる者は誰もいない。智子は恐れ慄いた。ここで誰かが智子の意見を聞きたいと言ったら彼女は何と言ったらよいだろう。激しい心拍数の上昇を感じる。その時、委員長が言った。

「吉田さんに臭いと言うのは本人のためになるということになりました。吉田さんも過去に言われたことにとらわれず未来志向で仲良くしましょう」

　児童たちは拍手した。智子は半ば安堵してその拍手を聞いた。


　帰り道には岡田芳子ら昨年のクラスメートの姿はない。芳子はピアノや英語や水泳の習い事に忙しく下校時は親に車で迎えに来てもらっていた。

　智子はいつも走って帰る。ピアノ教室を開いている家の前を通るとき聞こえてくるピアノの音色。それはたどたどしい音階のこともあれば、流麗なピアノ曲のこともあるが、その音で智子の走るリズムが乱されることはない。智子の足はいつも暴れ太鼓のように一定にアスファルトを踏み鳴らした。

　智子の暮らす古い団地はその敷地内で2つの市に分かれていて、居住児童の多くは智子とは違う市に属し、彼女とは違う小学校に通っている。空き部屋も多く、住む人の年齢層も高い。遊具は団地の至る所にあるが、近くの園庭のない幼稚園が園児を引率して来ている午前中の他は、それらに子どもが群がっていることはまれだ。

団地の中を横断するように走ってきた智子は自分の棟の前の公園で立ち止まった。青年2人が滑り台の近くの木陰に立ち、1人がミットを構え、もう1人がミットめがけて蹴り込んでいる。智子は幾度か彼らがそうしたミット打ちをしているところを目にしていた。智子は2人に近づくと、

「私にも蹴らせてもらえませんか」

と言った。2人は智子に驚いたが、やや背が低いほうの1人が彼女に対してミットを構えてくれた。智子はランドセルを下し大きく息を吸うと、左足を思い切り引いて、それから力いっぱいミットを蹴ろうとしたが、左足はミットをそれて空を切り、彼女はバランスを崩して地面に倒れた。

青年2人はあっけにとられ、続けて笑い出したが、倒れたまま虚空を睨み付けている智子に気づいて笑うのをやめた。やや背が低いほうの青年がもう一度ミットを構えて言った。

「最初は軽く蹴って」

智子は起き上がり、軽くミットを蹴ってみた。今度はちゃんとミットの表面の皮を蹴ることができた。

「いいよ。今度はもう少し強く」

智子は青年の指導で少しずつ蹴りを強めていく。智子は無心でミットを蹴り続けた。しばらくしてやや背の低い青年が、

「もういいだろう」

と言った。智子の息も上がっていた。背の高いほうの青年が智子に、

「同じ棟だよね」

と声をかけた。青年たちはタイからの出稼ぎで智子と同じ棟に住んでいたが、これまで挨拶をしたり会話したことはなかった。背が高いほうはムアングチャイ、低いほうはラタナポンと名乗った。智子は、地面に置きっぱなしになっていたランドセルの砂をさっと払うと背負い直し、2人に礼を言うと公園を立ち去った。

智子はロードワーク中のボクサーのように団地の階段を4階まで駆け上がると鍵を開け、玄関の廊下部分にランドセルを置いた。そしてもう1階分階段を駆け上がり5階の英子の部屋へ向かった。智子はこの数年英子の夕飯の支度を手伝い食卓を共に囲んできた。

「ただいま」

英子の部屋の玄関で、智子は大きな声で言った。しかし返事がない。智子は靴を脱いで廊下に上がり、襖を開けて台所を見た。英子がシンクの前で、タオル掛けにひっかかっているタオルを握りしめるようにしてしゃがみ込んでいた。鍋が火にかけられてボカボカ泡を吐いていた。

数時間の後、智子は病院のロビーでカップに入ったインスタントラーメンを食べていた。ラーメンのほうが焼きそばよりも作る時に湯を捨てなくてよい分、家の外で食べる時には好ましい。廊下はいくつかの電灯がついているだけで薄暗かった。英子の手術は無事に終わったと聞かされたが、どう無事だったのかわからない。智子の祖父は生前、体の痛みを我慢して生活していたが、

病院に運ばれた時には病状が進行していてそのまま入院して亡くなった。英子がこのまま入院すれば、ユニスと英子が帰ってくるまで、智子は団地の一室で一人で暮らすことになるかもしれないが、2人がいつ帰ってくるのかまるで見当もつかない。警備員の男性が智子をジロりと見て歩き去った。智子はインスタントラーメンのスープをすべて吸い込んだ。


英子は病室のベッドに身を起こしていた。

「叔母ちゃん、そろそろいいんじゃないの」

ベッドの脇で英子の甥である朴哲雄が言った。

「下の子の面倒はそろそろ人に任せたほうがいいよ」

長らく中学生と小学生に国語と算数を教えていた英子は、甥の「そろそろ」の用法についてぼんやり考えを巡らせた。

「小さい頃から面倒見てるから気持ちはわかるけど、しばらく入院しなくちゃならないわけだから」

「手術は無事に終わったよ。1週間で退院できる」

英子は甥に盲腸の手術は無事終わったことを強調したが、彼は納得しなかった。

「あの子のお母さん、何度目かね。いつ出てこられるかわからないし、もう出てこなかったらどうするの？　叔母ちゃんがずっと面倒を見るのかい？」

英子は黙っていた。

「ああいう立場で子どもまで作って、勝手な親だよ」

この甥はしばし英子にとって聞き捨てならぬことを言う。

「勝手な親というのはユニスのこと？　あんたはハルベ（お爺ちゃん）とハンメ（お婆ちゃん）に可愛がられたね。２人が国籍のないまま日本で一生懸命子どもを産み育てて来たのは、ユニスと全く同じだよ」

「彼女はハルベとハンメとは違う。２人の苦しみやどうしようもなさと彼女のそれとは全然違う」

哲雄は吐き捨てるように言った。英子の父と母は日中戦争の前に朝鮮半島南部から日本へやってきた。西暦でいうところの１９１０年に大日本帝国は大韓帝国を併合してから朝鮮半島に住む人々は帝国の臣民となり、それは１９４５年の日帝の連合軍への降伏まで続いた。戦後、日本に住んでいた朝鮮半島をルーツに持つ人々は日本国籍を失い、朝鮮半島に帰る人々もいたが、朝鮮戦争を避け生活の基盤のある日本で外国人として暮らし続ける人々も多かった。

「同じだよ。ユニスのお父さんだって国にいられなくなった時にたまたまビザが取れた日本に来ただけで」

と英子は言った。

ユニスの父と母もまた、生まれ育った国で当時の政府によって身に危険が迫り国外へ逃れてきていた。しかし母国の政府から逃れて来たためにそれを書面で証明することが難しく、実務上難民認定を行なう入管庁は彼らを難民と認定しなかった。移民の子孫である哲雄もユニスとその両親に、閉鎖的な島国であるこの国になぜわざわざやって来たのかと、不審な目を向けていた。日本の難民認定率は国連から勧告を受けるほど低いが、表向きは受け入れを表明しているため、世界の人々は来日するまでそれを知らない。

「ユニスと私は同じだよ。彼女は国籍がないだけでなく在留資格すらない。頼れる親戚もいない」

英子は、

「ユニスは私と同じだ」

ともう一度言った。

「俺は日本国籍だからね」

哲雄は英子の弟の息子で高校生の時に一家で日本国籍を取得していた。

彼が警察官になりたがっていたからだが、受験に失敗し40代の現在はＩＴ企業に勤めている。

弟一家が日本国籍を取得した時、親戚の中には残念がる者もいたが、英子は自然と受け入れた。

彼女自身も、もし結婚や出産をしていたら煩雑な書類の手続きに耐え日本国籍を取得していただろうと思う。

「今晩は俺が面倒見るよ」

哲雄は立ち上がってそう言った。

「知り合いに頼んであるから大丈夫」

と英子は答えた。哲雄は一人で団地に暮らす老いた叔母が誰に依頼したのか少し気にはなったが、

「退院の時にまた来る」

と言い病室を出て行った。

英子は枕元のスマートフォンを手に取った。

彼女は現在、週に2回小学生を対象とした早期教育の塾で講師のアルバイトをする他は、年金と貯金を切り崩して暮らしている。甥の言う通り、このままユニスの収容が長引き、彼女が法令通りに働くことができなくなれば、下の部屋は解約しなければならないだろう。まだ小学生の智子を経済的にどこまでバックアップできるか。

英子はスマートフォンを操作し、アルバイト先の同僚にメールを送った。通っている教室を経営する企業グループの定年は70歳。人手不足ではあるが、少子化で在籍児童の少ない教室はさっさと閉鎖することで拡大してきたグループだ。社員が各教室に常駐していないため、休みを取るには他のアルバイト講師に自分の代わりに入ってもらわなくてはならない。そのうえ、グループの創業社長が新興の極右政党を支援していて、選挙前に社員、アルバイトを問わず選挙協力のメッセージが流れてくるという耐え難いグループでもあったが、英子は生活のために耐えがたきを耐えていた。

スマートフォンが受信し、英子が代打を依頼した同僚から代わってくれるという返事が来た。

智子はカップの捨て場所を求め暗い病院のロビーを彷徨ったが見つからず、カップを入れたビニール袋を持ったまま元のベンチに座っていた。廊下を駆けてくる足音が遠くから聞こえ、やがて大きなカバンを背負い長い髪を振り乱したスーツの女性が息せき切ってやってきた。

「遅くなってごめん。大きくなったね。智子ちゃん」

布施辰子は英子が以前開いていた学習塾の生徒で、今は都内の弁護士事務所に所属する弁護士として離婚などの訴訟を担当していた。よほど走ってきたのか、息が上がりきっていたので、智子は紙コップに給水器の水をくんで差し出した。辰子はコップを受け取ると水をがぶがぶ飲み干した。智子は辰子の食道を水がぶるんぶるんと流れる音が聴こえた気がした。

智子は辰子のセダン車の後部座席に乗ると、真っ赤な革張りのシートに触れた。以前、英子とともに辰子の車に乗り、食事に出かけたことがあったが、その時とはまた違う新しい車のようだ。

智子はユニスから、辰子が彼女の小中学校時代の同級生だと聞いていたが、辰子が学校で「コタツ」と呼ばれていたということ程度の情報しか得ていなかった。代わりに英子からは辰子が日本人の父親とフィリピン出身の母親の元に生まれたことや、彼女の父母は離婚し母親と日本で暮らしていること、大学を出てすぐ弁護士となり、時折テレビ番組に美人弁護士として出演することと、国政選挙への出馬も予定していることなどを聞いていた。また大食で、大阪へ出張すれば10軒分のたこ焼きを食べ比べるなど朝飯前であるという。辰子は運転席から大きな目で振り返り、智子にキャラメルを差し出した。

「英子さんね、虫垂炎だったけど手術もうまくいったから大丈夫。10日位で帰れるよ」

智子は頷き、見かけない包装紙に包まれたキャラメルを受け取り、口に入れた。食べたことのあるキャラメルよりもやわらかい。トロリとした甘さが口中に広がった。

「お母さんの様子はどう?」

ハンドルを握りながら辰子が聞いた。

「先日電話がありましたけど……変わりないようです」

「お母さんも絶対に戻ってこられるからね」

智子が団地の自宅の風呂から上がると、辰子はテーブルの上にＰＣと書類を広げ仕事をしていた。

「布団、母のですけどありますから使ってください」

智子は一声かけて、寝室へ入った。英子からスマートフォンにメッセージが来ていた。病状の説明と退院予定日が具体的に書かれたそのメッセージを読んで智子はようやく安堵し、辰子にもらったキャラメルについて書き送った。

翌朝、智子が目を覚まして台所へ来てみると、辰子はテーブルに突っ伏していた。智子が声をかけると、彼女は跳ね起き、智子に電話番号の書かれた名刺を素早く渡し、階段をかけ下りて行った。テーブルには辰子がコンビニで買ったと思われるサンドイッチとおにぎりが残されていた。冷凍庫にはあんかけ焼きそばとソース焼きそば、お好み焼きとたこ焼き、たい焼きが3袋ずつ、冷蔵庫には野菜ジュースと乳酸菌飲料が7本ずつ入っていた。智子は車の中で食べたキャラメルも残っていないかと探したが、どこにも見当たらなかった。

＊＊＊

ユニスは施設のホールにある電話で智子から英子の入院を聞いた。

「英子さんは1週間で帰ってくる」

ユニスは一旦安堵したが、一方で自身の父の最期も思い起こした。案外簡単に、時に思いもかけぬ形で、人は地上から姿を消す。彼女たちの団地の一室には、故郷を離れたまま焼き場で焼かれた父と母の骨が、英子に買ってもらった骨壺に入れられ本棚の上に置かれていた。

「英子さんの入院のこと、誰かに話した？」

　ユニスは聞いた。

「誰かって？」

「友達とか、先生とか」

「特に話してないけど」

「話したら駄目だよ」

「どうして」

「どうしてもだよ」

　金目のものは皆目なく、強盗も狙わないだろう古い団地の一室であるとはいえ、小学生が一人で住んでいることが知れたら防犯上も心配であるが、それ以上に市や自治体によって娘が保護され、自分と引き離されることをユニスは恐れた。

「辰子さんも連絡したらいつでも来てくれるって」

と智子は言ったが、智子が期待したほど母は安心しなかった。

「あの人は忙しいでしょう」

とユニスは短く言った。テレフォンカードの残り時間が少なくなり、ユニスは何か娘に他にも言うことがあるのではないかと脳を巡らせたが、やがて通信が切れた。

　ユニスが自室に戻ろうとした時、館内放送が響いた。

「明日、午後の自由時間、屋内運動場で大会が開催されます。この大会の優勝者には特別な外出許可が認められます。奮って参加してください」

放送は3度繰り返された。

その場にいた者たち、それはユニスのように電話の列に並んでいた者や無言の抗議を続けている者たち、卓球台で卓球をしている者たちだったが、彼らは一瞬意味がわからずお互いを見やった。そのような放送は聞いたことがなかった。

一人が傍らに立っていた職員に聞いた。職員は館内放送と同じ文言を繰り返した。収容者の一人がさらに問いただした。「大会に勝った者は外に出ることができるのか」と聞かれ、職員は「そうだ」と答え、「優勝者は一人か」と聞かれ、「そうだ」と答え、「大会の詳しい内容はわからないのか」と聞かれ、「そうだ」と答え、「そうだとしか言えないのか」と聞かれ、「そうだ」と答えた。

とまどっていた収容者たちは怒り出した。無言の抗議をしていたグループのリーダーは、そのような大会はボイコットし、全員の即時解放を求めるべきだと言った。収容者たちはそれに賛同した。自分たちをゲームの駒のように扱い、彼らの団結を崩すためのものだろうと。人々の怒りの声が大きくなると、男性職員たちが走ってやってきた。ユニスは人々の間をすり抜けるようにして自室に戻った。

ユニスが自分のベッドに横になっていると、同じ部屋の女性が声をかけてきた。彼女はトルコの出身で、3週間ほど前にこの部屋に入ってきた。夫と3歳の男児が埼玉県に住んでいるというのを以前聞いた。

「明日どうする?」

と彼女は聞いた。先ほどの発表はすでに収容者の多くに行き渡っているようだった。

「私は行くよ」

とユニスは言った。彼女は心配そうに言った。

「やめたほうがいいのじゃない。みんなに裏切者って言われるよ。騙されるだけかもしれないし」

ユニスは、彼女の顔を見て、

「そうだね」

と言い、彼女に背を向けた。


翌日、午後の屋内運動場には100人近くの人々が集まっていた。女性だけではなく多くの男性達もいた。人々は大きなモニターで今日の大会のルールを説明された。選手がお互い肘を台につけた状態で手を握り合い、お互いの親指で親指を抑え込み合うという。サムレスリングという呼称が連呼されたが、ユニスに馴染みのある名前でいうと、それは指相撲だった。

人々は静まり返った。彼らは以前テレビで見たドラマや漫画を思い出した。それらのフィクションでは、何か大金持ちや闇の権力者が人々が争う様を見たいがゆえにゲームを開催する。だがこの施設にはそのような権力者はいないはずだ。職員たちは時に横暴で権力者のように振る舞うが、彼らとて一介の公務員にすぎないのは皆が知っていた。そしてそれが厄介なのだった。

ある者はこれは施設職員のいたずらであろうと考え自室へ戻った。そして施設への静かな抗議を続けるグループは、これは大きな人権無視であり、弁護士や人権団体に告発すると発言した。職員たちは参加を希望する者以外は退出するよう放送した。

ユニスは近くに立っている女性職員の顔を見た。笑うでも怒るでもなく、ここに居ながらにして居ないという風情で立っていた。彼女をくすぐると声を出すだろうかとユニスは考えた。

　幾人かが自室に戻り50人ばかりがその場に残った。ユニスも立っていた。職員たちは拡声器を使って収容者に2列に並ぶよう指示した。ユニスも列に並んだ。列の先頭の者同士が小さなテーブルを挟んでお互いに向き合わされた。そして2人は職員に手を握らされ、サムレスリングが始められた。皆がフワフワとしながらそれを見守った。

　最初の勝負はあっけなくついた。勝ったほうも負けたほうもどうしてよいのかわからない顔をしていたが、負けたほうに職員が自室へ帰るよう促した。ユニスはそれをぼんやり眺めているうちに、いつかこんな夢を見たことがあるような気がした。

　やがてユニスの番が来た。テーブルに肘を置いて対戦相手を見ると、昨日話した同室の女性であった。ユニスは少し驚いたが、彼女はユニスを見ようとはしない。職員が手を握り合うよう指示し、2人は手を握り合った。ユニスは人の手を久しぶりに握ったように感じた。智子の手を握って小学校の入学式に参加したのはもう随分前だ。相手の手は、長い間旅をしてきた人のように乾いていた。彼女の息子も夫もこの手にしばらく触れていない。

　職員が開始の合図をした。女性は細い指で全身の力を込めて襲い掛かってきた。だがユニスは土木作業や建築現場で手仕事をしてきたためか、すぐに女性を抑え込んでしまった。職員がすぐ数を数え始める。女性はユニスの親指を振りほどこうとするができない。

「私は子どもが待ってる。夫は病気」

　女性は言った。ユニスは彼女から視線をそらした。職員は数を数え進める。女性は力を込め、肘がテーブルから浮いた。職員は「失格」と試合を止めた。

女性は何が起きたかわからないようだったが、職員に帰るように言われると泣き崩れた。男性職員2人が泣き叫ぶ彼女を引き起こし連れて行った。

先ほど「失格」と言った女性職員が噴き出した。「失格」という自らの真面目な口調に耐えられなくなったのか、他の職員も堪えきれないというふうに笑い出した。人々は殺意に満ちた目で職員たちを見た。職員の1人が笑っている職員たちを諌めて会を進行させた。

ユニスの次の対戦相手はスリランカ出身の白髪の男性だった。彼は長くここに収容されているのかとても痩せて顔色が悪い。

「大丈夫ですか？」

ユニスは思わず聞いたが、相手の男性は落ち窪んだ眼で彼女を睨み付けた。大丈夫じゃなかったら？　負けてくれるのか？とその目が言っているように彼女には感じられた。

職員が2人に手を握るよう催促すると、ユニスは恐る恐る男性の手を握った。男性も4つの指でユニスの指を強く握り、職員が合図をすると猛然とユニスに襲い掛かる。ユニスはそれを跳ね除けて抑え込んだ。男性はユニスには聞き取れない言語で彼女を罵る。試合が終わった後も彼はユニスを罵り続けた。

ユニスは次の試合もその次の試合も勝利した。負けていない者は彼女を含めて3人。ユニスは他の2人を見た。2人とも男性で30代に見える。だがここまで来たら何としても勝たなければならない。3人いるので最初に2人が戦い、勝利した者と残りの1人が戦うのだろうか。最初の1人はどう選ぶのか。職員たちは残った3人を見て小声で、

「3人だな」

と言い合うと1人が小走りに別の部屋へ走って行った。

勝ち残った男の1人が、自分は病気だと主張し始めた。すぐにでもここを出ないといけないと。すると3人を遠巻きに眺めていた男たちの1人が声を上げた。お前は昨日もここの冷えた米を完食していたではないかと。男は怒気を強めそれに反論した。男たちも罵り合い始めた。その時、職員と共に背広を着た男が歩いて来た。背広を着た男の登場に人々は静かになった。背広を着た男は言った。

「本日はお疲れさまでした。厳正な審査の結果、今回の優勝者は吉田ユニスさんとなりました」

職員たちが拍手する。男2人は怒り出し、背広の男に詰め寄った。職員が暴れる2人を連れ去った。背広の男はユニスにこちらへ、と言った。ユニスは背広の男の後を歩き出した。残された人々が抗議の声を上げた。その声の中をユニスは運動場を後にした。

ユニスは施設内の部屋に案内された。床に絨毯が敷いてあり、こんな部屋は見たこともない。背広の男は収容者達に大先生と呼ばれる施設の職員の、組織内ではさらに上の人間なのだろう。彼は部屋の扉を閉めるとユニスに笑いかけた。

「おめでとうございます。あなたには在留カードが与えられます」

ユニスは男の笑顔を凝視した。多くの人々が何年も求めて得られなかったものがこのような方法で与えられて良いのだろうか。だがそれを考えるのはここを出てからでいい。

「そして今秋開催の『平和の祭典・日韓サムレスリング大会』に日本代表選手として出場していただきます」

ユニスは生まれてからこのかた、日本語を母語として生きてきた。それでも目の前の男の言葉は今一つ頭に入ってこない。「平和の祭典」という単語一つとってみても、オリンピックなどで使われたのを聞いたことがあるが、面と向かって口にする人を見たことがない。何年か前に、彼女が収容されていた間にもそれが開催されたらしいのだが。ユニスはフカフカの絨毯をかかとでグリグリとねじった。在留資格に比べれば、平和の祭典だろうがなんだろうがどうでも良かった。

「それにより、あなたには日本国籍も付与されます。おめでとうございます」

ユニスはもう一度男の顔を見た。彼女はおそらく歯を見せて笑っていただろう。男は続けた。

「こちらの書類にサインしてください」

ユニスは笑うのをやめ、紙に名前を書いた。吉田ユニスと書いた文字は、彼女自身とはまるで違う者の名前のように思われた。

背広の男は書類を確認すると彼女に背広を着た別の男性を紹介した。男性は金田と名乗った。言い、ユニスは5カ月ぶりに施設の外に出た。西日が強く彼女を照らしていた。金田が車に乗るようにユニスは乗り込んだ。金田が運転席に乗り車を出すと、収容者支援をしている女性が施設に向かって歩いてくるのが見えた。この女性は毎日のように中で暮らす人々の面会に来ては彼らを励ましていた。ユニスは車の中の自分に気付かず重いカバンに肩を揺らして歩いてくる女性をじっと見たまま黙っていた。

「ご出身はどちらですか？」

刈り入れを待つばかりの田をぼんやり見ていたユニスに、金田がおもむろに声をかけた。黄金色の稲穂が揺れていたせいか、それは最初あまりにも遠くに聞こえ、彼女は黙っていた。金田はもう一度聞いた。

「ご出身はどちらですか?」

ユニスは答えた。

「相模大野、です」

「私は柿生です。同じ小田急線ですね」

小田急線とは日本の神奈川県小田原あるいは江の島から新宿を結ぶ鉄道路線であり、今日の前に広がる田畑より彼女にとって深く現実と認識できるものだった。今車が走るこの道は、彼女が生きてきた小田急線沿線の町と地続きかもしれない。

「ご自宅にお送りしますか。他にご要望があればそちらにお送りします」

ユニスはズボンをまさぐりメモを取り出すと、英子が入院している病院名を告げた。それからユニスは再び窓外を見た。太陽が山の向こうに去ろうとしていた。

「平和の祭典への参加については、正式に決まるまでご家族にも言わないでください」

ユニスは窓外を見ながらそれを聞いた。

＊＊＊

生まれたばかりの赤子を抱いて母親とその両親が病院の廊下を歩いていく。手羽先のような小さな足がお包みからのぞく。そこだけ別の時間が流れているかのように3人がゆっくりと歩く。智子はインスタントラーメンのカップを持ったままそれを見ていた。

人は皆赤子で生まれてくるというのは本当だろうか。たまには赤子として生まれてくる者もいるのかもしれないが、大半は違うのではないだろうか。あのような赤子として生まれてきて、人を騙し、叩き、殺しさえするようになるとはどうしても信じがたい。智子はぼんやりと3人を見送った。

去っていく3人の背中の向こうに、こちらに向かって走ってくる女性が見えた。その足より速く2倍速で回転する独特な手の振り、どうも母に似ている。足が速いだろうという偏見を裏切るために編み出したフォームだといつか聞いたことがあった。それでも黒人女性はこの街にも珍しくはないし、と視線を外した智子がもう一度廊下を見た時には、今度ははっきりと彼女がこちらにやってくるのが見えた。病院の大きな窓から差し込む陽はまだかすかに残り、彼女はそれを一身に浴びていた。

智子とともに病室に入ってきたユニスに英子は驚いた。

ユニスは在留許可がおりたことを話し、2人は喜んでそれを聞いた。

「何がどうなってそうなったの」

智子はフワフワしながら聞いた。

「わからない」

ユニスはそう答えた。嘘ではなかった。

「辰子が働きかけてくれたんじゃないかな。ここだけの話、彼女は今度選挙に出るの」

英子はそう言ったが、ユニスは、

「辰子は全然関係ないよ」

と言い、すぐに、

「この前のお礼をしなくちゃいけないね」

と付け加えた。

ユニスが帰ってきたことが今夜3人にとってはすべてであり、この際理由はどうでもよいことだった。英子は2人に早く帰って団地でゆっくりするように促した。

「日本国籍も取得できるみたい。もう心配いらないよ」

ユニスは帰り際、英子に声をかけた。在留許可と帰化の間にはいくつもの段階がある。英子は聞き間違えたかと思い聞き返した。ユニスはやや落ち着かないような顔をして言った。

「よくわからないけど、これで晴れて日本人になった」


ユニスは智子と夜の道を歩いた。これまではどこを歩いていても誰かに監視されているような気がしていた。これからは夜の空気をどこまでも自在に吸い込むことができる。「うちに帰ったら、お好み焼きも焼きそばも肉まんもあるけど、どれがいい？」

先ほどインスタントラーメンを食べたことを忘れて智子が言った。じつはたこ焼きもあるのだ。いつの間に小雨が降ったのかアスファルトの路面が濡れていた。

3　朴さん（1）

無数のビルの灯りが窓の外に見える。モーニングを着た朴光雄（パク・クァンウン）は、フロアを行きかう人々と離れ一人窓辺に立っていた。

ソウルは古くから人が集まっていたところで、太古の市街は漢江の北側に位置し漢陽（ハニョン）と呼ばれていた。14世紀からは朝鮮王朝の都として栄え、首都を意味するソウルと呼ばれるようになったが、中国人やアジアの人々からは漢城と表記されていた。20世紀初頭に日本に興った大日本帝国が大韓帝国を併合した時には、京城と改名された。帝国は人々の名前も日本式の名前に変えさせた。第二次世界大戦に負けた帝国はこの町も朝鮮半島も放棄し、占領軍となったアメリカはこの町を含む北緯38度以南を自国の影響下に置き、ロシアは以北を影響下に置いた。南北に興った国による戦争ではこの街は何度も破壊された。それから70年以上が経過し、現在は地球上でも人口の多い街の一つとなっている。

「お義父さん」

呼びかけられた光雄が振り向くと、長身の李倉洞（イ・チャンドン）が立っていた。

「お義父さん、こんなところにいらしたんですか。智英（ジヨン）にはもう会いましたか？」

お父様とは俺か、と思いながら光雄は北の訛りを残した言葉で、

「いや、どこに行けばいいかわからないから」

と答えた。

「今はもう、どこだったかな、後でお会いしましょう」

倉洞はそう言って立ち去り、友人とおぼしき人々に声をかけた。

李倉洞と入れ替わるように、光雄と同年輩ながら髪の毛がまだ黒々と光っている男、尹青海（ユン・チョンヘ）が声をかけてきた。

「おめでとう。よく頑張ったなあ。智英も立派になって。婿は何をしている人だって？」

「ありがとう。何か会社をやっているそうだ」

青海とは北朝鮮から脱出してきた人々の支援施設であるハナウォンで知り合った。娘と２人で脱北してきた光雄と違い、青海は一人で韓国にたどり着いていた。ハナウォンを出てから10年以上、２人は時折青海が開業した冷麺食堂で会い、近況を報告しあってきた。

「いやあ大したもんだ」

と青海は言った。

「これでお前も安心だ。新婦とバージンロードを歩くんだろ？　いい写真を撮ってやる」

青海は肩にかけている新しいカメラを見せた。それは日本のメーカーＮＩＫＯＮの製品で、光雄は亡父が所持していたカメラも同じメーカーのものだったと古い記憶を呼び起こした。青海は先月発売されたカメラの特徴を、メーカーの営業担当者のように流暢に光雄に説明した。

ライトに照らされた花道をウエディングドレスを着た智英と倉洞が手をつなぎ、笑みをたたえて歩いてくる。光雄はそれを壇上の親族席に座って見ていた。

智英が韓国にやってきたのは10歳の時だった。光雄と違い北の訛りはすぐになくなったが、学校にはなかなか馴染むことができなかった。光雄は学校へ行きたがらない娘をバイクの荷台に結わえて毎日学校まで送った。娘は高校からは都市の学校の寮に入り、一人で暮らし始めた。光雄は機会を見つけては娘に会いに行ったが、彼女は近況を聞かれると大概「大丈夫」とだけ言った。

光雄は壇上へ真っすぐに歩いてくる娘を見た。智英は小さな頃は繊細で癇の強い子どもだったが、一方で運動会や発表会はあっさりと卒なくこなし、心配する親を拍子抜けさせる子だった。智英は堂々とバージンロードを新郎と歩いてくる。2人は壇上に到着するとベールを上げたり指輪を交換したり、ことさら明瞭な声で声明文を読み上げ、式は20分ほどで終わった。

式が終わった後、ロビーで新郎新婦は友人たちに囲まれた。光雄は知っている者もおらず、所在なく人々の傍らに立っていた。新郎は両親を亡くしていて、叔父夫婦が出席していたが、用事ができたといってすでに会場を後にしていた。

青海がやってきて、

「おめでとう。どうして新婦とバージンロードを歩かなかったんだ」

と言った。光雄は、友人らに囲まれている智英と倉洞を見ながら言った。

「2人は挨拶に来たか？　まだだろ。挨拶させるから」

「いやいや今は忙しいだろう、そのうちに」

青海は辞退しかけたが、光雄は挨拶させると言って娘の名前を呼んだ。だが周囲の声が大きく、光雄の声は届かない。

「智英」

今度は声が大きすぎた。人々は話すのをやめ、光雄を見た。光雄は動揺したが、智英と目が

合ったので青海を手で示し、

「挨拶しなさい」

と小さな声で言った。人々は中断していた話をソロソロと再開し、智英と倉洞は光雄と青海のところへやってきた。

智英は親しげに青海に挨拶し、倉洞を紹介した。青海は感極まったような顔をしてから一呼吸置くとゆっくりとお祝いを言い、新婚旅行はどこへ行くのか聞いた。

「プーケットです」

と倉洞が答えた。青海が、食堂にも2人で来てくれよ、と2人を送り出し、新婚夫婦は光雄と青海のところを離れた。夫婦は、友人たちに再度挨拶して、会場をあとにした。若い友人たちは車に乗り込むところまで見送って行った。

さっきまでいた人々が嘘のような速さでいなくなり、人がまばらになった会場で光雄は青海にもう一度礼を言った。青海もまたもう一度光雄を労った。

「ホッとしただろう」

「役目が終わったようだ」

韓国へ来て10数年、娘を育て上げることは光雄にとって身近で最大の目標だった。娘が寮生活のために家を出て行った時も、大学を卒業した時も、今度こそ育児が終わったと思いはしたが、今回の行事はまた違う感慨を彼にもたらした。

「役目を終えるということは幸せなことだ」

青海が言った。青海は家族を北朝鮮に残し、一人で韓国で暮らしてきた。

彼は別れ際にもう一度「食堂に来てくれよ」と言い、「そのモーニング買ったのか?」と聞いた。光雄は「そうだ」とうなずいて手を振った。青海がタクシーに乗り込むと、光雄は式場へ引き返し、借りていた服を返した。

＊＊＊

真っ暗な夜道をスクーターのヘッドライトが照らす。光雄は黒々と広がる山を背にした一軒の家の前にスクーターを止めた。

光雄はハナウォンから出た後、支援金を使い、この古い家を購入した。父の故郷のはずだったが、父を知るものは誰一人としていなかった。10歳だった智英は光雄に「間違えたんじゃないの」と言ったが、光雄は「父を知る者はきっと皆ここから去ってしまったんだろう」と言った。間違えたのかもしれないが、支援金を使って購入した家を売ることもできなかった。

集落の人々はこのよそ者の親子を遠巻きに眺め、国から親子に支払われた支援金について噂した。そのうち智英を不憫に思ってか、幾人かはご近所づきあいをしてくれるようになったが、この10数年で高齢だった彼らは鬼籍に入り、彼らの子どもたちは都市部から帰ってこなかった。農地は大規模農業を進める企業に買い取られ、外国からの出稼ぎ労働者が暮らすビニールハウスが作られた。今やこの土地に10数年しか住まず、この土地との縁も実際のところ定かではない光雄が、この界隈の年長者になっていた。

光雄は家に入ると手を洗い、上着を脱いで床に腰を下ろした。

この家は不動産業者には100年前のものだと言われ購入したが、実際は築35年ほどだった。

そのお陰で、購入時こそ汲み取り式の便所で水道も井戸水をモーターで汲み上げたものではあったが、前の住人の全自動の洗濯機やテレビが残されていた。

光雄は自宅に帰るときまってすぐに浴室の「自動」ボタンを押す。今ではそのボタンを押すだけで浴槽に40度のお湯がちょうどよい分量で注がれる。罪悪感を覚えるほどの正確さである。父も母も妻も多い時でも1週間に1度、少ない時には月に1度程度しか風呂に入れなかった。

居間の戸棚の上には、智英がいくつかの学校を卒業した時に撮った写真が4枚あり、その奥に1枚の家族写真が写真立てに入れられていた。若い男女と2人に手をひかれぼんやりこちらをむいている幼い男の子のモノクロの写真で、北朝鮮に渡る前に両親と自分が日本で撮影した写真だと光雄は教えられてきた。

光雄の父親は一応のところ現在光雄が住んでいるあたりの出身らしいが、幼い頃に日本へ渡った。母親は朝鮮半島から渡ってきた両親のもと神奈川県に生まれた。第二次大戦後、植民地に本籍があった2人も日本国籍が強制的に剝奪されたが、南北戦争下の朝鮮半島に戻ることはしなかった。

朝鮮戦争から10年以上が経過して、2人は日本で生まれた光雄を連れて当時受け入れが大々的に行なわれていた北朝鮮に渡った。父は北へ渡ってからしばらくすると亡くなり、光雄には父親の記憶があまりない。母親も北へ渡って来た頃のことは脳の一部に澱がおりているようにあまり語らなかった。時折話してくれたのは、関東の工業都市で父と知り合った頃の暮らしの断片だった。光雄と母親は地方都市の長屋で暮らしたが、光雄は母親がこの地で暮らすことをどのように捉えて生きているのかついぞ聞いたことはなかった。父が日本から持ってきたカメラは少年時代いつの間にかなくなっていて、中年男性として国境の河を超えるときに光雄が持ち出したのはこの1枚のみだった。

結婚していた妻との写真は手元にはない。北朝鮮の家を出た時にその写真は妻が持っていた。中国で当局に捕まり北に送還された彼女がどうしているかはわからない。脱北者を支援している牧師に連絡を取ったり、関連団体に調べてもらったりしたが、行方はわからなかった。南へ来て数年後、光雄は妻について調べるのをやめた。智英は大学生になると中国東北部へ出かけ、母親の消息を探したが、手がかりを得ることはできなかった。

光雄は智英に結婚してなんとかこの国に根を張ってほしいと思っていたが、彼女は結婚しないのではないかと考えてもいた。自分と妻は手本となるような夫婦ではまったくなかった。娘が大学時代に長い休みを利用して中国東北部へ出かけたのは、自分への非難も含まれていたと思う。それでも智英は韓国に生まれ育った男性と結婚した。光雄の願いは果たされたはず。

全自動の風呂の住人にふさわしく自動的に体を洗い、風呂につかっていた光雄は、我に返って風呂から上がると、入れ歯を洗浄液につけた。南へ来てから真っ先に処置を受けたのが虫歯の治療だった。なぜに人間の歯は、傷んだら次々と生えてくるサメの歯と違い、永久歯になってしまえば生え変わらないのか。光雄の入れ歯はコップの中を悠々と泳いだ。

翌朝、光雄はバイクで家から近くの工場へ行った。この工場は大きな財閥のグループ会社が所有し、園芸用品を製造していた。ハナウォンを出た後、光雄はこの会社で働いてきた。物流倉庫から商品をフォークリフトでトラックに積み込む業務を行なっている。主に東南アジアからの出稼ぎの労働者達が、パレットの上に荷物を積み、ラップしていく。光雄はラッピングされたパレットをトラックの後ろまで運ぶ。トラックの周りで待っていた労働者達がそれをトラックに積み込む。光雄は空になったパレットをまたフォークリフトで戻す。

昼休み、光雄は倉庫の搬出口の柱にもたれ、一人で弁当を食べる。荷を積み込んだトラックは出払い、ガランとした倉庫空間の向こうに空が見えた。持参したアルミの弁当箱の中身は、米と目玉焼き、ナムル。北にいる頃はトウモロコシがほとんどだったが、今は毎日米の弁当を作っていた。米もまた全自動で炊ける。光雄から少し離れたところで、東南アジアからの労働者達が固まって食べていた。北には外国からの出稼ぎ労働者はいない。その代わりに人々は国交のある国へ出稼ぎに出かける。出稼ぎの賃金は多くを国が巻き上げ、外貨獲得の手段となっている。光雄も一時期、クウェートの建設現場で働いた。

工場長の李秀彰（イ・スチャン）がやってきて光雄に声をかけた。光雄の口からはまだ目玉焼きが半分顔を覗かせていたが、それを口に入れると、工場長の部屋へ向かった。

工場長の部屋は、発送伝票を管理する人たちが働いている事務室の奥にあった。

「あんた北からだったよな」

と部屋に入ってきた光雄に秀彰は言った。

「脱北者向けのキャンペーンが政府から来てる。宝くじの当たり券が1枚ある。買わないか？」

光雄は困惑した。脱北者向けの宝くじというのは意味がわからない。その上、当たりくじがあるというのはさらにわからない。

「最高賞金30億ウォンらしいよ。30万ウォンでどうだろう」

どうだろう？　危ない危ない。さして君子でもないが、そんなものには近づくべきでない。

「やめておきます」

と光雄は言った。秀彰は口角を上げて言った。

「これは国のキャンペーンだよ。あなたこれまでどれだけ国にお世話になってきたの。補助金沢山もらってきただろう。こんな時こそ役に立たないと」

光雄は、彼にとってどのような利益が上がるのかを考えてみようとしたが、すぐに無益だと悟りやめた。そして「すみません」と詫びを入れ「政府にも会社にもいつも感謝していますが、お陰様で静かに暮らしていますので」と言い、再度頭を下げた。

＊＊＊

その週の土曜日の朝、光雄は家の前の畑の手入れをしていた。セダンタイプの車がやってきて道に停車し、運転手の男性が車を降りて光雄に声をかけた。

光雄は見覚えがある男の名前を思い出そうとしたが、とっさには出てこない。男性は数年前に数回光雄の家を訪ねてきた警官だった。中国を舞台にした歴史小説に出てきた名前だったと思うが、項羽でも劉邦でも秦の始皇帝でもない。テコンドー師範の国家資格を持ち、分厚い体をしているこの警官は、年上の光雄に満面の笑みで、

「お久しぶりです」

と丁寧に言った。彼は鍛え上げられた表情筋で満面の笑みを作っているが、目だけはトレーニングできないものなのか怜悧な光を和らげることができず、光雄は緊張を解くことができない。

「最近変わったことあります?」

と師範は聞いた。光雄は、変わったというほどでもないけど、と一呼吸置いてから、

「娘が結婚したね」

と言った。師範は表情筋を緩め、お祝いを述べた。光雄がこの土地へやってきた当初は、何人かの私服警官が時折様子を探りに来たが、近年は来なくなっていた。

「知らなかったなあ。これで少し肩の荷が下りたでしょう」

師範にも中学生の娘がいるのだという。

「もうここへは2人は挨拶に来ましたか」

師範が聞く。そういえば、娘夫婦は昨晩光雄の家に来る予定だった。だが一向に姿を見せないばかりか連絡もない。

「心配ですね」

「自分か娘が日付を間違えたのだろう、昨日来るはずだったんだが」

光雄は、いやいや、と大げさに手を振って「親のところには近づきたくないのだろう」と笑った。

「娘さんといえば」と師範は続けた。

「インターネットの番組に出演されてますね。見ましたよ」

光雄にはまったく心あたりがない。師範は自分のスマートフォンを差し出した。それは脱北者が数人出てきて司会者の質問に答える番組のようだった。

「ご存じなかったですか」

光雄は画面の隅に映る智英の姿を確認してから
「そういえば、何か出るようなことは言っていたな」

と嘘をついて、スマートフォンを彼に返した。

「また何かありましたら教えてください」

そう言って師範は車に戻った。彼の背中を見ていた光雄は「太平天国の乱」とつぶやいた。去りゆく車を運転している私服警官は名を洪秀全（ホン・スジョン）といい、隣国中国で起こった太平天国の乱の指導者と同姓同名なのだった。太平天国の乱の指導者であるほうの洪秀全は、4度国家試験に落第する間にヤハウェの宣託を受け、キリストの弟を名乗り地上の楽園を作ろうとし、一代で40万㎢にも及ぶ国を作り上げたが、最後は敵軍に包囲され雑草を食べ続けて亡くなったという。


智英は小さい頃から外見は光雄に全然似ていなかった。しかし神経質で外面は良いが家族には怒りっぽいところや耳糞が乾いているところなど、見えないところはよく似ていた。少なくとも光雄はそう感じていた。娘とはさして話をしなくても、彼女が今何を考えているのか、妻よりもわかっている。韓国にやってきてから父娘の会話はさらに少なくなったが、娘の考えることはわかっているのだという自負はゆるがなかった。

スターでもミュージシャンでもない人々が出演するテレビのようなものがあるということは耳にしていた。しかしそれに智英が出て喋るとは考えてもみなかった。彼女は幼少期から、家族の前では歌や一発芸のようなものを披露することはあっても、家の外では人目を気にする質だった、父親に似て。

光雄は自分のスマートフォンで先ほど洪秀全が見せてくれたインターネット番組を探した。やはり本人のように見える。光雄は突然不安に襲われ、智英に電話をかけた。何度かかけてみたが、電源が入っていないのか繋がらない。倉洞にもかけてみた。こちらも同様に電源が入っていない。倉洞はＩＴの会社を経営していると聞いたが、ＩＴとはスマートフォンで調べてみると「情報技術」のことらしい。光雄は工場や建設現場で働いたり、山でオニノヤガラを採り、漢方薬にして売ったことはある。だが情報技術は商ったことがない。急激に彼の明るさが得体の知れないものに思えてきた。


お昼前の特急列車は家族連れで賑わっていた。

家からスクーターで最寄り駅まで行く時間と、最寄駅から首都まで列車で行く時間はかわらない。光雄は列車に乗る前に若い夫婦にもう一度電話したがやはり繋がらなかった。席に腰を下ろし、自分のスマートフォンでもう一度あの番組を探した。番組の中で智英は中国での潜伏期間のことや、タイまでの旅路について話した。その期間のことについて人前で彼女が話すということも光雄には信じがたいことだった。

「父は中国当局に捕まり北へ送還されて収容所で死んだ」

と智英は言った。

ソウルに着いたのは昼前だったが、街は小雨が降っていた。娘に以前聞いた住所をスマートフォンに映し出し、それを頼りに歩いた。

そこは雑居ビルがいくつも林立する地区の集合住宅だった。光雄はエレベーターに乗り、5階のボタンを押した。するとまだ閉じていなかったドアから3人の男たちが乗ってきた。光雄からみれば若輩者のその男たちは大柄で、痩身の光雄は取り囲まれる形となった。

光雄は少年の頃から大柄な男たちを見ると彼らへの恐れと、恐れを悟られないために張ろうとする虚勢から尻タブに汗をかく。老境にさしかかってもそれは変わらない。尻タブの産毛が濡れてくるのを感じた。

エレベーターの扉が閉まる。誰もボタンを押さない。光雄は男たちを静かにうかがい、先ほど5階を押したのが間違いであったかのように6階を押した。エレベーターは早くも遅くもなく多くのエレベーターと同じ速度で5階にたどり着く。ドアが開き、男たちはエレベーターを降りて行った。

光雄1人を乗せたエレベーターは6階に着いた。ドアが閉まると光雄は再び5階のボタンを押す。5階に着いてドアが開いた。光雄の視界に1室の前でドアを蹴る男たちが飛び込んでくる。彼らはドアに怒号を浴びせていた。1人は倉洞の名を汚い言葉を前後につけながら連呼した。光雄は2つの矢印が内向きになっているボタンをそっと押し、ドアを閉じた。

アパートの外は雨がまだ降り続いていた。光雄はアパートを見上げたが、どこの部屋もカーテンが閉じていて、中はよくわからない。傘を持ったまま雨に打たれていると、先ほどの男たちが出口から出てきた。光雄は傘ですっぽりと頭を覆った。足音が遠のき、彼らは立ち去った。

光雄はもう一度アパートの中に入った。2人の部屋の前に立ち、フロアに誰もいないのを確かめて、小声で声をかけてみた。返事はない。光雄はもう少し大きな声で2人の名前を呼んだが、それでも返事がない。ドアの隙間に顔を近づけ「北岳山の歌」を歌った。この歌は智英が幼い頃に光雄が彼女に歌った童謡でメロディは日本の童謡「証城寺の狸囃子」に似ているらしい。

「プンパプンパプンパッパ。プパプパプパプパプンパッパ」

光雄の歌声はフロアに響き渡ったが、ドアが開くことはなかった。

倉洞の両親は事故で亡くなったといつか聞いた。結婚式には親代わりだという叔父夫婦が参列していた。光雄は以前聞いていたその住所に向かった。

そこはひっそりとした工場と社屋だった。社屋の隣にある家のインターフォンを鳴らしてみた。誰も出ない。通りを老年の女性が手にかごをさげて歩いてくる。光雄は女性に声をかけた。

「すみません」

女性はビクっと立ち止まり光雄をジロりと見た。

「ここに住んでいる李在容さんをご存知ですか」

女性はあまり関わり合いにないたくないと手を振りながら歩きだした。

「不渡りして夜逃げしただろ」

光雄は初めて聞いた情報に詳報を求めたが、女性はそれ以上は話さないという固い決意を背中で示して立ち去った。

光雄は2人のアパートのある地域まで戻り、目に入ってきた警察署へ駆け込んだ。警官は「娘さんも娘婿も成人ですよね」と言った。

「もう少し待ってみたらいいんじゃないですか。借金取りにどこか連れ去られている訳ではなさそうですし」

「探してくれないのか」と光雄は若い警官に食ってかかった。

「借金で身を隠す人なんていくらもいますし、それも本人の自由ですから」

若い警官は冷静さを失わず、さらに付け加えた。

「娘さんも北韓離脱住民ですね。連絡が取れないことはこれまでなかったですか。中国東北部へ行ったことはありませんか。本人の意思で」

そして最近北へ去った脱北青年の話を始めた。彼は新しい生活に適応できなかったのだと判断されたが、スパイであった疑いがまったく晴れたわけではないそうだ。

「お父さんに隠していたことはありませんか」


日没後、雨が本格的に降ってきた。雨は光雄の乗り込んだ列車の窓ガラスに筋を無数にこしらえた。戻ってきた最寄駅でも雨はざあざあ降っていた。朝、畑に出かける時には雲一つない天気だったし、雨になるという予報もなかったはずだが。光雄はシートから取り出した合羽を羽織り、スクーターにまたがったが、雨はすぐに尻と言わず全身に染みた。

雨中を走ること1時間、家の前にたどり着いた光雄はスクーターを押して、納屋の木製の扉を開けた。暗がりの中に何かが動く気配がする。光雄は電気をつけた。明かりのついた納屋の中で智英と倉洞が座っていた。

「ただいま」

智英が小さく言った。光雄はしばらく半開きの口の端から水滴をしたたらせていた。

倉洞は聞かれる前に新婚旅行中に事業が倒産したことを早口で話し始めた。光雄は倉洞の話をしまいまでは聞かず、２人に風呂に入るように言った。そして母屋に入ると風呂の全自動スイッチを押した。風呂場からピッという電子音とボコボコ湯が湧き出る音が聞こえた。

4　吉田さん（2）

ユニスは親指で相手の親指を抑え込もうとしていた。相手の手は大きく、ユニスがどんなに親指を伸ばしても届かない。その代わりに相手の親指がユニスの親指に絡みつき身動きが取れない。施設の職員が数を数え始めた。この職員は職員の中でも一番感じが悪い。周りでは施設の入所者たちが職員たちと一緒に歌うように数を数える。1、2、3、4、5、ユニスは親指を抜こうとするができないまま、とうとう10まで数え上げられる。相手が手を放したかと思うと、見ていた他の入所者がユニスの親指を抑え込む。それが10数え終わらないうちにまた別の人の手がユニスの親指を抑え込む。やがて無数の手がユニスの全身を覆いつくしていく。ユニスは無数の親指の隙間から天井を見上げる。見慣れた模様がちょっと見えるがやがてそれも見えなくなる。

ユニスは身を起こした。隣には智子が薄い布団をかけて眠っていた。ユニスは智子の布団を整えながら、娘の体が思っていた以上に長くなっていたことを知った。長い。本当に長い。ユニスは自分も布団をかけなおし横になったが、それからはもう眠ることができなかった。

大小様々な段ボールがコンベアを流れていた。帽子を被った老若男女が流れてくる段ボールを仕分けしている。ユニスは緑色の制服を着た男性に話しかけた。

「もうこれ以上は難しいかな。急に穴あけられても困るし。違法なあれはあれだから」。制服を着た男性はそう言った。ここはユニスが施設に収容される前に働いていた配送センターで、ユニスは復職を希望したが、会社にはその気はなかった。

「もう大丈夫だから。私は日本人になったから」

ユニスは急遽、就労ビザどころか国籍が与えられたことを力説したが、制服を着たセンター長は首を横に振るばかりでしまいには走って逃げ出した。ユニスも走って追いかけた。走りながらこの中年のセンター長が信じようとしないのも無理はないと思った。

センター長は息せき切って走り、トイレに駆け込むと鍵をかけた。ユニスはトイレの前に立ち、中に向かってことの経緯をもう一度説明し始めたが、やがて中から排便の音が聞こえてきた。その音は確実にユニスの声を打ち消した。振り返ると、見て見ぬふりを決め込み作業を続ける帽子を被った人々の向こうに、この工場では最高齢に属する警備員たちが隊列を組んで、ゆっくりとこちらに向かって来るのが見えた。


以前の職場に戻ることをあきらめたユニスはそのままハローワークへ向かった。これまでと違い日本国籍を取得した今の自分にはいくらでも仕事は他にあるはずだ。窓口で女性の職員が言った。

「今、求人がとても減ってるんですね。これまで真面目に働いてきた日本人もすごく厳しいんですよ。外国人だとなおさらね」

ユニスは「日本人です」と勝ち誇ったように書類を出した。女性は書類を一瞥し、くだけた調子で言った。

「ん？　帰化したの？あなた。でも純日本人でも厳しいんだぁ」

ユニスは、目の前の女性をまじまじと見た。

「がっかりした？　日本人はバラ色だと思った？　残念だけど日本人も楽じゃないのよ」

ユニスはハローワークを出ると、街の急募ビラを拾い、そこに書いてある番号に電話した。面接はすぐにできた。面接官はユニスと同じ30歳前後の男性だった。

「こういう仕事は初めて？」

「はい」

「できそう？」

「おそらく」

男性はユニスの爪先から髪の毛の先まで3度ほど回し見た。

「言いにくいけど年齢的なこともあるし待ちが多くなっちゃうかもなあ」

待ちとは客からの指名を待つ時間らしい。

「待ちが多いと全然稼げないから。ちょっときついかも。ごめんなさいね。うちはマニア向けのお店じゃないから。そういう店もあると思うけど」

ユニスは他の店を探そうとはしなかった。近所の河原に陣取り、外国人向けの仕事斡旋のサイトをスマートフォンで探した。ほとんどのサイトが日本語で書かれていない中、日本語表記もあるものを見つけて登録した。

川岸に腰かけてしばらくすると電話がかかってきた。電話口の向こうでは男性がユニスには聞き取れない言語で話しかける。ユニスが日本語で返すと、先方も日本語を喋りだした。日本語以外に喋れる言語はないかと男性は聞いた。あくまでも外国人向けの仕事だと言う。

「日本人です。外国籍でないとダメなんですか？　日本人排斥ですか？　ここは日本ですよ」

ユニスは声を荒げかけたが、仕事を得るためには自重しなければ。仕事の内容は定かではないが、長野への出稼ぎならどうやらあるらしい。何とか東京から通えるところでの仕事を頼みこみ、連絡を待つことになった。

川原での陣を解きユニスは団地へ戻った。もう夕方で仕事が早く終わったのか、東南アジアから来た若者たちが団地の中にある公園でミットを叩いたり蹴ったりしているのが見える。ユニスは若者たちに交じり智子が一人の若い男が構えるミットを蹴っているのを見つけた。

ユニスは智子のところまで走り、「何やってるの」と咎めた。

「ミット打ち」

母親の勢いに気圧されながら智子は答える。ユニスは「帰るよ」と言って、ミットを構える青年を気にする智子の手を引っ張って歩き出した。若者たちはあっけにとられてそれを眺めている。

「知らない人と遊ばないで」

ユニスは歩きながら言った。

「28号棟に住んでる、タカティンとムーさんたち、だよ」

ユニスは小学校5年生の時の同級生でタカティンと呼ばれていた高田義久のことが頭によぎった。だがタカティンは高田ではもちろんない。

「どこの国の人たち?」

「タイ」

「どうせ自治会にも入ってないんでしょ」

「自治会って入っても入らなくてもいいんじゃないの?」

「入らないとダメだよ。長く団地で暮らしていくんなら」

「母さんだってずっと自治会に入ってなかったじゃん」

「日本で暮らすなら日本語だってもっと上手に喋れなくちゃ。まともに日本語も話せないのに仕事にありついて。あんな連中がいるから日本人に仕事がないんだよ」

　智子の言う通り、ユニスが自治会に入ったのは数日前のことだった。

「仕事ダメだったの?」

　階段を登りながら智子が聞いた。ユニスは答えを濁しながら「でも他に仕事は沢山あるから。日本人になったから」と何も問題がないと強調した。

「英子さんに相談したら? 伝手があるかも。辰子さんは? あの人弁護士なんでしょ?」ユニスは「辰子は忙しくてそれどころじゃないでしょ」と智子に応え、「もう次の仕事の目途はついてるから」と言った。

　中学時代は学校の成績で1番と2番を争っていたユニスと辰子。彼我の差は辰子に日本国籍があったからだ、とユニスは思っていた。その日の晩、ユニスは遅くまで待っていたが、とうとう電話はかかってこなかった。

翌日は智子が学校が休みで、ユニスは智子と植物園の隣にある大きな公園へ出かけた。その植物園は東京都が管理していて、桜や梅や四季折々の花が咲くらしいが、2人はほとんど入ったことがない。一度、英子が2500円の年間パスポートを買ってくれたのだが、中の広場を走り回っている間に落としてしまい、散々探したものの見つからなかった。

植物園に隣接している無料の公園にはよく出かけた。2人はよくこの公園に来ると、そこに大きなビニールのボールがあるかのように、ボールをはじく動作をして遊んだ。そしてそれを「エア・ボール遊び」と呼んだ。

今日は智子が大きなビーチボールを膨らませている。

「そのボールどうしたの？」

「英子さんが買ってくれた。エア・ボール遊びは難しいって」

2人はボールをはじいた。ユニスも智子も足は速いが、球技はそれほど得意ではない。ボールはしばしばあらぬ方向へ飛んだ。実際のビーチボールは想像上のボールより重く、あるいは軽かった。ほんの少しの角度の違いで全く違う方向へ飛んだ。ユニスは、

「実際にあったらあったで、思い通りにいかないね」

と苛立ったが、智子は、

「やっていたら慣れるよ。少し思い通りにいかないのが面白いよ」

と母をなだめた。ユニスの手はまたもボールを智子とは反対の茂みの向こうへはじいた。ユニスは茂みをしばらく見、智子のほうを一度ちらりと見てから、茂みのほうへ向かった。

「少しじゃない。思い通りにいかないのは少しじゃない」

戻ってきたら、リアルボール遊びはやめた、と言おうと決めた。ユニスは日の当たらない木のうしろにボールをたやすく見つけたが、決意は変わらなかった。智子は茂みへ向かうユニスのうしろ姿を見た時、戻ってきたユニスがエア・ボール遊びを提案したら、受け入れることを決めた。母は理不尽にさらされて生きてきたが、それでも理不尽に慣れてなど、いない。

ユニスが戻ってきたとき、スマートフォンが鳴った。彼女はボールを智子に放って、スマートフォンを取り出した。

ユニスは一着だけスーツの上下を持っていた。かつて支援者からもらったものだが、ずっと部屋の隅にしまわれていたせいか、彼女自身の肉体の変化か、ズボンを履くのに力を要した。智子もズボンに尻を押し込むのを手伝った。何とかズボンのホックをかけることができたので智子は聞いた。

「きつくない？」

「少しの間だから大丈夫」

「夕方から面接？」

公園で電話を受けてから、エア・ボール遊びをすることもなく、ユニスは智子に帰ろうと促し、そして団地の部屋に帰って来た。

ユニスは「そうだよ」とうなずいた。智子はユニスに留め金が黄色の安全ピンを差した。

「ズボンがもし途中で破れたらこれで止める？」

ユニスは、一瞬ためらったがそれを受け取った。

夕飯の米はすでに電子釜にセットしてあった。ユニスは、細々と夕飯の指示を出そうとしたが、智子のほうがこの家の冷蔵庫と台所の取り扱いには慣れていた。ユニスはフットワーク軽く台所を動く智子の背を見ていたが、「それじゃ。戸締りを忘れずに」と言い残して玄関へ行き、スニーカーを履いた。

電車に乗るのは久しぶりのことだった。ビルの間に太陽が沈もうとしていた。この数日間の、自分は日の当たる場所を堂々と歩けるといった気持ちはすでになかった。突然の呼び出し。国籍の取り消しと再収容を突然言い渡されることがないとは限らない。ユニスは揺れる車内でつり革につかまりながら周囲の乗客を見た。日曜日、平日と比べると穏やかな顔をした乗客たちが、一層弛緩した存在に彼女には思われた。電車はやがて地下へ潜り、ユニスは指定された駅で降りた。

地上は完全に夜になっていた。智子はもう夕食を食べ始めているだろうか。普段ユニスが住んでいる地域にはない大きなビルが立ち並んでいる。防弾チョッキを着た警官が立ってあたりを見ていた。目指す建物を探して辺りを見ていると、警官の一人が近寄ってきた。

「在留カード出して」

ユニスは「持っていません」と答えて、帰化証明書をカバンから取り出した。警官は書類を見ると、ユニスを上から下までなめ回すように見た。その目つきにさらされるとユニスは今はギリギリ収まっているズボンが裂けてしまいそうな恐怖に襲われた。負けまいとして言った。

「日本人ですよ。私」

警官は表情を変えず言う。

「本物なの？　これ」

え、本物じゃない？　ユニスはズボン生地の糸がプップッと切れてゆく音が聞こえたような気がした。ジャケットのポケットに入っていた安全ピンを握りしめた。

「鞄、開けて見せて」

ユニスは肩にかけていたカバンを下して、差し出した。その時建物のほうから金田が、あの時の職員が走ってきた。

「吉田さん、こっちこっち」

金田に連れられて警察官から解放され、大きな建物に案内されたユニスは、金田の気さくな態度から先ほどまでの緊張からは解き放たれたが、まだ油断はできない。裏口のようなところから建物に入り、小さな会議室に通された。金田は椅子に座ったユニスにＡ４の紙を渡し、読むように言った。

「私は、日本人の皆さまに日本人として迎え入れていただいたことに深く感謝し、日本のために正々堂々と戦います」

金田が制した。

「もう少したどたどしく読んでみましょう」

訝しがるユニスに金田は丁寧に言った。

「吉田さんが平和の祭典でサムレスリングの代表選手を務めることは、外国にルーツを持つ人たちを勇気づけます。日本人の意識も変わっていくでしょう」

ユニスは、少なくとも今日再び収容されることはないと確信した。安堵のため息の代わりに放屁すると、団地の一室で自分を待っている智子の姿が思い浮かんだ。今日は団地のあの部屋へ帰ることができる。一方で悪戯じみたあの催しは本当に開催されるのかもしれないとその時本当に思った。

「いいですけど、今日の日当とか交通費は出ますか」

「もちろん帰りの足代が出ます」

「最寄駅からでしょうか」

金田は「ちょっと待ってください」と言って部屋を出て行った。昼間あの公園で、外国人向けバイトサイトからの電話はなかった。しばらくして数時間前にユニスに電話した金田が戻ってきた。金田は封筒をユニスに差し出した。一見して分厚い。

「本当は振込なのですが、気を付けて持って帰ってください」

ユニスは封筒の中を見た。1万円札が何十枚と入っているようだ。

「これから会見ですので、こちらに着替えてください」


会場には沢山の人が集まっていた。いたずらやおふざけの類ではこれほどの広い場所に人々を集めることはできないだろう。この国に居住する人々の多くがテレビでしか目にしたことのない首相官邸の大ホールに情報を商う人々が集まり、首相が壇上に上がり平和の祭典について発表した。新しく海中に生まれた国境の島が、勝利した選手の国に領有されるといった祭典の骨子や細かなルールが披露された。その島は「新オノゴロ島」と呼ばれることになるという。

ユニスは、金田から渡された赤いジャケットと白いスラックスに着替え、ホールの脇でそれを聞いていた。記者たちから非難や驚きが上がるかと思ったが、彼らは機械のようにカタカタと手元のパソコンを叩き、手帳に文字を書き込むばかりだった。ユニスはほんの数日前まで、県境すら超えることが規則上許されていなかった。その規則をユニスから聞いた中学時代の友人は彼女が嘘をついていると言った。彼らが授業で学んだ江戸時代でも通行手形が発行されていたからだ。ユニス自身はその規則には必ずしも従ってはいなかったが。

金田が手招きする。ユニスはぼんやりと壇上へ向かった。目の前に首相が手を差し出していた。この人物は確かにテレビで、スマートフォンの画面で見かけた。その手を握るとフラッシュが焚かれた。ユニスはマイクの前でプロンプターに表示されていることを読み上げた。

「日ポン人にしてもラッたことにカンシャし、日ポンのタメにセイセードウドー戦いマス」

たどたどしく、しかしそのわざとらしさに自分が体の根元から転げてしまわない程度に。病院の一室で朴英子はテレビを見ていた。同時刻、団地の一室で吉田智子がテレビを見ていた。画面の中で赤いジャケットと白いスラックスをはいたユニスがたどたどしく喋っていた。

5　朴さん（2）

2台のスマートフォンが充電器を経由してコンセントに繋がれていた。智英と倉洞が座ってカレーライスを食べていた。光雄はご飯の残りをプラスチックの容器につめた。余った米を冷凍庫に入れておき、食べる時にレンジのボタンを3回押すだけで解凍することができる。李倉洞が小声で聞いた。

「ドロっとしてるね。このカレー何？」

「ボンカレー」と朴智英が答えた。倉洞は耳慣れない名前に聞き返した。

「日本のカレーライス。父は日本生まれだから、週に1度はこれを食べてる」

倉洞には義父が日本生まれというのは初耳だった。義父も新妻も日本人だったのかと驚く倉洞に、

「子どもの時に日本から北へ渡ったんだよ。韓国に生まれた人は在日に興味ないでしょ」

と智英は言った。

光雄は北にいる頃、日本からの仕送りがある知人からボンカレーを分けてもらうのを楽しみにしていた。韓国に入り、手に入れることが容易になってからは週1ほどではないがよく食べてきた。2人の小声での話は光雄にも聞こえていた。経営していたはずの会社はどうなったのか、倉洞は能天気で悪びれる様子もない。智英もまた大したことは何も起こっていないという風体でいる。

光雄は2人のアパートで見かけた男たちを思い出した。あれはどこか別の夫婦の家を訪ねた連中だった可能性もあるのだろうか。あるいはあの後の数時間で問題はさっぱり解決してしまったようなことが。しかし風呂に入る前にずぶ濡れの猫や鼠のようになって、倉庫で震えていたのはまぎれもないこの夫婦だった。

光雄は立ち上がり部屋を出ようとした。「お義父さんどちらへ？」と倉洞が声をかけたが、光雄は娘婿を一瞥して後ろ手で戸口を閉めた。

雨は上がっていた。光雄は大きな家の塀の外にスクーターを止め、インタフォンを鳴らした。ぶっきらぼうな女性の声に尋ねられ、光雄は名を名乗った。やがて門から酒に酔った工場長、李秀彰が面倒くさそうに出てきた。

「こないだのくじを買います」

光雄は言った。秀彰はすぐに「今頃言われてもな」とさらに面倒臭いという顔をし、さらに他にも買いたい奴が沢山いるのだと言って、中へ入るそぶりをみせた。光雄は慌てて押しとどめ懇願した。光雄は普段からの秀彰の工場長ぶりを誉めそやし、北からやってきた自分を受け入れてもらったことへの感謝を表明した。またそのような大恩ある秀彰に対して先日の振る舞いは恥ずかしくていたたまれないと詫びた。

秀彰はもう一度「他に買いたいという奴がいるから」と言った。

北から来た者への宝クジなどという怪しいモノの、さらに当たりくじを売ろうというこの怪しさに、普段の光雄ならば決して近づかないだろうが、今は宝くじくらいしか状況を打開できそうなものが見当たらない。

「40万ウォン出します」

と光雄は叫んだ。その声は住宅地に響いた。

秀彰は「静かにしてくれ」と小さな声で制し、

「他に欲しいと言っている者は45万出すと言っている」

と言った。そして赤ら顔で光雄の反応を伺った。光雄はすぐに、

「50万ウォン払います。今」

と財布から現金を取り出し、数え、秀彰に差し出した。

秀彰はそれを数えると、「少し待て」とお金を持ったまま、中へ入っていった。光雄はその背中に、秀彰がもう戻って来ないのではないかという考えが頭をよぎったが、はたして数分ののち、光雄には1時間にも感じられた時間ののち、戻ってきて、光雄に封筒を差し出した。封筒の中には立派な厚手の紙に大きく宝くじ券と印字され、お札に用いられるようなキラキラしたホログラムまで御大層についていた。封筒を渡し終えた秀彰はすぐに中へ入っていった。


光雄が帰宅したのは12時を過ぎていた。バイクを倉庫へ格納し母屋へ向かうと中から声が聞こえる。光雄は足を止めた。娘夫婦が性交渉をしているようだ。光雄は一目散に逃げ出したかったが、それをしてしまうと二度と自宅に戻って来ることができなくなるように思われ、ゆっくりと余裕を持った足取りでその場を離れた。新婚夫婦の性交渉は何らおかしいことはないが、父親のまた義父の自宅で行なう必要はないのではないか。

光雄は門の外へ出て、大きな石に腰かけた。雨が上がってから随分と時間がたっていたが、その石はまだ乾ききっておらず、尻に水が染みてきた。光雄は立ち上がり月明かりの下を歩いた。先ほどの封筒も尻に入っていたので、チケットが少し濡れていた。光雄はくじ券を取り出し、ひらひらと風に当たらせた。30分ほどひらひらとさせた光雄は母屋へ戻ろうとしたが、中からはまだ声が聞こえてくる。

光雄が母屋に戻ったのはそれからさらに1時間ほど経ってからだった。真っ暗な部屋へ入った光雄に疲労がどっと押し寄せ、それに飲み込まれたようにそのまま横になった。

翌日、光雄は普段通り朝6時に目を覚ました。米とスープを食卓に並べ食べ始めると、倉洞がトイレに向かうべく部屋から出てきた。彼は光雄をみとめると、

「お義父さん早いですね。昨日は遅かったのに。いつ戻られたんですか」

と極めて爽やかに尋ねた。光雄は倉洞のむき卵のようにつるんとした顔を二度見した。彼の大きな目は真っすぐこちらを見ていたが、それが光雄を見ているかどうかはちょっとわからなかった。

「何かお手伝いしましょうか。智英を起こしますか」

光雄は少しの間ぼうっとしたが、弾かれるように「構わない」と言い、自分の食器を下げると「朝飯は自由に食べてくれ」と家を出た。

駅前には宝くじの発売所があった。宝くじの発売所には、過去に当たりが出た発売所でそれを

大々的に宣伝しているところもあるが、この発売所は過去に大した当たりは出していないようで、何々の何等がと控えめに紙が下げられていた。

光雄は発売所に座っている白髪交じりの女性に昨日のチケットを差し出した。女性は首をかしげ、店内のパソコンをいじったりしていたが、

「これはここでは扱えません」と言った。

光雄は騙されたかと青ざめたが、女性は「これは国が主催するイベントの招待券ですね」と住所と時間が印字された紙を差し出した。

光雄はその場で大金を得ることができると考えていたので落胆したものの、秀彰から購入したくじがまったくの偽物でないこともわかった。紙片に印字されていた集合場所はこの国の首都の地番だった。光雄は昨日と同じようにそのまま駅に向かった。

お昼前頃、光雄は紙片の地番が示す建物の前に着いた。

繁華街のそれも雑居ビルがたむろしているような地域に、そのまるで黒い塊のような建物はあった。光雄はその1階部分を2周ほど回ってみたものの、壁が続くばかりで入り口を見つけることはできなかった。3周目に入ろうとした時、後ろに男性が立っているのに気づいた。黄ばんだジャンパーを着たその初老の男性に、光雄はチケットを見せようとしたが、彼はそれを見もせず、

「ついて来い」

と手招きすると、その建物の真向かいにあるビルの脇の階段を下りていった。まったく関係の

ない人物でただの酔っ払いではないか、と思いはしたものの、光雄はその男性の後を追って階段を下りた。不釣り合いに長い階段を下りながら、光雄は自身が地下が苦手であることに思い至った。地下で寝起きする人々や地下鉄で働く人々には申し訳ないが、人間が地下ですることは碌なものはない。この国に来てから見たアメリカの映画でも恐ろしいことは大概地下室で起きる。地下に理想郷を夢想した人々が世の中には一定数いると聞いたが、まったく理解できない。

はたして階段を降りきると、ドアがあった。先ほどの男性の姿はない。ドアは光雄の気配を感じ取りでもしたものかゆっくり開いた。中には小部屋があり、先ほどとは別の若い男性が1人、所在なく立っていた。光雄は彼に控えめに挨拶した。その返事の訛りから、彼もまた北から来たことを知った。部屋の中央には小さなテーブルがあり、壁からは大きなモニタが突き出ていた。光雄と男性が挨拶を交わしてからほどなく、モニタから映像が映し出され、涼やかな女性の声が響きわたった。

「競技の説明」

画面に2つの右手が現れた。4つの指でお互いを握り合い、親指で抑えあう。抑え込んで10数えると勝敗が決する。それが今日のイベントの内容なのだった。映像の終わりに、女性ナレーターは一層涼やかに、

「ではお互いにやってみましょう」と言った。

光雄はそのナレーターが声を録音している現場を想像した。ディレクターと呼ばれる人から「もっと柔らかく」とか「もっとゆっくりと」とかどのような顔で指示を受けたのか。彼女はこの国で育ったと思うが、父親との関係は良好だろうか。

スピーカーから再び「ではお互いにやってみましょう」という声が響いた。光雄はビクっとして隣に立っている若者を見た。若者も戸惑いを隠せない表情で光雄を見た。

「ではお互いにやってみましょう」

もう一度声が響いた。先ほどよりもやや強い口調に感じられたが、はっきりそうだと断定するほどの自信もなかった。

「宝くじの賞金が当たると聞いてきたのですが」

若者はテーブルに肘を置いた。光雄も「俺もだよ」と同意し、肘をテーブルにつけ、若者の手を握った。

2人の目はあきらめに満ちていた。大雑把に言うと2人とも何かしら騙されていたのだろうが、騙されることに慣れていない2人でもなかった。

「よーい、始め」

2人は親指を動かした。やがて光雄が若者の親指を抑え込んだ。照れ笑いを浮かべて若者は10秒数え上げられるのを聞いた。光雄もまた照れ笑いを浮かべ、遊戯にむきになって取り組んだ自分自身を誤魔化した。だがスピーカーからの女性の声が「勝利した方は次のお部屋へどうぞ」と言い、「優勝賞金が出ますので頑張ってください。総額で30億ウォンが予定されています」と同じ口調で言うと、若者は態度を変え、先ほどの試合には不正があったと訴え始めた。

2人の間にあったどこか相手をいたわりあうような空気はあっという間に霧散した。光雄は大声を上げ、若者をなじった。若者が光雄につかみかかって来た。光雄は自分より長身の若者の骨の硬さを感じ、自分の骨がへし折れないように体を強張らせたが、その時1つしかないと思っていた他のドアが開き、スーツをパリっと着こなしたテコンドーの師範のような連中が2人入ってきて、若者を抱えて行った。先ほどまでいた人間が消えてしまうと、1人分の体温なのか部屋の気温が急落したように感じられた。

光雄はアナウンスに導かれ、隣の部屋に入った。その部屋も今いた部屋と同じような作りの部屋となっていて、自分と同世代か少し年長の男性が部屋に立っていた。光雄は自分より年長者である可能性も考慮して、丁寧に挨拶した。小柄な光雄よりさらに小柄な男性は、戸惑ったような笑みを浮かべて挨拶を返した。彼もまた光雄と同じ時代を同じ国で過ごしたに違いなかった。

「なんだか奇妙なものですね」と光雄は話しかけた。

男性もまた「おかしなものだねえ」と笑みを返した。

しかし先ほどの若者との間に生まれたような親密さはもう生まれなかった。すぐにアナウンスが響き、光雄はその男性と競技を始めた。男性は最初から全身の力を使って光雄に挑んで来たが、光雄もまた獰猛な小動物のように彼に襲い掛かり、枝木を思わせるその指を抑え込んだ。男性の顔が苦痛に歪み光雄の顔を見上げた。光雄ははっきりとこの地下世界に自分たち2人が辱められていると感じた。そして自分は地下世界の手先となって自分よりも小柄な老人を辱めているのだった。自分の指で相手の指を抑え込んでいる間、子どもの頃同級生の友人たちと取っ組み合っても彼に生じることのなかった、他の動物への優越感がせり上がってくるのを感じた。

光雄はその後、3人の男性を打ち負かした。賞金を持ち帰り、娘夫婦を救わなくてはならない。大変な思いをしている同胞も多くいるだろうが、自分こそその資格があるのだ。

次の部屋には光雄と同じく小柄だが、首から肩にかけての筋肉が盛り上がっている男性が入って来た。彼は酒臭くもあった。向かい合い、手を握り合った時、光雄は彼の吐く息が自分のほうへ来ないように、息を吸う前に大きく息を吐いて自分の周りにバリアを張ろうとした。だが相手の吐く息はそのバリアをいともたやすく超えて光雄の鼻孔を攻撃したため、光雄は一瞬戦闘不能に陥りかけた。それを感じ取ったか敵は一気呵成に攻めてきた。光雄は防戦一方となったが、息を止め、吐く時は顔を90度傾ける方法を編み出し対抗した。10分近く一進一退の攻防が続いたのち、スピーカーが突然、

「止め」

と言った。２人は救われたように手を放し、光雄は顔を１８０度相手から背けて大きく息を吸った。

「判定」

とスピーカーが叫んだ。光雄は目を大きく開けた。相手の男性は、

「判定なんてものはさっきの説明映像にはありませんでしたよ。決着がつくまでやらせてください」

と真っ黒な四角い箱に詰め寄った。スピーカーはそれには答えず叫んだ。

「勝者、赤。赤の選手が優勝です」

赤とは何だと光雄が床を見ると紅白に色分けされている。光雄は赤。

今や白ということになった男性が怒り出した。部屋のドアが開いて、先ほどのスーツ姿の男性が今度は３人入ってきて、白を外へ連れて行った。白の匂いが残る部屋で、光雄は肩で息をして

いた。優勝という言葉の意味が限りなく頼りなく不確かなものになっていたが、字義通りならば賞金がもらえるはずだ。別のドアが開き、光雄は別の部屋に入った。その部屋には身なりも頭髪もきちんと整えられた男性が2人待っていて、そのうちの1人が、

「おめでとうございます」と手を差し出した。光雄は力強く彼の右手を握った。その手は先ほどサムレスリングで優勝したばかりの光雄より大きかった。光雄は、

「賞金は銀行振り込みでしょうか」と聞いた。

大きな手を放した男性は、目を丸くして「賞金？」と言った。

「優勝賞金ですよ」

男性はさらに目を丸くし、「いえいえ、それは本大会の報奨金です」と答えた。

「まだ大会があるのですか？」

今度は光雄が目を丸くした。

大きな手をした男性は、自分は外交部の職員であると名乗り、「平和の祭典」について説明を始めた。

6　吉田さん（3）

ユニスはハイヤーの後部座席で湧き上がる尿意を感じた。

車は大都市の中心部を離れてまだ10分ほどしかたっていない。道は空いているが、今官庁街やビジネス街を離れて歓楽街に差し掛かったところ、郊外の団地にはまだ時間がかかる。先ほどの建物で済ませておけば良かったが、彼女自身も平常心を失っていたのか、裏口から金田に見送られそのままこの車に乗り込んでしまった。ユニスは気を紛らわすために金田に手渡された紙袋の中身を見た。エンドウ豆のような緑色の物体に目と手と足が突き出たぬいぐるみが入っていた。今回の祭典のキャラクターなのだろう、ピースくんというロゴが足裏のタグに刻まれていた。ユニスはそのタグに触れながら、道沿いのコンビニに停めてもらうよう言い出そうか逡巡した。まだトイレに駆け込むほどではないと思うが、この先で道が混んで来たらわからない。

「頑張ってくださいね」

唐突に運転手から声をかけられた。

「先ほどの会見、画面で見てましたよ」

どうも、とユニスは会釈した。

「今の日本代表にふさわしいですよ、あなたは。私もブラジルから来て苦労したから。頑張って、みんなを元気にしてください」

運転手は男性で頭は白くなっている。ユニスの父親と同世代だと思われた。

TATA（お父さん）。彼女の父は放屁をしなかった。ユニスが幼い頃父の前で放屁すると、父は激しく彼女を叱りつけた。父親が生まれ育った土地では人間は、人の前でおならをしないのだという。支援者の前では優しい人柄で知られた父親は、娘にはよく怒り、手を上げることもあった。ユニスが中学2年生の頃、彼女は父親への反発を強めた。自分が進学できないのも、医師になることができないのも、人の目を盗んでしか職に就けないのも、母親が早くに亡くなったのも、すべて父親がこの国に来てしまったからだと思うようになっていた。

ユニスは人前で積極的に放屁するようになった。中学校で仲が良かった理科の教師の前で放屁した時、教師は彼女に江戸時代に放屁芸で一世を風靡した霧降花咲男のことを話した。ユニスは彼の芸について書かれた平賀源内の「放屁論」をその教師に借りて熟読し、衝撃を受けた。人前でするものではないと言われていた屁を人前でひり、喝采を浴びお金を稼ぐ人がこの世の中にいたのだ。しかも江戸時代だけではなく現代にも放屁芸をラスベガスやニューヨークやロンドンで披露して、大金を稼ぐ人があるということも知った。進学も表立った就職も叶わないユニスに放屁芸人という生き方が提示された。

それ以来ユニスは毎晩、勉強の合間に床に寝ころび放屁芸の練習を始めた。しかし彼女の身体では長い音色を奏でることができず、短い屁しかひりだすことができなかった。子どもの頃から父親に叱られていたため、音を立てずすかすことが身体に染みついていて、音を立てるだけでも力を要した。

中学3年生のある晩、ユニスは父の前で放屁した。それは彼女がもう父親の付属物ではないというとても短い声明だった。ユニスが彼女の父親の目の前で、長屁と呼ばれるロングトーンを試みながら数秒の単発なものに終わった時、父は彼女に手を上げることも大きな声を出すこともなく、その場を立ち去った。父はそれから数年して亡くなった。

「頑張ってくださいね。応援しています」

もう一度運転手から声をかけられた。車は団地の公園の前に停車していた。ユニスは自身の尿意のことを忘れていた。彼女は運転手にお礼を言うと車を降りて自分の棟の階段へ向かった。階段の最初の角を曲がった時、彼女のズボンのお尻の部分の布地を結んでいた糸がフッと切れた。ユニスは立ち止まり、臀部を確認した。上着のポケットの内側に入れていた封筒を確認し、そのまま階段を登った。ポケットに入っていた安全ピンはもう使わなかった。足と足の間を風が抜けていった。

中学校を卒業後、ユニスは父親を避け、イベントで知り合った支援者やその知り合いの家を渡り歩くようになった。その頃支援者として知り合ったのが、映像作家の吉田だった。吉田はユニスよりも18歳も年上で、映像制作会社を辞め、社会問題をテーマにドキュメンタリーを作ろうとしていた。彼は両親が残した古い一軒家を持っていて、部屋が沢山あるので泊まるところがあるとユニスに声をかけた。吉田の祖父は海軍士官で、閑静な住宅街の一角にあったその庭には桜の木があり、ユニスが彼の家に初めて行った日は桜が満開だった。随分古い2階の角部屋に通されたユニスは、吉田の前で放屁芸を試みた。ロングトーンは無理だったが、スタッカートをつけることには成功した。「これをどう思いますか?」と聞かれた吉田は「匂いがしないものだね」と答えた。

部屋の鍵を開けて、玄関を上がると、智子が寝ずにテーブルに座っていた。

「ただいま」とユニスは言った。

「おかえり」と智子が言った。

智子の顔は吉田に似ていない。ユニスにも似ていない。自分とは似ていないと思ってきた父に智子が似ているように感じられ、ユニスはたじろいだ。

智子は「テレビを見たけど」と切り出した。

「あれは何？　母さんだったよね」

ユニスは労わるように言った。

「あれは指相撲というもので」

「え？　サムレスリングじゃないの？」

ユニスは世界の秘密を打ち明けるように
「サムレスリングと指相撲は、じつは同じなんだ」と言った。

智子は世界の秘密を披露され黙っていたので、ユニスは自分の声の中で最も優しい声を出した。

「驚いたでしょ」

「うん。何あれ。凄いじゃん」

智子は興奮していた。

「どうして黙ってたの」

「お母さんにもイマイチわかってなかったから」

「いつ決まったの？　どうして母さんが？」

「日本はこれから外国ルーツの人を受け入れていくっていうアピールだよ。それで母さんが選ばれた」

生まれてからずっと、働くことも公には許されず、収容所への強制収容に怯える母親と暮らして来た智子は納得しなかった。

「これまで在留許可ももらえなかったのに？　急にどうして？」

ユニスももちろん、島国の均一性という神話を信じるこの国の人々が方向転換したとは思っていない。彼女がこの国の代表選手になったということで国内の反発もあるだろう。それでもあえて自分を据えたのにはどのような思惑があるのだろう。ユニスは先ほどの運転手の言葉を借り、

「この国も少しずつ変わっていくよ。お母さんはその助けになるだろう」

と言った。ユニスは言いながら、本当にそうなるような気がしてきてしまい、口に出す言葉の力を感じ、その力を畏れもした。

「母さんと一緒に施設に入っていた人たちは？」

智子が聞いたとき、ユニスは自分の肉体があの部屋へ引き戻されたように感じた。ユニスは施設を出てから彼女たちのことを思い出したことはなかったし、努めて思い出さないようにしていた。

「お母さんが活躍したらもっと理解が進んで、みんな出てこられるかもしれない」

ユニスはそう言うと、テーブルに紙袋から「ピース君」のぬいぐるみを置いた。智子はピース君独特のフォルムに複雑な顔をし、

「これは……もしかして豆?」と言った。ユニスはそれには答えず、分厚い封筒を取り出した。国をはじめとするさまざまな人々の思惑は、この封筒の前ではどうでもよいことだった。

「智子にはこれまでいろいろと心配をかけたと思う」とユニスは語り始めた。高校に進学できず、なりたい職につけなかった自身の歴史をもう一度智子に復習させ、世帯収入が少ないために彼女に感じさせたであろう先行きへの不安について詫びた。智子はその間、封筒の中身を知り、お金を数えた。それは50枚あった。

「これでもうお金の心配はいらないよ」とユニスが力強く言った。

智子は、札束を数え終わってなお、母の強気な言葉に疑いの目を向けた。それに気づいてユニスは「もちろんもらえるお金はこれだけじゃないよ。驚くことなかれ、これは今日の交通費だから」と高らかに宣った。言いながら、平和の祭典で名前を売った後の自分には何か大きな商売の道も開けているのではないかという考えがユニスに生まれ、力が全身にみなぎるのを感じた。

「智子は高校にも、大学にも行ける。医学部にも行けるかもしれない」

娘に将来への期待をさせたくなかったユニスはこれまで、智子に将来何になりたいか、など聞いたことがなかった。智子が英子と共に辰子と会ったあとで、弁護士という仕事に興味を持った時も話を広げようとはしなかった。智子は弁護士になって母親や理不尽な収容をされている人を救いたいと言ったにもかかわらず。ユニスはポケットから安全ピンを取り出して、智子に差し出し、娘の存在がどれだけ自分にとって支えになってきたか感謝の意を表明した。それから、

「そうだピアノ買おう。ピアノ。小さい頃習いたがっていたでしょ」

とまくし立てると、突然床にうつ伏せに寝た。ユニスのズボンはすっかりお尻で裂けていた。

初めてズボンの裂け目に気づいた智子は「あ」と声を上げたが、ユニスは智子の指摘を一切気にせず、同じように寝そべるように促した。智子はユニスの言う通り隣にうつぶせに寝た。

「お母さんが中学生の頃なりたかった職業知ってる？」

智子は「医者でしょ？」と答えた。

「中学3年の頃はもう医者にはなれないだろうと思っていた」

ユニスは尻を突き出すと大きく息を吸った。彼女は10代の頃は一度もうまくいかなかったロングトーンを部屋中に響かせた。それは7秒間ほど続き、中学生の時に父の前で行なった放屁とは全く違っていた。

智子は静かに興奮している隣の母親がこれまで奪われてきたあらゆる機会について考え、それが何かは問うことなくただ「臭くないね」と言った。ユニスはしばらくそのまま体をうつ伏せにさせていた。そしてもう一度「智子は医学部にも行けるから」と言った。

＊＊＊

翌朝、ユニスと智子の住む団地の棟の前にハイヤーが迎えにきた。ユニスはまだテーブルに座って朝食のパンを食べていた智子に手を振り、階段を駆け下りた。ユニスは階段を降りきった時、ハイヤーを運転しているのはブラジルから来たあの運転手ではないかと思ったが、運転席から出てきたのは長い髪を後ろで束ねた女性の運転手だった。その日から毎日ハイヤーはユニスを迎えに来たが、あのブラジルから来た運転手の顔を見ることはなかった。

ハイヤーはユニスを都心にある大きな公園の中のスポーツ施設へと運んだ。その施設、ナショナルトレーニングセンターは遠い昔オリンピックがこの街で行なわれた時に作られ、後に研修施設となったもので、周囲を木々に囲まれていた。

金田が施設でユニスを待ち構えていて、到着した彼女を施設内のトレーニング室のロッカーへ案内した。ユニスは胸に「ＡＬＬＪＡＰＡＮ」と入ったトレーニングウェアに着替え、沢山あるトレーニング室の一つに案内された。

そこでは同じジャージを着た若い男女がすでにスパーリングを行なっていた。壁際には頭が禿げ上がり残った頭髪が白髪となっている男性が、筋骨隆々の体をジャージに包んで立ち、眼光鋭く選手たちのスパーリングを見守っていた。金田はユニスに男性を全日本サムレスリング協会の山根会長であると説明した。２人に気づいた山根は、笑顔で手を差し出した。ユニスも口角を上げ彼の手を握った。山根は協会員のほうを向き直ると、大きな声を出し、スパーリングをやめて集まるように指示した。山根は選手たちにユニスを紹介し、選手たちは列をなしてユニスに握手を求めた。

全日本サムレスリング協会の練習が始まった。協会員は柔軟体操から始まり、親指を使った指立て伏せと続けた。ユニスにとっては柔軟体操は中学生の頃以来、指立て伏せは初めてのことだったが、必死にくらいついた。

彼女は子どもの頃から体を動かすのが好きで足も速く、小学生の頃はリレーの選手だったが、足が速い自分を同級生や先生が彼女のルーツに絡めて話すのに抵抗を感じて以来、わざと不格好に遅く走るのが癖づいていた。腕を足の２倍の速度で回す走法もその頃編み出した。それはクラスの同級生の一部からは非難の対象となった。

指立て伏せのあと、選手たちはトレーニングセンターの周囲の道をランニングに出かけた。木々に囲まれたセンターの外周は商業地帯で、待ち構えていた報道各社のカメラマンが写真を撮影し、全日本のジャージを着て走るユニスらを見つけた人々は彼らに手を振った。ユニスはもう不格好に遅く走る必要はなく、大きなストライドでコンクリの地面を蹴った。

智子は朝食を食べた後、小学校へ向かった。昨夜、自分たちに大きな幸運がやってきたのかもしれないと感じたが、一晩たってみると、昨夜のテレビを学校の誰かが見ていて彼女に何か言い出すのではないかということを恐れた。

朝の会が始まる直前に教室に入ろうといつもより遅い時間に部屋を出、岡田芳子との待ち合わせも反故にしたが、団地から続く緑道を歩いているうちに、自分は何を恐れているのかと腹立たしくなった。少し前までいつ家に帰ってくるかわからなかった母が家にいられるようになり、少なくとも2カ月は暮らせるお金も手にしてこれ以上何を恐れることがあろう。いつの間にか自分はここでは目立ってはいけないという委縮した人間になっていたのではないか。怒りは智子の体内で膨らみ、彼女を走らせ、岡田芳子が校門をくぐる時、智子は芳子のカバンを後ろから軽く叩いた。智子は芳子の様子をうかがったが、前日とまったく変わりがなく智子は拍子抜けし、また力を得て、自分の教室へ入っていった。

智子がいつにもまして威風堂々教室へ入ると、それを見た女子児童の一人が窓を開け、

「なんか臭いね」

と言った。他の児童が「ほんとね」と追随した。

智子は彼らのところに歩み寄り「私？」と尋ねた。最初に声を上げた児童は智子の迫力にたじろぎ「そんなこと言ってないじゃんね。未来志向未来志向。謝り続けてほしいの？」と言った。

智子は窓のところへゆっくりと歩き、窓を閉めた。そして上履きの爪先の部分でガラスを蹴った。智子はこれまで同級生や上級生に何を言われても、言い返すことはあっても手を上げたことはなかった。多勢を相手とする怖さもあったが、何か自分が問題を起こすことで母親が一層不利な状況に追い込まれるのではないかという恐怖があった。

飛び散ったガラスの破片を見て、智子は我に返り、母は戻ってきたし、国籍も得たというが、自分のこの一蹴りによって再びそれらが奪われることはないだろうかと慄いた。代表選手に選ばれ張り切って練習に出かけた母が、折角選ばれた代表を降ろされてしまうかもしれない。

一方で智子の右足は抜き去りがたい快感でしびれ続けてもいた。仕方なく智子は児童らを振り返った。子どもらは声を出さず黙っていた。智子は教室の後ろへ向かい、塵取りと箒を取ると窓際まで戻りガラスを集め始めた。真ん中部分が割れたガラスの向こうには青い空が見えていた。

＊＊＊

お昼休みが終わったばかりで、玄関は子どもたちの姿も見えず静かだった。ユニスは靴を脱ぐと靴下のまま、ひんやりとした薄暗い廊下を職員室へ向かった。

全日本の午前練習を終えたユニスは、ナショナルトレーニングセンターのロッカールームで小学校からの着信を目にして折り返し、事のあらましを聞いた。智子が進級してから小学校に来るのは初めてだった。

　職員室へ入ると教室にいる数人の教師たちがユニスを見たので、彼女は頭を下げた。すぐに智子の担任の男性教師富山が、席を立ちユニスのもとへやってきて彼女をパーテーションで区切られた場所のソファへ案内した。

　ユニスと同世代と思われる富山は、最初に「日本語、大丈夫？」と聞いた。ユニスは先ほど電話で話したのはこの先生ではなかったかと思いながら、「大丈夫です」と答えた。

「智子さんは頭のいいお子さんなんですけど、ちょっと一人でため込んでしまうところがありまして。もっと周囲とコミュニケーションを取って、一緒に生きていこうという姿勢がないと、なかなか日本社会でやっていけないと思うんですよ。周りの人に対していつまでも恨みがましいようだと、なかなか先に進んで行けないといいますか。今回は誰も怪我がなかったから良かったんですけど、日本の子どもたちがケガをしていた可能性もありますから」

　ユニスは「すみません」と頭を下げた。まずは怪我人がいなかったことについてホッとし、団地の若者にキックを習うからだという智子に対する非難めいた気持ちもあり、昨日入手したお金で弁償となっても大丈夫だという計算もあったが、智子がガラスを蹴った原因についてこの教師が追及したり考えるつもりがないことも見て取った。

「じつはお母さん、父兄の方からちょっとクレームといいますかね、お母さんの不法滞在の噂が広まっていてですね、そういう方のお子さんが日本人の子どもたちと一緒の教室で学ぶことが怖いというか、心配されてましして」

　ユニスは怒りと恐怖を覚えた。彼女自身は在留許可を得たが、もし得ていなかったらどうなっていたのだろう。ユニスがどのように富山に彼女の怒りを伝えようか逡巡している間に教頭が通りかかった。彼はユニスを見ると立ち止まり、ユニスに軽く会釈をすると、パーテーションの向こうに離れ富山を呼んだ。

やってきた富山に教頭は小声で「あの親、あれじゃない？」と言い、親指をクイックイっと曲げてみせた。富山は何のことかわからない。教頭はスマートフォンを取り出してニュースを見せたが、赤いジャケットを着た女性の写真に富山はなお首を傾げた。教頭はニュースの見出しの吉田ユニス選手というところを指した。

富山は急いで戻ってきた。ユニスは改めて言った。

「本当にすみませんでした。誰もケガがなくて良かったです。ところで智子はどうしてガラスを蹴ったのでしょうか」

「いや、それはやはり智子さんの、いや、とはいえ智子さんも最近は日本らしい感性を身につけて来たとは思うんです」

「日本らしい感性とは？」

富山は答えを探してソファの上をさまよった。ユニスは再び言った。

「日本らしい感性って和みたいなことですか？　私はじつはこの度、平和の祭典の日本代表選手になったんですけれど、教えていただけませんか」

富山は答えを見出したかのように大げさに反応して言った。

「平和の祭典ですね。存じてます。凄いですね。あ、よろしければ一度児童の前でお話をいただいたりできませんでしょうか。と思っていたんです」

５時間目が終わり、智子の教室でホームルームが始まった。智子は議題が自身の爪先蹴りになり、吊し上げられる場になることを覚悟して座っていた。固く割れないものだと思っていたガラスはアッサリ割れ、ぽっかりとあいた部分から校庭の土や草の匂いが風に乗って入って来ていた。学級委員が立ち上がった。

「先生が来客で遅れているようですので、今日のホームルームを始めます。今日の議題は、窓ガラスが割れてしまったことについてです」

富山が早歩きでやってきた。

「あーごめんごめん。始めましょう。今日は特別に先生からのお題をいいですか。今日の議題は『平和の祭典』についてにしてください。今度開催される日韓平和の祭典で、なんと吉田さんのお母さんが日本代表選手として出場することになりました」

児童たちがざわついた。智子は今日朝から恐れていたことが最悪のタイミングで起きたことを知った。機を見るに敏い一人の児童が手を挙げた。

「日本代表なんてなかなかなれないのでクラス全員で応援したいです」

応援という言葉を智子はもちろん知っていたが、大変場違いな言葉に感じられ、その児童が言い間違えたのではないかと思った。ところが、賛成、の声があちこちで上がった。

「静かにしてください」

学級委員が児童らを制止した。

「これから多数決を取ります。吉田さんのお母さんをクラス全員で応援することに賛成な人は手を挙げてください」

バラバラと多くの児童が手を挙げたが、智子は手を挙げなかった。委員は挙手された手を数えた。

「では吉田さんのお母さんをクラス全員で応援することに決まりました」

児童らが拍手した。児童の一人が手を挙げた。

「隣の国は一度決めた国と国との約束も守らないし、反日教育をしているし、善意の通じない国だと思います。日本の代表になった吉田さんのお母さんを応援します」

大きな拍手が巻き起こった。智子はクラスの児童が隣国への反感を表明し、それに多くが賛意を示したことにも驚いた。

ホームルームが解散となり、智子が帰ろうとすると、数人の児童が智子のそばに来て「凄いね吉田さん」と言った。智子は顔をひきつらせながら、手をパタパタ振り、「では」と言った。自分が吊し上げられることはなかったが、母のニュースで自分の行ないが、ともすれば自分の存在がかき消されたように感じた。先ほどまでしっかりと残っていた爪先の感覚も消え失せ、じつは窓ガラスを自分は割っていなかったのではないかという気がしてきた。それをたしかめるのが恐ろしく智子は教室を出るときに後ろを振り返らなかった。

音を立てず忍者のように学校の下駄箱まで走ってきた智子に声をかけたのは、岡田芳子だった。智子はこの友人を前に少し顔をゆるめたが、芳子は、

「聞いたよ智子ちゃん。何で言ってくれなかったの。凄いじゃん。お母さん」

と言った。智子がまごついていると、芳子はさらに、

「うちのクラスでもね、お母さんを応援することになったんだよ」

と続け、智子に彼女のクラスの様子を理解させると、

「私が智子ちゃんと仲がいいって言ったらね、みんなお母さんに会わせてほしいって。みんな盛り上がっちゃったんだけど、いいよね」

と言った。智子は「うん、もちろんだよ」と応えたが、「今日、用事あるから、またね」と言って、履きかけだった靴を履いて校庭へ駆け出した。

智子は文字通り逃げるように校庭の真ん中を突っ走り、校門を出てからも町の人々から逃げるように駆け続けた。走りに走って団地まで戻り、肩で息をしながら団地内の公園を歩くと、子どもたちの姿がない幼児用の広場でタカティンらがキックボクシングのトレーニングをしていた。智子は彼らの元に近寄ると、

「うちの母のこと知ってる?」と聞いた。

タカティンは「この間怒ってた人だろ? それが?」と言って首をひねる仕草をしたが、隣の相棒と目を合わせて噴き出した。

「凄いな。あれやっぱり智子のお母さんだったのか」

キックボクサーたちは智子に握手を求めた。

「あのお母さんがね。この国は落ち目のくせに外国から来た人間は大事にされないと思ってたけど、見る目変わったよ」

「見た目がこの国の人じゃなくても活躍できるのかも、ってみんなに希望を与えたよ」彼らの口調に、智子はこれは本当にスゴイことなのかもしれないと思い始めた。昨晩ユニスが言ったようにこれで何もかもうまくいくのかもしれない。

タカティンはさらに「みんなのために絶対に勝って。外国人はこの国の人の役に立つってことを証明してもらわないと」と言った。その言葉に平和の祭典には勝ち負けがあることに智子は気づいた。国の代表になって負けるとどうなるのか、負けるというのは親指を相手に抑え込まれることだったか。あるいは逆か。

「あと、上の階のおばあちゃん、あんまり話さないほうがいいよ」

智子は意味を捉えられずタカティンに聞き返した。

「あの人韓国人だから」

「だから？」

「敵でしょ」

智子は彼のその考えに非常に驚き、それに応える言葉をうまく探すことができなかったが、かろうじて「たしか、平和の祭典だったよ」と言った。

「そう？　かもね」と言ってタカティンらは練習に戻っていった。

智子は自分の棟の1階にある集合ポストで、英子のポストに落書きがあるのを見つけた。それは智子にはよく理解できない語句だったが、何やらとても悪いことが書いてあるのは明らかだった。前からあったが気づかなかったのか、昨日の件ですぐにこれを書いた人がいるのか。人々が元々持っていた悪意が今回の祭典で噴出したと考えると吐きそうになったが、ポケットからタオルハンカチを取り出すと、顔をそむけるように落書きを拭いた。ポストのささくれにハンカチがほつれたが、智子はそのまま拭き続けた。

7　朴さん（3）

その食堂は最近若者たちが集まるようになった商業区域にも近く、仕事帰りに冷麵をすすりたい人々で賑わっていた。店の厨房の隅で、いつもは一時もじっとしておらず従業員たちに盛んに檄を飛ばす尹青海が、立ったまま黙って口を半開きにしてテレビを見ていた。

テレビ画面は、この10年を友人としてつきあってきた朴光雄が、大統領と握手をする姿を映し出していた。青海は同姓同名の別人ではないかと画面を凝視したが、画面上の人物は彼の友人の趣向とは離れた上等な衣服を着てはいたものの、朴光雄そのものに思えた。光雄は北の訛りを強調しながらカメラに向かって抱負を述べ、それを引き取ったスタジオのアナウンサーは光雄が平和の祭典の韓国代表に選ばれたともう一度説明し、彼が脱北者であると強調した。次に脱北者で国会議員でもある人物と脱北者団体のリーダーがスタジオに現れ、光雄を歓迎する発言をした。

青海は呆然と立っていたが、この祭典は公平に見えて随分不公平な戦いなのではないかと思った。何しろ光雄のほうには、１００年前隣国の植民地となっていた歴史がある。海の上のほんの小さな島とはいえ、負けることは許されないだろう。青海は立ったまま、両手でサムレスリングをしようと試み、右手同士、左手同士でなくては成立しない、自分一人ではできない競技であることを知った。

光雄はとても疲れていた。疲れてはいたが、大統領府から政府関係の車に乗せられ運ばれる間、目を開けて窓の外を見ていた。彼が自宅を出る前に想定していたより、少しばかり物事が大きくなってしまっていた。

大統領に会う前、光雄は外交部の役人に対して自分が選出されたことに対して、自分は宝くじの当たり券をもらいに来ただけなのに、と抗議したが、役人は驚いた顔をして、

「こんな当たり券はないですよ」と言った。

「朴光雄が国の英雄になるのだから、今お住まいの家は記念館になり銅像も立つでしょう」

なおも不安げな光雄に彼は声をひそめて、

「領土を失ったら政府はどうなると思いますか。大統領も私たちも辞任は当たり前です。そうならないように話はついていますから安心してください」

と言い、それについては他言無用と付け加えた。光雄もその話には真実味を感じた。役人はさらに、あなたが代表選手を引き受けないということは、北のスパイである疑いを引き受けるということだという旨のことをさらりと言った。これまで多くのことが自分の思い通りにならずに来たという自覚のある光雄は抗議するのをやめ、そして役人の言うままに、大統領と握手し北のアクセントを強調して抱負を述べたのだ。

車は光雄の自宅の前の道で停車し、光雄を降ろして去って行った。駅前に停めておいたバイクは自宅の前に置いてあった。光雄は門の中へ入ると玄関前まで来て、昨晩のことを思い出し、中の様子を伺った。テレビから鳴る音が小さく聞こえ、若い夫婦の声が聞こえないことに安堵し、光雄は戸を開けて中へ入った。智英と倉洞がテレビで配信中の映画を見ていた。光雄は随分家を

空けていたような錯覚にとらわれたが、２人に、

「ただいま」

と言った。倉洞が立ち上がり、

「遅かったですね。お食事はまだですか?」と聞き、光雄がそれに答える前に台所へ行った。光雄はどこか外国の映画を見ている娘を観察したが、今日の光雄の活動を知っている様子はなかった。倉洞が皿にご飯とカレーを盛り、テーブルに置いてから、

「お義父さん、どうぞ、ボンカレーですよ」と笑みを浮かべ、映画に戻った。カレーを取りに行く間配信中の映画を一時停止しなくてもよかったのかと光雄は思ったが、倉洞はまったく何事もなかったように映画の視聴に戻った。光雄はカレーに口をつけ、訊ねた。

「この映画、もうすぐ終わるのか」

「あと90分ほどあります」

光雄は肩にかけていたポーチから厚い封筒を取り出し、２人の前に置いたが、２人はそれにはあまり注意を払おうとはしなかった。

「お父さんから、大事なお知らせがあります」

と光雄は言ったが、智英は、

「今、いいところだから」と視線を逸らさず、倉洞は光雄を見てから、

「もう少し後にはできませんか?」と言った。光雄はしばし、画面に映し出された海辺のヨーロッパ人を見ていたが、残りのボンカレーを胃にしまうと立ち上がり、画面を消した。

「何するの」と智英は憤ったが、光雄は封筒を２人に掲げた。

「開けてみろ」

倉洞は封筒の中に札束を確認した。

「どうしたんですか?」

「なんだお前たち、ニュースを見ていなかったのか?　ヒントは大統領だ」

光雄は「風呂は沸いてるか?」と聞くと、倉洞の「沸いていいます」という言葉を背中で聞きながら、浴室へ行った。

光雄は湯船につかりながら、懐かしい歌を久しぶりに数曲歌い、娘夫婦を守り、祖国で生きていく道を拓いた自分の功績に浸った。2人は、特に娘は今度こそ父に大きな感謝を寄せるだろう。光雄はその期待を見せまいと何気ないふうを装うために缶ビールを片手に夫婦の前に戻り、「プハー」と息を吐いてみせた。


「どうしてこんなものを受けたの」

風呂上がりの父に娘は怒鳴り声をぶつけた。光雄の頭はまだ湯気が立っていた。倉洞は真面目な顔をして丁寧に「お義父さん、どうしてこんなことになってしまったんですか」と言った。

「負けてしまったら国にいられないですよ」

「どうして負けることばかり考えるんだ。そんなんだからお前たちは」

光雄は困った顔をしてみせ、

「うまくいくようになってるんだ。借金取りから逃げてきたお前たちのためだろうが」

と優しさを意識して発声した。黙っていた智英が口を開いた。

「私のことなんて何でもないことでしょ。自己破産なんか誰でもしてるよ」

光雄は自身の血圧が上昇するのを感じ、

「俺たちはただでさえ肩身が狭いのに、自己破産なんかしてやっていけるか」

と大声を出した。倉洞が「お義父さん、そんなこともないんですよ」と口を挟んだので、「お前は黙れ」と娘婿に対しても一喝した。

「お父さんはどうしていつも一人で決めるの」

智英の発言に光雄は怒りが足先から頭のほうにグルグル駆け上ってくるのを感じた。智英が6歳の頃、光雄は生活の中で言うことを聞かない娘の尻をしばしば叩いていたが、小言を聞き流し我儘を続ける娘をひねり潰したい衝動にかられたことがあり、自らの衝動におののいてもいた。智英は幼少の頃から外見がまったく自分と似ていなかったが、それがためであるかどうか、他に子どものいない光雄にはわかりかねた。光雄は智英を叩く代わりに、リンゴを掌で潰すような仕草をすることで暴力を抑える方法を編み出した。

この国に2人で来てからは彼女に手を上げたことはない。しかし今、成人した娘の言いぐさに光雄はぐらぐらと怒りをたぎらせ、再びリンゴを潰す仕草をし始めた。それは地面に仰向けになった羽虫が手足をばたつかせている仕草にも似ていた。

「あの日もそうだった。母さんはあの道を通るのはやめたほうがいいと言ったのに」

と智英は言った。

「父さんは聞く耳を持たず、母さん1人が捕まった」

光雄はリンゴを潰す仕草をしていた両手をダラリと下げた。

真夏の中国東北部の路上で光雄の妻・李恵英（イ・ヘヨン）は現地警察に捕まった。恵英が本当に国から離れたかったのか光雄にはわからない。国を脱出する前、光雄への国家からの配給は途絶え、妻の闇市での稼ぎが家族の主な収入になっていた。3人の栄養状態は悪かったが、それまで自分を愚鈍な妻として見下していた夫に自分の力を見せつけ、家族の生活を支えているという自負が妻にはあったはずだ。異国へ行き彼女が同じように商売ができたかわからない。若い頃専業作家と呼ばれる国公認の小説家を志し、そして挫折した光雄は、文学を知らない妻を若い日には見下すことがあったが、お金や食べ物を持って帰宅することができなくなると、文学は何の役にも立たなかったと妻に見下されるようになっていた。光雄は妻に一切相談することなく、国境の河を渡ることを決意した。

「ここへ来たのは間違っていない」

光雄はうめくように言った。お前だってそれは否定できないだろう、と光雄は思ったが娘の顔を見ることはしなかった。

「今度も間違ってない」と光雄は2人に告げると、部屋を出た。屋外の空気は冷たく、光雄の頭からもう湯気は立ち上ってはいなかった。

8　吉田さん（4）

薄暗い部屋に煙が立ちこめていた。スーツ姿の中年男性がホースを口に加え煙を吐き出し、別のホースをテーブルの向かいに座っているユニスに勧めた。ユニスが勧められるままにホースを口に加え息を吸うと、カタカタカタと音がし、口の中に煙が充満し口と鼻から煙を大きく吐き出した。向かいの男性の隣にもまたスーツ姿の中年男性が座っていて彼もまた煙を笠雲のように頭にかぶっていた。1人は西浦と名乗る、与党賛成党に所属する衆院議員で、もう1人は兼原と名乗る会社経営者だった。3人は東京都内にある会員制のバーの個室で水たばこを吸っていた。

「吉田さんは大船に乗った気でいいから。吉田さんみたいな人が必要なんだよ」

赤ら顔の西浦は言った。ユニスは最初、西浦が何を言っているのかわからなかったが、彼がユニスを平和の祭典の後に行なわれる衆議院選挙に立候補させようとしているのを知るとたまらず笑い出した。つい先日まで在留許可さえ認められなかった自分を政治家にしたいという人間が目の前に存在し煙を頭からかぶっていた。

「当選は確実だよ。私に任せてくれさえすれば」

西浦は言ったが、なおもユニスは笑い続けた。帰化して立候補したが有権者から落選運動を起こされた候補が何人もいたではないか、この国には。彼らは運よく当選しても国家や文化のようなものへの忠誠を他の候補者よりも求められ、常にあらゆる形で踏み絵を突き付けられてきた。この国の社会のようなものに。

ユニスはこのところ毎日午前中はナショナルセンターで練習を行ない、午後はテレビや雑誌・ウェブメディアの取材を受け、コマーシャルの撮影に参加するなどしていた。スタジオでメイクアップされライトに照らされインタビュアーに丁寧に質問されることは初めてで、振り込みこそ先であるものの、向こう1年生活するだけのお金が先日開設したばかりの銀行口座に振り込まれることになった。その多忙極まるユニスを訪ねてきたのが西浦で、彼は与党議員として彼女を激励し、午後の予定がないと知るや煙渦巻く店に連れてきたのだった。

西浦は煙の中から頭を突き出す形で出し、地球の中心のほうへあるいは笑い続けるユニスのほうへ向かって下げた。

「これまで吉田さんは大変なご苦労をされたことと思います。申し訳ありませんでした。日本人の1人として深くお詫びします」

それは先ほどまでの慣れなれしく不遜なものとはまるで違った態度だったが、視界の晴れてきた部屋の中で、ユニスは収容所で出会った人たちが目に浮かび、自分は自分と同じような立場にかつてあった人々を代表して彼の謝罪を受け入れる立場にないと感じ、そのことを伝えた。西浦はもう一度頭を下方に振った。

「国のあり方を変えるために、ぜひ力をかしていただきたい」

ユニスは「議員の給料はいくらなんですか?」と聞いた。

＊＊＊

夜遅く、ユニスが団地の一室の玄関を開けた時、智子は机で図書館で集めた本を読んでいた。

それらは日本と韓国の歴史に関するもので、主に近現代に属するものだったが、戦国武将豊臣秀吉による朝鮮出兵時のものや、それより古い朝鮮半島に皇室のルーツを探るものもあった。

智子はこれまで母はもちろん英子にもその歴史背景について聞いたことはなかったし、学校の歴史の授業でも同様だった。智子はそれらの本から、日本がかつて朝鮮半島を植民地としていたこと、植民地時代に朝鮮半島に住んでいた人々は日本国民とされ名前を日本式に変えることを求められたこと、仕事を求めて日本列島に移住してきたこと、さまざまな差別を受けながらもコミュニティを作り定住したことなどを知った。英子に彼女の父母について尋ねたことはなかったが、おそらくそのように日本に渡ってきたのではないか。智子の中で会ったこともない英子の父母と、遠いアフリカ大陸からこの国に渡ってきた自身の祖父母が重なった。

智子はユニスが帰って来たらさっと電気を消して布団に潜り込むつもりだったが、それらの本を読みふけっていたために動きが遅れてしまい、このところ連日帰りが遅い母親と顔を合わせることになった。ユニスは煙こそ身に纏ってはいなかったが、頭を押せば皮膚からアルコールを噴射しそうな身体で帰ってきた。

智子は、早く寝なさい、と言われる前に先手を取り、

「遅かったね」と声をかけた。

先手を取られたユニスはテーブルに菓子折りの箱を置いたが、それは先ほど西浦が土産にくれたもので、一番安いものでも1箱が5000円を下らない都心にある有名店のものだった。続いてカバンからピアノのパンフレットを取り出すとテーブルに置き、ピアノメーカーの名前を列挙した。ユニスは自分でメーカーの名前を挙げながら、それはオルガン修理から始まりバイクまで

作るようになったメーカーやそのメーカーで働いていた天才技術者が独立して興したメーカーだったが、自分の中にそれらへの思い入れがあったことを知った。

だが今やユニスよりもこの団地を知り尽くした智子はピアノ、それが電子ピアノであったとしても、購入して部屋に置く場合の居住面積における大きさを心配した。ユニスは首をぐるっと動かして部屋を見てから、

「引っ越そうか」

と言った。実際連日の臨時収入によって、この団地を出てより広く、防音設備などがある物件への引っ越しは可能かもしれない。

「引っ越してピアノの置ける部屋に住もうか。別に団地じゃなくてもどこにだって住めるんだから。いい学校の近くもいいね。智子は頑張れば医学部だって行けるよ」

「医学部はいいよ」

智子が控えめにだが否定の意味を込めて言った。ユニスの父母、智子の祖父母は医学によって救われなかった、そう智子は考え医学に尊敬を抱いていなかった。ユニスは医者が悪かったわけではないと祖父母を診てくれた医者について、この国の医療について擁護した。医者たちはユニスにもう少し早く病院に来てくれたらと言ったが、医療保険に入れない両親は重篤になるまで医師にかかれなかったのだ。

「引っ越ししたら英子さんはどうなるの？」

と智子は言った。

「どうなるのって？　英子さんは別にどうもならないよ。これまで通りだよ」

この団地の部屋は借主の名義は英子になっていた。ユニスは英子に家賃を払ってきたが、これまで払えなかった月がいくつもあった。

「当然借りていたお金も返すし、今までお世話になった分のことはするよ」

智子は「母さんはどうして英子さんのお見舞いにいかないの」と口にした。ユニスは収容施設を出た日以来病院へ行っていなかった。ユニスはあえて英子を見舞っていなかったのではなく、練習と連日の取材や撮影で行くことができなかっただけであり、智子もそれを理解していたが、智子にとってはこの団地は物心ついてから育ってきた故郷であり、引っ越しは彼女を故郷から引き離し、2人が一方的に英子から離れていく行為に思えた。

「英子さんが韓国人だからじゃないよね」

と智子は言った。

「平和の祭典でお母さんの敵は韓国なんでしょ。韓国人は敵なんでしょ」

ユニスは智子の言葉の激しさに驚き、たじろいだ。智子は今や国家の代表選手となったユニスに国家の周縁に位置する者の代表として対峙しているようだった。

ユニスは先ほど煙の中で西浦に「近くに韓国籍の女性が住んでるよね」と聞かれ、やや緊張して「問題になりますか」と聞き返していた。西浦は「いや全然。吉田さんは平和の祭典の日本代表だから。戦争するってんじゃないから」と答え、ユニスを安堵させた。同時に彼は「平和の祭典が終わるまでは、必要以上に仲良くする必要もないよ」と受け止め方に幅が出そうなことも言った。

「敵じゃない。敵じゃないよ。平和の祭典なんだから」

ユニスは言った。智子は「教室のガラス、先生から聞いた？」と訊ねた。

ユニスは学校で担任教師と話したことには触れないようにしていた。智子はユニスに不利にならないように学校では目立たないようにルールと呼ばれるものはできるだけ守って生活してきたし、それはユニスにもわかっていた。ユニスは智子の口調に子どもの不祥事には親が向き合わねばならないのではないかという非難を受け取り、

「智子につらい思いをさせてきてごめん」

と詫びた。そして「私はガラスではなく人間を殴っていた」と言った。智子は優しいから彼女に攻撃してきた本体ではなくガラスを蹴ったのだろうけど、本来は物に当たるのではなく本体を攻撃しなければならない。しかもガラスは飛び散って余計危ないよ。母親の顔を見た智子にユニスは自分の発言に訂正こそ加えなかったが、「暴力は嫌だね」と付け加えた。

ユニスが子どもの頃、彼女の父はよく、この国に住まわしてもらってる以上は少しくらいのことは我慢しなくてはならない、おとなしく無害であらねばならない、日本人に手を上げたら袋叩きにされると言い、ユニスもそれを守っていたが、とうとうある時彼女に連日ひどい言葉を浴びせていたクラスの男子を殴ってしまった。

男子はユニスのフック気味のパンチに倒れこんだが、少しの間何が起こったかわからないようだった。見事なタイミングで休憩時間の終わりを告げるチャイムが鳴ると、ばつが悪そうに立ち上がり、周囲の男子に声をかけ何事もなかったように次の授業のために席を移動していった。反撃してこないと思い込んでいた者から反撃を受けた男子はたじろぎそのことを誤魔化しただけで、ユニス自身はそれから数日間、彼らが自分を袋叩きにするのではないかと警戒してすごしたが、

何も起こらなかった。学校全体でユニスの反撃を忘れることに取り決めでもしたかのようだった。

ユニスは父への反発を強めた。父と違い自分はこの国で生まれたのであって、選んで生まれてきたわけではない。それなのに自分はここでは人間としてどれだけ制限を受けるのか。暴力ですら場合によっては人間に与えられた自由ではないだろうか。それらすべてが、母が早くに亡くなってしまったことも、この国に来ると決めた父のせいであると思えた。進学ができないことを知り勉強を辞めてしまったユニスは、中学を卒業すると父の住む家には寄り付かず、支援団体の家を転々とした。ユニスは父親から彼と彼の兄弟が故国で受けた暴力を細かく聞かされてはいなかった。

収容所には暴力があった。施設の職員は一人一人はそこまで屈強な人々ではなかったが、常に多勢だった。彼らは集団で一人を取り囲み、引きずり倒し床に押し付ける。ユニスは彼らの一人を、あんたたちは小人でもないのにガリバーに群がる小人みたいだ、と罵ったことがあった。ユニスは数人に激しく床に押さえつけられ懲罰房に入れられた。

施設で働く人たちはそのような暴力を行使しながら、自分たちは自分たちの仕事を真面目に執行する誠実な人々だと考えていた。この国に住む人を守るのだという自負を持つ人々さえいた。彼らは一般の国民の代理で暴力をふるっていた。また彼らは上部組織と思われる省庁の人々の前ではしもべのように行動していた。ユニスが彼らの前に代議士として立ったら彼らはどのように彼女を仰ぎ見るのだろうかと思った。もう彼らにはユニスを集団で床に押さえつけることはできない。

「だから、だからだよ」

ユニスは頭の毛細血管が何本か切れたのではないかというほど力を込めた。あんまり力を込めたので、「だから」が自分の話のどこにかかっている言葉なのか一瞬わからなくなった。そして「だからこそよ」と再び言った。

「だからこそ、これはチャンスなんだよ。私たちがとうとう摑んだ」

智子はユニスから収容施設でどのような扱いを受けているか詳しく聞いたことがなかったが、そこがどれだけ母親を疲弊させるところかはよくわかっていた。そして母親が自分たちを押さえつけてきたものを、降ってわいた手法ではあることは間違いないが、弾き飛ばしてやろうとしているということも。

「お母さんは今忙しいから、英子さんのお見舞いにはなかなか行けないよ。でもそれは英子さんと仲が悪くなったからじゃない。英子さんにはお母さんが困っていた時本当に助けてもらったから。今ここに住めてるのも英子さんのお陰だし。だからこれからもずっと英子さんに恩返ししていくから」

智子は黙って聞いていたが、

「英子さんのポストに落書きがあったよ。国に帰れ、みたいなの」

と言った。ユニスは在日朝鮮人について暴力的な言動をする人々がいることを知っていたし、そのような人々を扇動する政治家や評論家の存在も知っていたが、それが英子に直接向けられたのを見たことはなく、娘の受けた衝撃もいかばかりかと思った。

「どうしたの？　それ」

「拭いたよ」

ユニスは自分ならば顔の知らない者の憎悪と自らの怒りで、その場から逃げ出したかもしれないと思った。

「それは一度だけ？」

智子は頷いた。ユニスは安堵した。どこの誰だか知らないが、そのような者が近くに住んでいるだけでも気持ちが悪いのに、何度も現れるのなら、よい思い出のないこの国の警察に通報しなければならない。

「そうでしょ、1回だけでしょ。この団地にも悪ガキみたいなのはいるよ、もしかしたら……」

ユニスは、英子が以前団地の庭にチューリップの球根を植えようとした時、蜂が来たらどうするのかと怒鳴り込んできた杖をついた老人の話をした。

「きっとあの意地悪じいさんだよ。団地の庭を自分の家の庭と勘違いしてるんだ。あんなのは智子だって怖くないでしょ」

「自分ちのポストだと勘違いしてるポストに落書きするかなあ、あのおじいさん」

智子は疑問を呈したがユニスは続けた。

「もしまた落書きを見つけたらすぐ通報しよう。そんなことをする人はこの国の法律で罰せられるんだから。今日お母さんは与党の国会議員の人に会って、ぜひ韓国の人と仲良くしてくださいって言われたよ。その人たちは平和の祭典を企画した人たちの友達だよ」

智子は一体どのような人たちが平和の祭典やサムレスリングについて考えたのか気にはなったが、この国の舵取りをしているらしいその人たちが母親や英子を憎んではいないということについて一定の理解と安心を示した。ユニスはもう一度、

「今まで智子には色々心配かけて我慢させてごめん」と言い、

「本当にもう大丈夫だから。お母さんを信じて。引っ越しもしなくてもいいし。英子さんが退院したら美味しいものを食べよう」

と付け加えた。智子は無造作に散らばっているピアノのパンフレットを見て、

「ピアノはローランドがいいと思う」

と言った。以前同級生の家に遊びに行ったときに、その子が弾いていたのがそのメーカーの電子ピアノだった。

＊＊＊

そのスタジオには外の自然が描かれた窓があり、その前でユニスがベテラン司会者の質問に答えていた。ベテラン司会者は、

「吉田さんは随分長い間、在留許可が認められなかったそうですね。社会や国を恨む気持ちにおなりになったこともあったんじゃないですか？」と聞いた。

ユニスは「私はどうしてここに生まれたのかなと思ったこともあります。でもそんな時でもこの国に住む方々はとても優しくしてくれました。日本を恨んだことは一度もないですね。父と母が祖国の暴力に巻き込まれてこの国に逃げて来たのですが、本当に来て良かったと思います」と答えた。

「お父様とお母様も亡くされて」

「2人もこの国にとても感謝していました。ここは本当に素晴らしい国です」

英子はその番組を病室のベッドで見ていた。

ユニスが智子とともに病室にやってきて彼女の在留資格が認められたと聞いた時、英子は国籍まで認められたと聞いて引っかかるものはあったものの、心から安堵し十分養生してから退院しようと決めた。行き場を失ったユニスが幼い智子とともに団地に転がるようにやってきて以来、最も安堵できる日であった。

数日後にユニスがテレビに最初に登場し首相と握手をする姿を目撃した時、最初自分の視力を疑いさえしたが、テロップに大きく「吉田ユニス」と出るにいたり、最初下あごに力が入らなくなり、何とか口を閉じることができた後も、進行中の事態に大きな不安を抱いた。

今日の番組でもユニスはこの国への感謝と平和の祭典への意気込みを繰り返した。英子はその姿にいたたまれなくなり、テレビを消した。

なぜ、よりにもよってユニスが平和の祭典の代表選手に選ばれたのか。英子には「よりにもよって」という言葉がこれほど適した状況はないのではないかと思われた。最初の平和の祭典はどうだったか、英子は思いを巡らせた。この国の国籍を持たない英子にとって、それは何とも奇妙奇天烈に思われるイベントだった。

その時の代表選手も今のユニスがそうであるようにテレビや雑誌に登場し、ナショナリストのみならず多くの人々に応援されていたように記憶する。オリンピックのように開催反対を求める運動も起こったようだが、メディアも取り上げず、祭典に水を差す行為として糾弾され、すぐに下火になった。ただ平和の祭典自体の記憶は稀薄で、この国が負けたのだったと思うが、祭典後首相らがノーベル平和賞を受賞したくらいのことしか覚えていなかった。

英子は当時の代表選手をスマートフォンで調べてみたが、相手国にお金をもらって八百長をしたという疑惑の記事がいくつか残っているだけで、多くの記事は時間が経っているためか閲覧できなくなっていた。

その日の夕方、病室を訪れた智子は、

「じつはすごいことになったんだ」

と言った。英子はその勢いに押されて、

「へえ」

と答えてしまったがために、その後サムレスリングについて知らなかったという設定で彼女と話し続けることになってしまった。智子は英子のポストに落書きがあったこと以外のことのほとんどを英子に話し、英子の目にもありありとユニスの高揚した姿が立ち現れた。

それは英子の塾に特待生として通っていた頃の力に満ちた少女を思い起こさせた。あの人ならば、この先予想される困難も軽々と飛び越えて行けるかもしれないと思わせた。あの人ならば、このサムレスリング大会も自らの肥やしにしてこれまで実現できなかったことを実現する契機にできるかもしれない。英子にはそんなユニスの姿が浮かびはしたが、その少女が進学も正規雇用も絶たれ苦悩する姿もまた鮮明に覚えていた。

智子はユニスの最近の姿を話した後、英子の部屋のベランダにある鉢植えの花を何本か枯らせてしまったことを詫びた。枯れて根から取れてしまった花を智子はどう扱ってよいのかわからず、花はそのまま鉢植えの土の上に横たわっていた。英子は気にしなくてもいいと先ほどとは変わって横たわった花自身になってしまったかのような智子を慰めた。

「母さんの味方でいてくれる？」

と智子は言った。英子はもちろんだと請け負った。

智子は右手を差し出し、英子も右手で握った。お互いの手のひらはひんやりと冷たかった。2人は親指を曲げ、お互いのひんやりとした親指に触れた。2人は初めてサムレスリング、同じことだが指相撲をした。そして幾度かお互いの親指を抑え込もうとしたが、ついぞお互いの親指を抑え込むことはできなかった。

9　朴さん（4）

山から吹く風が古びた鉄製の遊具を揺らしていた。智英は山を背にして立つ学校の運動場の端にある遊具に腰かけていた。隣に座る倉洞の他に人の姿はない。この学校はこの地にやってきた智英がかつて通った小学校だったが、今は廃校となり、運動場は夜間に獣たちが集まって運動不足を解消するのか、小さな糞が無数に散らばっていた。

「あれ嘘だと思うよ」

と智英が言った。

「父は私たちのためにあれに参加したわけじゃないと思う」

それを聞いた倉洞は、スマートフォンの画面から顔を上げ、我々のせいじゃなくてよかった、という顔を一旦したが、わかりやすくかぶりをふって、控え目な人物である義父があのようなものに巻き込まれるのはやはり智英への思いからではないかと言った。

「控え目？」と今度は智英が驚いて倉洞を見た。智英が知る光雄は慎ましい人物では決してなかった。彼は常に自分を大きく見せることができる場所を探していた。家の外では穏やかな性格で知られていたが、家庭内では妻を見下し、娘に対しても不機嫌な時には些細なことで怒鳴りつけた。娘と2人になれば常に妻の悪口を喚き散らした。

「お義父さんが若い頃、作家を目指していたのは聞いたけれども」

倉洞が遠慮がちに言った。光雄は若い日、国公認の作家を目指し、文学賞に応募していたが、情熱的に文学を志向したというより、外国の本を読むことができるという作家の持つ特権や人々からの称賛や羨望を求めたに過ぎない、というのが娘からの見立てだった。光雄は文学賞で1度入賞し注目されたことがあり、それは祖国の指導者が霊となって人民を守るという筋立てのものだったらしいが、その後入賞をすることはなく、後輩たちに追い抜かれ、智英が物心ついた頃には、ほとんど書くことができなくなっていた。さらに書けないことを妻のせいにし、また文学に関心のない母を見下していた。母もまた才能のなさを周囲のせいにする父を軽蔑していた。

この国にたどり着いてからは、多くの時間があったにもかかわらず一切書いているのを見たことがない。おそらく父はこの国に着いて、自由に本を読めるようになってから、自分の才能の凡庸さ、何より自分が文学を必要としていなかったことに気付いたのではないか。料理家や主婦、映画監督にいたるまで、自分の仕事を有利にするために誰でも本や電子本を出版するこのご時世にあって、本物の作家なら祖国から亡命して、筆を執らないはずがない。

「しかしお義父さんは僕にとても優しくしてくれるよ」

倉洞が光雄を擁護した。

「父はあなたのこと、本当は嫌いだよ」

と智英は言った。倉洞は肩をプルプルっと震わせたが、

「いやいやいや、それはない」と否定した。光雄は智英が倉洞を引き合わせた時、とても喜んでいたではないか。

「私のことも本当は嫌いかもしれない」

と智英は言った。

「私も途中で捕まっていたら、父はこの国でもっと自由にやっていたでしょう。何なら再婚なんかしていたかもしれない。私たちの家庭には嫌気がさしていたはずだから」

聞き入っていた倉洞はもう一度かぶりをふって、智英を育てることが、お義父さんを支えたはずだと主張した。彼は両親を知らずに育った。

「この国に来てからは、智英を怒鳴ることもなくなったと言っていたじゃないか」

それはもう、贖罪の意識からくる変化だろうと智英は思うが、口にはしなかった。彼女はスマートフォンをいじくり続ける倉洞を見た。倉洞は今のところ光雄とはまったく違う男性と思えた。周囲の人々に穏やかな人物だと思われているところは父と同じだが、智英に怒鳴りつけたりしたことはない。最初はそんな男性がいるものだろうかと疑ったが、倉洞は常にそうなのだった。

倉洞と知り合いその奇妙さを解明したいと思うまで、父と母の不仲を見てきた智英には結婚への願望も予定もなかった。施設で生活していた頃の彼は落ち着きのない子どもだったというが、叔父の会社が倒産し、自分が借金を背負うことになっても、落ち着き払っていた。新婚旅行先の海辺のリゾートで海老の挟まった大きなハンバーガーを食べている最中に連絡を受けた彼は、しばらく茫然としていたが、ハンバーガーを残さず食べ、外国へ逃げたという叔母夫婦の安否を気遣った。

「智英」

と倉洞が言った。

「お義父さん、テレビに出てるよ」

倉洞が智英に見せたスマートフォンの画面には、大人気のアイドルグループからインタビューを受ける光雄の姿があった。倉洞は感嘆の声を上げた。

「すごいなお義父さん。今ソーシャルネットワークサービスに加入したら凄いんじゃない」

智英は数年前、脱北ユーチューバーとしてのアカウントを作ったことがあった。うまくいけばお金になると始めたものだったが、再生数を上げなくては収益化もできず、自分自身を切り売りする撮影に追い詰められ、もう12カ月以上更新していなかった。コンサルタントは父親と死別し母親を探している設定を提案し、彼女はそれを受け入れたが、再生数もチャンネル登録者数も増えなかった。倉洞は、

「お義父さんは生きている設定にしておけば、チャンネルを復活させてすごい再生回数が期待できたのに」

とうらめしげに言った。智英はもうユーチューバーに戻るつもりはさらさらなかったが、コンサルタントに言われるままに父親を殺すべきではなかったと思った。すべての息子・娘たちがなすべき父親殺しはもっと厳粛に執り行なうべきであり、あのやり方はやはり良くなかった。

「ひょっとすると」

と倉洞は、光雄が祖国の英雄に叙せられる未来について話し始めた。

「もしそうだとしたら、バスに乗り遅れちゃいけないよ」

智英の目にも向こうの角を曲がり速度を落としてやってくるバスが一度は見えた。智英は自分のスマートフォンで別の番組を見た。それは生放送の歌謡ショーで歌手志望の出演者が歌い、それを審査員が審査するというものだったが、著名な作曲家の隣に光雄が白髪を染め、髪を撫でつけられて座っていた。ステージ上で歌が歌われるたび、司会者が光雄に採点と批評を求める。光

雄はおずおずと含羞を帯びて話し始めておきながら、隣の作曲家よりも長く滔々と自身の音楽理論を披歴した。

「お義父さん、音楽に詳しかったの」

と倉洞は聞いた。

「来ない。バスは来ないよ」

智英は言った。これまでその競技をしてこなかった人間が国の代表に選ばれ、注目を浴びるのはおかしい。きちんと試合が行なわれるなら父は大恥をかき、国にいられなくなるに違いない。

「でもお祭りだから」

と倉洞が言った。スポーツではなく、お祭りだから筋書があるだろうし、この場合お義父さんにとって困る筋書は国にとっても困るだろう。なぜならばお義父さんを代表選手にした責任を国は取らないといけないから。智英は倉洞の理屈に理解を示しつつも、父親が筋書を正確に把握しているとは思えないと非難の眼差しを向けた。

「2つの場合を想定してリスクを分散しよう」

倉洞が言った。

「お義父さんが勝つことを想定して動くのが自分、智英はお義父さんが負けることを想定して動くといいよ」

倉洞がスマートフォンで視聴し始めたニュース番組にも光雄が映し出された。

「これはこの近くかな」

映像の中で光雄は市長と共に山の中で墓参をしていて、テロップには「朴光雄の先祖の墓が見つかった」と出ていた。光雄がこの国に来て以来、探して見つけることのできなかった先祖の墓を市の有志が探し出し特定したということだった。光雄の周囲には市長の他にも近隣自治体の人々がおり、光雄は人々やカメラに囲まれる中、感無量といった様子で墓参している。それを見た智英は、これまで先祖との繋がりを求めて得られなかった父に周囲の人々が急に協力を始めたことに不快なものを感じ、その墓が本当に先祖のものだと信じることもできなかった。その墓が本当に父親の祖父の家のものだったとして、父に祖父はもう一人いたし、祖母も二人いたはずだ。血をたどれば倍々に先祖の墓は増えていくだろう。この墓だけが父のルーツと言うことはできず、その一つとしか言えないはずだ。

だが倉洞と智英がのぞき込んでいる画像の中で、光雄は嗚咽を漏らし始め、やがて哭き始めた。父は今、彼の祖国へ帰ってきたという実感を得たのだろうか。父の父親が玄界灘を渡り、本人が東海を迂回してこの地へ帰ってくるまでの長い年月を経て。慟哭する父の声は電子信号となっておそらく地球上を飛び交い、廃校となったこの学校のグラウンドにも電子ノイズを交えて響き渡った。

10　吉田さん（5）

智子が通う小学校でのユニスの講演会は体育館で行なわれた。ユニスは堂々とした体躯に力を漲らせて登壇するや、自信に満ちた声で、児童に語り掛けた。自分と両親の生い立ち、長い苦闘の日々、それでもこの国を信じ、この国の人になることを信じて生きてきたこと。この国は信じるに値する国であること。児童も日夜テレビや配信で目にする人物が直接語りかけるので、大興奮をもって彼女を迎えた。ユニスが話の途中で現在放送されているＣＭの通りに、親指をクイっと曲げるとその興奮は絶頂となった。

智子は時折自分を見る周囲の児童らの視線を感じながら、その講演を聞いていた。最初は緊張で体をこわばらせ、薄目を開けて聞いていたが、かつて見たこともない自信に満ち満ちた母親の姿を目の当たりにして、途中からは目をきちんと開けて見た。智子自身はクラスの中で多くの児童を敵に回して戦っているような気でいたが、ユニスはこの国の人全体に一人対峙し、味方につけようとしているようだった。児童も教師も皆、一人壇上に立つユニスの話に引き込まれ感動しているように見えた。

ユニスが話を一区切りさせると万雷の拍手が鳴り響き、教頭が質問を児童から募った。低学年の児童たちが勢いよく手を上げ、指名された児童は毎日のトレーニングやテレビ番組で共演した芸能人について聞いた。ユニスはそれらに対して余裕たっぷりに答え、児童らは拍手喝采した。

続いて智子の隣の列後方からも手が上がり、教頭はその手の持ち主を指名した。指名された児童は木崎葉子と名乗り、質問した。

「素晴らしいお話をありがとうございました。でも私は平和の祭典には反対です。一人の選手が責任を負わされすぎるからです。吉田さんが先ほどおっしゃっていたことは皆素晴らしいのですが、もし負けてしまったらどうなるのでしょうか。吉田さんが一人責任を負って、今拍手している人たちに追いつめられるのではないですか。現に日ロ平和の祭典ではこの国の選手は負けました。負けた選手はどうなったのでしょうか」

体育館は先ほどまでと打って変わって静かになった。やがて児童らは騒ぎ始め、葉子に向かって文句を浴びせた。智子の隣の児童も葉子に向かって叫んでいる。智子は葉子のほうを見ることができなくなり、壇上のユニスを見た。ユニスはマイクを使って、

「お静かに。聞いてください」

と呼びかけた。体育館はまた静かになった。

「ありがとうございます」

ユニスは語りかけた。

「心配してくれて本当にありがとう。でも心配にはおよびません。これは平和の祭典なんです。戦争ではありません。そして今は21世紀です。さらにここは日本です。この国に生きる人の民度は世界でも極めて高いんです。私は日本人を信じています。スポーツマンシップに則って戦い、より平和な未来を築きます」

体育館は万雷の拍手に包まれた。智子は葉子のほうをうかがったが、児童らの叩く手に阻まれて彼女の姿を見ることはできなかった。

ユニスは壇を下りると、校長と握手し、子どもたちの声援を背に彼らに手を振りながら体育館を後にした。

ユニスは校門の外で校長らに見送られながらハイヤーに乗り込んでから運転手に聞いた。

「前回の平和の祭典では日本は負けたんですか？」

運転手は、彼女は40歳の女性ドライバーだったが、あまり覚えていない、と言った。その頃、彼女は息子を連れて前の夫の家を出たのだった。彼女はユニスがシングルマザーであることをテレビやインターネットで見知っており、親しみを込めてユニスを激励した。彼女は、パートナーと離婚したり死別した母親は、代表選手どころかベストマザー賞すら獲得したことがないのだと憤った。パートナーのいない母親はパートナーのいる母親よりも劣っているのが大前提になっていると。

前回の平和の祭典が行なわれた時、ユニスは収容施設にいた。以前のユニスであれば、この国の国籍を持つシングルマザーに親しみを打ち明けられても、自由に働くことができたあなたと私は違う、と言ったかもしれない。だが今のユニスは黙ってその女性運転手の話を聞いた。

＊＊＊

全校集会が終わったあと、智子は渡り廊下を一人歩く木崎葉子の姿を見つけた。智子は先ほどは自らの母親を誇りに思い胸を熱くしながらも、催眠術にかけられたようにユニスの熱狂的な支持者となった児童や教師に空恐ろしいものを感じ、その中にあって平然と異を唱えた木崎葉子と無性に話したくなった。智子は話したこともない木崎に後ろから恐る恐る、

「木崎さん」

と声をかけた。葉子は振り返ると智子をまっすぐ見て、

「何?」と言った。

智子は、隣のクラスに「J.E.T.」というあだ名で呼ばれる群れない女子がいると聞いたことがあった。その女子はハリウッド映画に登場する地球外生命に似ていることからそう呼ばれているという。智子はその映画を観たことはなかったが、スマートフォンで検索した画像のその地球外生命は目と頭が非常に大きく、首が長く、木崎葉子に似ているかどうかわからなかった。

智子は、

「さっき、良い質問だなと思って」

と彼女を讃えた。木崎葉子は智子をじっと見て、

「うちに来る?」と聞いた。


木崎葉子の家は学校の近くにあり、周囲には畑が少し残っていた。2人は畑の傍の一軒家に入り、智子は本棚で埋まった部屋に通された。本棚の多くを占めていたのは宇宙人やUFO、未確認生物などについての書籍であり、葉子は智子にその中から1冊の雑誌を取り出した。それは『QUU』という科学雑誌で、表紙は古代文明の遺跡上空に光に包まれた機体が浮かんでいた。葉子は一つのページをめくり黙って智子に差し出した。そこには頭に電飾をのせ、奇妙なお面をかぶり草を食んでいる牛らしきもののモノクロ写真があった。智子は、

「これは?」

と聞いた。葉子はそれには答えず厳かに、

「前回の平和の祭典、これまで誰も考えなかったイベントを誰が立案したと思う?」

と言った。智子が首を振るより早く、

「この国の官僚たちだと思うでしょ。でも違ったの。この記事によるとこれだよ」

と葉子は牛らしきものの写真を指差した。

「これはね、中国産のAIとアメリカはニュージャージー産の人面牛が合体した政策立案AI・KUDANだよ。この記事によると経産省の管轄で千葉県の牧場で飼育されてたんだって」

智子は理解に苦しんだが、人面牛とは人の顔をした牛で、そのような牛は昔から乱世に現れ予言を行なうとされているらしい。しかし、この牛は人の顔をしているのではなく、ただお面を被せられているだけなのではないか。智子はその疑問を葉子にぶつけたが、彼女の答えはお面の下には人の顔が確かにある、というものだった。では、実際に人の顔をしているのにお面をかぶる意味は何なのか、そしてAIとの関係性は、官僚はなぜこの牛に頼るのか、などなど智子は目まいを起こしそうになった。

この10数年間、彼女の母親は5度にわたって何の前触れもなく施設に収容された。収容されている間、彼女がいつ出てくることができるのか誰にもわからず、面会に行くたびに若かった母親は痩せやつれていった。母親は毎回心身にダメージを溜め込んで施設から出てきた。

智子は辰子の勧めで法務大臣に母親の解放を求めて何度も手紙を書いたが、返事が来たことはない。施設の職員に一体誰がどのように収容を決めているのか問いただしてみたが、答えを得ることはできなかった。彼らは誰もが決めているのは自分ではないと言った。

智子は自分たちは一体誰と対峙しているのか、顔の見えない黒々とした巨大なものに苦しめられていると感じてきた。もし、もしこれまで見えてこなかった黒々としたものの顔がこれだったらどうだろう、そのようなことはあり得ないと思いながらも、この牛が色々な役所にいて、すべて決めていることはあるのだろうか、智子は真摯に葉子に問うた。葉子にとっても智子の問いは意外なもので、少なからず動揺しながらも、

「これは国政を左右する重要なことに関するものだから」

と否定した。智子には葉子の答えが、個別の案件には答えられない、というかつかインターネットで観た国会での官僚の答弁を思い起こさせた。役所にとっては取るに足らないのであろう一つ一つの案件の中で、その胸先三寸のずさんな決定に左右されてきた自分たちの怒りが沸き上がってくるのを感じた。木崎葉子にしても自ら望んで「J. E. T.」の道、異端の道を歩んできたかもしれないが、人とは違う道を歩まざるをえなかった自分たちのことを想像できるかはわからない。智子の中で静かに燃え上がる怒りを敏感に感じとった葉子は、話を変えるように、

「ここも読んでみて」

と別の記事を指し示した。大きな目をした宇宙人の記事や、大昔の人類が核兵器を使っていた記事の先にあったそのページには『一年神主』の文字が大きく躍っていた。

記事には、日本のある地方では神主が1人選ばれ、1年間贅沢ができるが、1年後には神への生贄となって殺される、という伝承について書いてあった。選ばれる人は集落の中で旅人の庶子だったり立場の低い人だったという。

カナブンの体が片方の足が潰れ、胴体がへこんだままにコンクリに横たわっていた。英子はその虫を踏んでしまうのを辛うじて避け、階段の次の段に歩を進めた。彼女はゆっくりと時間をかけて階段を上り、2週間ぶりに自宅へ帰還した。

＊＊＊

部屋は入院前とほとんど変わっていなかったが、彼女が倒れた日に干したままの洗濯物は智子が取り込んで部屋の隅に畳まれていた。自分の家というものは誰にとっても素晴らしい、英子は病院ならぬ収容施設に入っていたユニスが自宅に帰ってきた日のことを考えた。

英子が荷物を降ろし、着替えを済ませ、部屋でお茶を淹れていると智子がインターフォンを鳴らした。部屋に入ってきた智子はランドセルをしょったままだった。彼女は、

「退院おめでとう」

と言い、しばらく英子の体調のことを話題にしていたが、英子が智子にアイスココアを作って持ってきた時、ランドセルから雑誌『ＱＵＵ』を取り出し、学校の友達から借りてきたこの雑誌に、前回の平和の祭典に出場した広沢という選手のことが出ていて、選手とその家族は平和の祭典が終わってから行方不明なのだということを一気呵成に話した。実際のところ英子もまた広沢という男性についてこの数日間ずっと調べ考えてきたのだが、その名前を初めて聞いたというふうで、老眼鏡を取り、椅子に腰かけ、雑誌を開いた。

『衝撃・聖徳太子は十一人いた』の文字が大きく踊り、法隆寺の写真があった。

「もう少し先」と智子が言い、それを受けて英子がめくったページには『平和の祭典直後の不審

火・選手の自宅が全焼し家族が行方不明』の見出しがあり、焼け落ちた家の写真と広沢の顔写真が掲載されていた。この雑誌『QUU』の記者は実際に現地に赴き、広沢の実家周辺の人々や警察、消防への聞き込みを行なっていた。広沢はロシアに買収されたと地元の人々も考えているが、火事は放火ではなく自然出火だと皆が口を揃えるのだという。

英子は記事を読み終わると、彼女の反応を窺っていた智子に、

「そんなに心配しなくていいよ。だってこの雑誌」

と誌面を見せた。その見開きには『第二特集・河童はハイブリッド異星人だった』の文字が踊る。英子は穏やかな声で言った。

「私は河童はハイブリッドじゃないと思う」

そして智子を見た。

「どう思う?」

智子はしばし考えていたが、

「私もそう思う」と答えた。

＊＊＊

その夜、ユニスと智子と英子は3人で、ユニスと智子の部屋で英子の退院を祝った。智子はわかめスープと、英子のリクエストでグラタンを作り、ユニスはケーキと花を買ってきた。ユニスはテレビ局で会った有名司会者のことやユニスのために用意されたロケ弁の豪華さについて饒舌に語り、芸能人にあまり興味を持たない智子も新進気鋭のお笑い芸人「蒙古斑」にスタジオです

れ違ってはいないかなどと尋ねたりした。3人がこのように3人で食卓を囲むのは久しぶりであり、ユニスがもうこの先どこにも収容されるおそれがない中で食卓を囲むのは初めてのことだった。

夕飯が終わり、1階上の自室へ戻る英子を、ユニスは送った。英子はユニスの買ってきたビールをいくらか飲んだので、ゆっくりと階段を登った。5階のドアの前まで来たとき、ユニスは英子に封筒を取り出して差し出し、これまでの感謝を述べた。

「英子さん、今まで本当にありがとう。これ、これまで立て替えてもらっていた家賃とか」

英子は封筒の厚みに驚いた。英子はユニスと智子が彼女の階下に住み始めてから、貸したお金はきちんと帳面に付けているからユニスが就労資格を得たら少しずつ返済するよう口では言ってきたが、実際にユニスが就労資格を得てもすぐに借金を返せるほどの収入を得ることができるとは考えてなかった。就職し、少しずつ少しずつ返してくれる気持ちがあればそれでよかった。

英子が、少しずつでいいと受け取りを否定しようとすると、ユニスはさらにこれまでの感謝を重ねぜひ今受け取ってほしいと懇願したので英子はそれを受け取った。ユニスはホッとした顔を見せ、

「もうお金を借りずに済むと思う」と言った。

「平和の祭典だけど」

と英子は口に出した。

「本当にもうねえ」

ユニスはふうっと大きく息を吐いてから笑顔を見せた。英子は唐突な呼びかけにならないように留意しながら、

「やめられないの？　選手」と聞いた。

「やめる？　どうして」

英子は、あなたがテレビに出たりして注目を集めるのがよいかどうかわからない、智子にとっても良いことかどうかわからない、と言葉を選んで言った。ユニスの顔から笑顔がスッと消えた。

「英子さん、智子は私がテレビに出てまったく困っていないよ」

今回のことがなかったら、すでに国籍があった智子もユニスと同じように高校から先に進学するのは困難だった。この国は奨学金制度も拡充していない。自分の意思で中学校を出て働く人は何ら恥ずべきことでもおかしなことでもないが、勉強したい人間ができないことが、今回のことによって解消されそうなのだ。

「私にしたってそうだよ」

ユニスは続けた。今回選手に選ばれたことで、在留資格も国籍も手に入れた。今度いつ捕まるか、いつ出てこられるか、と怯えて暮らす必要から解放された。その上、大金を手にし顔も売った。ただでさえ職になかなかありつけない状態だったのに、すぐに先ほどのお金を英子に渡せるまでになった。この前など智子の小学校で講演して子どもたちの地鳴りのような拍手で迎えられた。それは英子にも見せたいと思える姿だった。

英子はユニスのまくし立てる内容に、とりわけ小学生の頃から知る彼女が社会に、大衆に受け入られていることに心動かされたが、彼女が在留許可や国籍と引き換えに代表選手となったこと

をこの時知った。

「私はユニスが収容施設から出てきてくれたことをまず嬉しく思うし、長い間理不尽に認められなかったものが認められて、もう二度と収容されないことを嬉しく思う」

そう言ってから、すぐに英子は、

「でも変よ。指相撲は」

と言った。

「変じゃないよ。全然ちっとも変じゃない」

「どうして指相撲で？　やっぱり変よ指相撲は。指相撲じゃなくたって変だけれど」

ユニスはどこかで何度も練習してきたかのように自信に満ちて答えた。

「人間が少しだけ賢くなったからよ」

ユニスはサムレスリング協会会長の話を引用し、人類の社会が非常にゆっくりとではあるが確実に進歩していることを話した。会長の父親は子どもの頃は小作農で、毎年収穫の時期には地主の家に米俵を台車に乗せて運び入れなくてはならなかった。その頃は世界中に植民地があったが、その時代の問題が今に引き継がれているとはいえ、現代には植民地自体はなくなった。この指相撲を使った平和の祭典という発想は、非常に平和に国境を策定できるという一つの人類の進歩なのだ。その証拠に前回の平和の祭典では関わった両国の首脳がその年のノーベル平和賞を受賞した。

英子には目の前に立っている人間が自分のよく知っている吉田ユニスとは別の人間のように感じられたが、一方で、子どもの頃は才気渙発という言葉そのものだったユニスが、それからの年月で奪われていた自信を取り戻したのだとも思えた。

「広沢さんのことは知ってる？」と英子が聞いた。

「知ってるよ、前回の選手でしょう」

「広沢さんと広沢さんの家族は行方がわからない」

「ロシアに逃げたんでしょう」

ユニスはこれも会長から聞いていた通り、広沢選手はロシアからお金をもらって八百長をしたためにロシアに渡ったと説明した。

「私はね、生まれながらに日本人であることも意識せずに、日本人であることに胡坐をかいてきた人たちとは違うよ」

ユニスにしてみれば、生まれながらにこの国の人間であることを享受している人たちは、この国に対する忠誠心が足りないが、自分はそのようなことはない、と自信をもって言える。長らく苦しめられてきたこの国の、その選手に選ばれたからといって急に厚い忠誠心を持つわけではなかったが、今は与えられた機会に忠実にあらんとしていたし、人々に注目され期待される中で国家に対する意識にも変化が芽生えていた。

「選挙に出るの？　辰子と同じ選挙区から」

と英子は聞いた。ユニスはまだそのことについて英子に話していなかった。彼女が西浦から衆院選出馬の打診を受けた時、辰子もまた選挙に出るらしいという話が頭をよぎった。しかし、被選挙権は国民に等しく与えられた権利である。それはこれまで投票にすら行くことができなかった彼女に突然与えられた権利でもあった。

「辰子は運が良かった。お父さんが日本人だったから」とユニスは言った。

「私とは違う。私はやっとこさ、やっとこさ、やっとこさ、やっとこさっとこ……」

彼女は唇を噛みしめた。

「日本人になったのね」

と英子が言った。ユニスはその言葉を引き継いだ。

「そう。英子さんとも違う。私は智子のためにも日本人として頑張らないといけない」

団地の踊り場の向こうから吹く夜風が2人の間を通り抜けていった。

ユニスはずっと手に持っていた花束を英子に渡すと階段を下りた。部屋に入るとそのまま、トイレへ入り、ドアを閉めた。母がなかなか帰ってこないのを気にかけていた智子はトイレの前までやってきて中の様子をうかがい、そして長い放屁の音を聞いた。

自分の部屋の前にたたずんでいた英子はユニスが自室へ入る音を聞くと自分の部屋に戻り、札束の入った封筒と花束をテーブルの上に置いてから、椅子に腰かけた。座ったままテーブルの上にあったリモコンのボタンを押すと、何年も前に購入した薄型テレビは鈍い音を発して画像を映し出した。テレビは平和の祭典の韓国の選手として朴光雄という名の男性が大統領と握手する映像を映し出していた。

11　朴さん（5）

アジアからの出稼ぎ労働者がパラパラと拍手をしていた。光雄ははじめそれを見て少しイライラしたが、そのイラつきは全体に恭順の意志を示さない者に憎しみを抱かせる教育を長らく受けてきたことによるのではないかとも思った。光雄は工場をやめることになり、工員達の前で工場長から花束や記念品などを手渡された。李秀彰は光雄にこれまでとはうってかわった慇懃な態度で接し、彼を褒め称えた。気持ちが悪い程の変節だったが、光雄にとっては悪い気はしなかった。祖国が両手で自分を迎え入れる時、それは多少居心地の悪さを感じさせるものなのかもしれない。

記念品や花束をカゴにさしてスクーターで家まで帰ると、山を背にした家の周囲に人だかりができていた。取材のカメラと思われる機材もいくつか並んでいる。人垣を縫ってあの洪秀全が光雄のところへやってきた。

「今日はさっと家に入ったほうがいいですよ」

光雄は家の前でスクーターを降り、ヘルメットをしたまま中へ入ろうとした。

「朴光雄さんですか」

一人が声を上げた。光雄は「違います」と言おうとしたが、なぜ逃げなければならないのかと思い直し、

「はい」

と言った。人々が集まってきた。

「ヘルメット取っていただけますか」一人が言った。もう「嫌です」とは言えなかった。光雄がヘルメットを取ると拍手とどよめきが巻き起こった。人々は光雄に激励の言葉を投げかけた。若者の一人が、

「僕も北から来ました」

と言ってサインを求めた。サインペンを渡されて光雄は何を求められているのか一瞬わからず静止したが、やがて理解して若者の差し出すノートに自分の名前を書いた。若者は深く感謝し、記念撮影を求めた。光雄がそれに応じると幾人もが自分も記念写真をと求めた。光雄の視線の向こう、人々から少し離れたところに、だから言ったじゃないですか、という顔をして洪秀全が立っていた。

大方の記念撮影を終えた光雄が自宅の敷地内にスクーターを押して入ろうとすると、門のところに短い髪を金髪に染め、登山用のバッグを背負い、スパッツの上に短いズボンをはいた、これから山登りに出かけるような服装をした女性が立っていた。

彼女は陸冠見（ユク・ギャンギュン）と名乗り名刺を差し出した。このところ光雄には様々な人からの連絡があったが、先日ソウルにある大手出版社から自伝を書いてくれないかという話があったのを思い出した。光雄は断ったが、気鋭の若手に書かせるからと大きな金額を提示されていた。家に来られては受けるしかなかろうという気持ちになり、また金髪の女性への興味から、光雄は陸冠見を門の中へ通した。門の外には人々がまだ残っていて、洪秀全も遠くからそれを見ていたので、光雄は大きな声で、

「わざわざ首都から私の伝記を書くために作家さんが来てくださったんですか」と言いながら門

の中へ入った。

陸冠見は家の中に上がり、案内された椅子に座ると、すぐにボイスレコーダーとノートを取り出し、光雄に生い立ちを聞き始めた。出身地を尋ねられた光雄は北部の街、恵山の生まれだと言った。冠見は何ら疑うことなく、

「寒いところですね」

と言った。光雄は、

「全くそうです」とうなずいた。

光雄はメモを取る冠見の手元を見ながら、その土地の土を踏まずしてどのようにして本を書くつもりだろうと思ったが、自分もまたかつて触れたことはもちろん見たこともない祖国の指導者について「長い睫毛が震え、ゆっくりと天の滴が同志の涙となりその豊かな頬を伝い大地へと還って行った」などと書いていたのだった。

光雄は続いて両親について尋ねられ、父と母は江原道の出身で第二次大戦後もこの地に留まっていたが、朝鮮戦争の混乱のさ中38度線を越えた、とそこでも実際とは違う説明をした。そして現在の38度線は、元々旧日本軍が北側は関東軍の管轄、南側は大本営の管轄としていた境界線に重なるという、米軍は否定しているらしい説を真偽不明な話として若者に披露した。

続いて父親は自分が7歳の時に病死したことを話した時、光雄はそれに関しては真実であるはずなのに居心地の悪さを感じた。その居心地の悪さを解消するために父が死んだ日のことを思い出そうとしたが、自分とは違い長身で、しかし北に来てからなのか、それ以前もそうだったのか、痩身だった父の顔を今やはっきりと思い出すことができない。

光雄は居間の古い写真に助けを求めた。古い写真の父と母は変わらずそこにいて、光雄を少し落ち着かせ、冠見にその写真を彼女の持ってきたカメラで記録させた。光雄の父が彼が7歳の時に亡くなったことは事実のはずだが、死んだ母親に聞くことも書類で確かめることも今ではできない。韓国にやってきて読んだ本の中に、記憶は脳から取り出すたびに変質するという話が紹介されていた。ならば憶えておきたいことは思い出さないほうが良いことになる。

光雄は父について彼の顔や姿を思い出すのはやめ、母親から父について聞いていた知識、彼が日本では左官などの仕事をするかたわら絵を独学で描いていたことなどをつい話しそうになったが、辻褄が合わなくなることに気付いて思いとどまり、ただ、

「絵が好きだった」

と言った。冠見はこれにには素早く反応し、

「画家だったのですか？」

と聞いた。光雄は手を振って否定し、画家は小さい頃から才能を見出され教育され外貨稼ぎに利用されるエリートで、父は趣味で数枚の絵を描いたに過ぎないと説明した。なおも冠見が、

「油絵ですか？」

と聞くので、絵は見たことがないと言った。実際のところ、光雄は父の絵のいくつかを思い出すことができる。それは母を描いたものや風景画だったが、どこで手放したのかそれらの絵はいつの間にか姿を消していた。父が祖国で働きながら絵が描けると思って渡って来たのか、そして失望したのか、失望しながらもなおいつか絵筆をと望みをつないでいたのか、光雄にはわからない。母親もまたそれについては多くを語らず父の話といえばもっと若い日本時代の暮らしの断片

に終始した。少なくとも2人は北は経済的に日本より発展しているという宣伝を信じて北に帰ったのではなく、祖国の役に立ちたいという思いで帰国したのだと光雄は聞いていた。

母親は光雄を画家にしたいと、彼が才能を見出されることを期待して夫の残したわずかな画材を使わせてくれたこともあった。光雄は絵の才能を見出されることもなく、代わりに職業作家を目指したが、2度ほどコンクールに入賞したのが最高成績で作家同盟にはとうとう入ることができなかった。日本に残る親戚との縁も切れていた母親は、息子には龍のように激しい母親だったが、孟母のように引っ越しする自由もない中で、日本から持ってきたものはすべて売り、本を手に入れて息子に与えた。光雄はこの母親も20年ほど前に土に埋葬した。


「また明日来ます」

夕方になると冠見は、レコーダーを止めた。光雄が、

「今日はどちらに」と聞くと「駅前のホテルに滞在します」と答えた。

今回のことで光雄は多くの人々から注目を浴びたが、それはあくまでも平和の祭典の選手に選ばれた人間に対する注目で、自分のことをここまで他者に詳しく話して聞かせるのは、入国時に取り調べられた担当官をのぞいては初めてのことだった。

光雄はこのあたりのバスは本数が少ないことを心配し、またプレゼントされた食材が沢山あるので食事をしていったらどうかと勧めた。一人向けのビジネスが急速に広がってきているが、多くの食堂では未だに一人分の食事の注文は難しいという、皆が知っている情報まで付け足した。

しかし冠見は「バスの時間を調べてありますので」とさっさとリュックを担いで立ち上がった。

彼女のふくらはぎは筋肉が発達し盛り上がっていた。光雄がそれについて尋ねると、数年前に始めた趣味のフットサルの練習によるものだと彼女は答え、参加している女性ばかりのチームがいかに自由で、かつ社会で活躍している女性たちで構成されているかを目を輝かせて語った。そしてフットサルをはじめとするスポーツがいかに精神の健康に役立つかということについて話し、光雄にも友人たちとチームを作ったらどうかと布教した。

光雄も祖国でサッカーをしたことはあったが、そこでは「思想戦」といったスローガンが常に掲げられ、試合後にはミスをした選手が厳しく自己批判を求められた。光雄はチームを作るほど友人はいないと答えたが、真新しい揃いのユニフォームを着て青海や娘婿と共にフィールドを走る自分の姿を思い浮かべることができた。

布教を終えた冠見は礼を述べて門を出た。門の外に先ほどの人々の姿はなく、畑の真ん中をまっすぐ走る道が夕日に照らされており、冠見はその道を確かな足取りで歩き去った。

光雄は家の中に戻るとスマートフォンで彼女について調べた。彼女は32歳で、既にいくつかのノンフィクション文学賞を受賞しており、出版された著作がいくつもあり、社会で活躍する女性の一人だった。そのうちに智英と倉洞が帰ってきたので光雄は智英に、

「フットサルを知っているか」

と聞いた。智英は、

「知ってはいるが、やったこともやっているのを見たこともない」

と答えた。今後社会で活躍するかどうかは誰にもわからないが、今のところ親の元に身を寄せている若い夫婦は、光雄がもらってきた食材を目にするとスマートフォンで調理法を調べ調理を

し、胃袋を満たした。倉洞はしきりに光雄に「おいしいですよ」とその料理を勧めた。

＊＊＊

翌日、朝からやって来た冠見は昨日と同じように部屋に入るとすぐにレコーダーを回した。光雄は妻のことを話さなくてはいけなかった。8年間の兵役を終えた光雄が働いていた工場で働いていたのが李恵英（イ・ヘヨン）だった。

「妻の両親は日本から来た人たちでした」

と光雄は話した。

「彼らは出身成分が低いが、日本に親戚が残っていて仕送りがある間は、比較的裕福だった。しかし」と光雄は話を区切った。

「彼女が成人する頃には日本との繋がりはなくなっていました。それでも生活の仕方が私とは違っていました」

「なぜ結婚をしたのですか」

と冠見は淡々と質問した。

「同じ工場には同世代の女性は彼女しかいなかったからです」

冠見は冗談と受け取り笑ったが、老母を安心させるために結婚を考えていた光雄と初婚者としては高齢にさしかかっていた恵英の思惑が合致したのは確かだった。

「日本から来た人たちは出身成分は低くスパイの疑いを向けられたり、日本からの仕送りで嫉妬を買い社会から浮くこともありましたが、私は彼らを馬鹿にしたりはしませんでした。もちろん国家としての日本はかつて朝鮮半島を植民地化するという愚行をしたが、祖国に帰ってきた同胞を差別するのはおかしいと思っていました」

そう言ってから光雄は、李恵英はたしかに帰国者の自分をそれを理由に見下したことは一度もなかったことを思い出した。

冠見は「それが理由ですか?」と聞いた。

光雄はそれに答える代わりに、

「帰国者は帰国者同士で結婚することが多かったが彼女は私と結婚した」

と言った。そして、

「小説が好きで、働きながら作家を目指していた私を応援してくれた」

と付け加えた。恵英は日本生まれを差別することもなかったが興味もなかった。そして光雄の創作活動を一応褒めるようなそぶりを見せたことがあったが、それにもじつは大して興味はなかった。文学賞で評価されたものでも、妻に読ませると常に反応が鈍く、光雄は腹立たしく感じた。

「では奥さんから創作意欲やインスピレーションを受けたということなんですね」

光雄は遠い目をして「はい」と答えた。

冠見は光雄の小説を読みたがった。光雄は自分の小説を読みたいと申し出る者が現れたことに驚いたが、彼女には原稿は現存していないと答えた。実際それらはとうに失われていたし、もし現存していたとしても、光雄は同じように言っただろう。冠見はなおもその小説がどのような内容のものだったか尋ねた。光雄が受賞した作品はこのようなものだった。

日本から帰国した夫婦がいた。夫婦は貧しい暮らしの中で一人息子を失うが祖国に奉仕し続ける。ある冬の晩、病気の孤児と街で出会った夫が孤児を家に連れて帰る。夫婦は孤児を看病するが薬がなく孤児は衰弱するばかり。夜半、徹夜で看病する夫婦の元へ雪をかきわけて近づいてくる音がある。夫婦が、外に出てみると大量の薬と食料が雪の中に積まれていた。宝物のそばには一つの力強い足跡があり、それはどこまでもどこまでも雪の中を続いていた。

「その足跡というのは誰の足跡ですか」

「それはもちろん、わかるでしょう」と光雄は言った。冠見は理解したようで、そのような文学のあり方についてどう考えていたのかと、やや硬い言葉で聞いた。光雄は、

「制約というものはどんな国にもあるものでしょう」

と言った。現にこの国でも出版業では売れるためにタイトルや内容など色々な形での制約があるはずだ。そして自分は、社会的に地位があり外国の文学作品を読むことができる職業作家になることが目的で、必ずしも小説を書きたいわけではなかったのだと付け加えた。その証拠に制約がまったくなくなった現在何も書いていない。光雄は最後に取り組んだ小説についても話した。

それは人々が苦難の中にある時、国にある銅像が合体して巨大化しアメリカを打ち滅ぼし、南の米軍をも打ち滅ぼし、同胞の目を覚まさせ祖国統一を果たすという巨編だった。光雄は何年もその作品に取り組みコンクールに応募したが、何の賞にもひっかからず、若い作家たちに追い抜かれていった。以前良い賞を受けたことがあっただけに、その零落ぶりを誰もが笑っているように光雄は感じたが、それは彼の自意識過剰で他の人は彼に関心があるわけでもなかった。

冠見は納得したように頷き、話を変えるように妻との生活について聞き始めた。

2人が結婚した頃、国全体の経済がおかしくなり配給が滞った。光雄は配給は途絶えてからも黙々と工場に通い続けた。妻は工場では風采の上がらない事務員で、家事も不得手で、光雄を含む誰もが彼女の能力に関心を持たなかったが、彼女がトウモロコシの酒を造り市場で商売を始めると、家事においては発揮されてこなかった生来の手先の器用さから評判を呼び、ビールなどの様々な酒や豆腐、クスス等の製造・販売に精を出すようになった。

光雄はそれまで小説をほとんど読みもしない妻を見下してきたが、職業作家ですら社会的地位が低下していた時、光雄は作家同盟にすら入ることができず、この先入る見通しもなくなっていた。妻は家にあった小説を全て市場で売り、自分の商売の資金に変えた。その中には光雄の父が日本から持ってきていた本や光雄の母が集めた本もあった。光雄は妻を罵ったが、妻はそれを気にもしていないようだった。国全体を飢饉が覆う中で、自分の商売によって生活を支えているという自負と自信が妻の中に生じていた。

妻も最初からすべてがうまくいったわけではなく、商売が順調になるとやっかみを浴びもしたが、毎日食品を作り市場へでかけた。その間も黙々とただ工場へ出勤した光雄は、「妻は市場の水が合ったようだ」とだけ冠見に説明した。多くの人が食べるものがなく苦しみ亡くなった時代を光雄は妻の働きで生き延びた。

智英が生まれたのは全国的な食糧難が少し落ち着いた頃だった。

「あなたの顔はお父さんに似ていますか」

と光雄は聞いた。冠見は釜山の近郊に今も住むという両親を思い浮かべ、

「似ているところもありますし、似ていないところもあります」

と答えた。光雄はその答えに満足したように頷き、

「娘の智英は妻の英の字を取ってつけました。彼女は小さな頃から私にとてもよく似ていました」

と言った。生まれた時から、智英は父親にまったく似ていなかった。泣き出したら手をつけられないほど癇が強く、何時間も泣き続けるその様は遠い星から来た生物が「自分を故郷へ還せ」と訴えているようだった。光雄は彼女が亡父や老母に全く似ていないことは残念に思ったが、自分の付属物ではなく宇宙からの授かりものとして距離をもって接することができると気楽に考えた。


光雄の老母は自分に全然似ていないこの孫の誕生をとても喜び、老母が智英を抱いた時、光雄は自分の人生の第一部が完結したように感じた。しかし娘が人間として地面に足をつけてヨタヨタと歩き始める中で、光雄は妻を手伝って商売をすることもせず、もう一度受賞作品をものして作家同盟に所属するための新しい小説を書くこともできず、さらには頑張って娘を育て上げるという気持ちもどういうわけかもつことができなかった。

もう子どもはできたので、妻とも性的交渉をする必然がなくなり、この先一生ないであろうと思えた。光雄は自分の睾丸もその役目を終えたと労わる心持ちになり、性的にも社会的にも半ば引退した男性であるかのように、黙々と工場へ行き、帰宅しては妻が獲得してきた食料を食べた。光雄は自身の文学的才能が開花しないことを何を読んでも響かない女性を伴侶にしたためだと妻のせいにし、彼女を憎んだ。彼は、夫に憎まれる妻を不幸だと思い、そのような夫である自分自

身もまた不幸だと感じたが、自分が食べていけなくなるために離婚も考えることがなかった。

それから数年して自分をこの国に連れてきた老母も亡くなった。

「私は最初、一人で国を去るつもりでした」

と光雄は言った。

「一人で生活の基盤を築いてから家族を呼ぼうと思っていたのです。安全のために妻にも国を去ることは話さないようにしていました」

冠見は光雄に国の支配者層が裕福な暮らしを続けていたことを知っていたかとか、ドラマや本によって韓国についての情報を得ていたかなど、社会情勢とでもいうべきものについて尋ねた。光雄が国を去ろうとした動機をどのように描き出すか、迷っているようだった。光雄は冠見に妻の商売も政府の監視を受け先行きがあやしくなり、自身の作家としての道もすでに絶たれたことを話した。

実際のところ光雄はもうその頃小説を書いていなかったが、妻の商売は依然堅調だった。光雄は話しながら、彼が妻子を捨てようとしていたことに気づいた。国を去った多くの人々と自分はその点で異なっていた。光雄は妻には何も言わず、中国との国境の川を渡るべく準備したが、妻はその計画をかぎつけた。そして意外なことに自分も行くと言い張った。そして3人で冬の鴨緑川を渡ったが、今こうしてゆったりと椅子に座る自分は、あの時生きようとしてあの川を渡っただろうか。

妻は間違いなく生きるために渡ったはずだ。

川を渡った時のことも、妻が連行された時のことも、夜半タイ国境の森を抜ける時のことも、何度も思い出してきたので元の記憶の原型をどこまで留めているか光雄には自信がなかった。タイを経由して智英と韓国にたどり着いたところまで話すと冠見はレコーダーを止めた。

「また明日ですか？」

と光雄は聞いた。

「いいえ」と冠見は答えた。

「今日までです」

光雄は驚いた。

「え？　韓国に来てからのことはまだ話していませんが。この10数年のことは」

光雄はその時、韓国に来てからのことを、自分を罰するように智英を育てた日々について、聞いてもらいたがっている自分と、まったく興味を示さない冠見両方に驚いた。

「大丈夫です。韓国に着いてからのことは大丈夫です」

と冠見は言い、レコーダーをリュックにしまうと、「ありがとうございました」と頭を下げた。

「もう少ししたら散歩に出かけている娘が帰って来るかもしれない」

と光雄は食い下がるように言った。

「娘さんが、一緒に暮らしているんですか」

と冠見が立ち止まった。そういうわけではないのですが、今ちょっとこの家に「いる」のです、と光雄は言った。冠見は少しの間迷っているようだったが、

「娘さんには会わずにおきます。今いい感じに私の中で彼女の姿が立ち上がってきているので」

と言って出口へ向かった。光雄にはここまで話してきたことが、まるで必要なかったのではな

いかという疑念が生じたが、冠見の自信に満ちた顔は光雄の口を閉ざさせた。

本数の少ないバスの時間が迫っているようで、冠見はどんな行軍にも耐えられそうな力強い足取りで一度も振り返らず歩き去った。光雄の人生がどのように後世に残されるか、今や彼女の手に委ねられた。光雄はそれで構わないと小さくなる彼女の姿を見ながら考えた。全ての記憶は正確には残らず、その膨大で曖昧なそれらもやがて日暮れて夜に帰る。

12　吉田さん（6）

ターミナル駅の駅前公園には多くの人々が集まっていた。

この頃は街のいたるところにユニスの顔がさまざまな掲示板に露出していたが、この公園にもユニスの顔が印刷された大きな立て看板が立っていた。学生たちや、弁護士、デモに慣れた老人たち、スーツ姿の男性たち、1人でやって来た女性などを記者やジャーナリストたちが囲み、お昼時に買い物を楽しむ人々も足を止めている。

英子は集会の実行委員からマイクを手渡され彼らの前に立った。英子の前にスピーチした実行委員の1人は、ユニスの最近の活躍は自分たちの運動にとっても長く苦しい闘いの末に勝ち得た勝利だと宣言し、聴衆は大変な盛り上がりを見せていた。

「これまで吉田ユニスを支援してきてくださった皆さん、本当にありがとうございます」

英子は静かに話し出し、聴衆から大きな拍手が巻き起こった。

「彼女が、断続的に続いた拘留から解き放たれ自由になったことは本当にありがたいことであり、支援者の皆さま声を上げ続けてくださった皆様のお陰だと感謝しております。ありがとうございました」

英子が深々と頭を下げると人々は割れんばかりに手を打ち鳴らした。英子は一呼吸おいて続けた。

「ですが、このたび行なわれようとしている平和の祭典、これはどうなんでしょうか。これには私は深く憂慮しております。なぜ吉田が日本の代表選手に選ばれたのでしょうか。彼女はもちろん今まで指相撲などほとんどしたことはありませんでした」

人々がザワザワとし始めた。1人の男性が声を上げた。

「私だって指相撲したことないですよ」

聴衆はどっと弛緩し笑い声を上げた。彼は自分が外国籍だと表明してから、

「日本に住む外国人、彼女に救われるよ。あなたの心配はそれに水を差すことになる」

と言った。その言葉に我が意を得たりと、学生たちは「そうだー」と声を上げた。周囲の人々も同様のことを言い始めた。

「彼女を祭りあげるのはいいけど、祭典が終わった後の彼女の生活を日本は、皆さんは保証してくださるんでしょうか」

英子は自分でも驚くほど怒気をはらんだ声が出たが、それは聴衆をさらに挑発し興奮させた。集会の主催者の女性が英子の傍にやってきて、これまで英子が吉田親子を支えてきたことを説明し、英子の心配も理解できるものでこの集会への敵意はないと擁護しようとしたが、人々は怒ったままだった。

英子はなおも、ここに集まった皆さんで平和の祭典を止めてほしいと訴えたが、ユニスの意見は聞いたのか、と怒りの声が飛び交い話を続けられなくなった。つい先日まで施設に収容されていた外国籍の男性は英子に対して激しい怒りを向け、それは収容施設に入ったことがないオールドカマーにも向けられた。少年時代に大村収容所に収容されていた在日コリアン男性がこれに反発の声を上げ、収拾がつかなくなっていた。

英子はこれ以上は話し続けられないと判断してマイクを主催者の女性に返した。英子が会場を去ろうとすると、以前から顔見知りの女性が声をかけた。

「朴さん、これまでずっとユニスさんを支援してこられて、それなのにユニスさんが日本人になったら、有名になったらもう応援しないんですか」

英子は何も言わずに会場をあとにした。女性は長年支援活動の集会で英子と顔を合わせると笑顔で挨拶をしてくれる人だった。


「先生はユニスが先生の助けを必要としなくなるのが嫌なんじゃないですか」

ソフトクリームを舐めながら辰子は言った。先ほどのターミナル駅とは違うもっと都心の公園のベンチに辰子と英子は座っていた。辰子の弁護士事務所はこの公園の近くにあり、辰子はこの公園の売店で売っているソフトクリームをこよなく愛していた。辰子の隣で英子もまたソフトクリームを舐めていた。英子もまたソフトクリームをこよなく愛し、ある土地に出かけていく時には必ずその土地のソフトクリームを食べて土地との邂逅を果たした。

「平和の祭典を中止することはもう誰にもできないですよ」

辰子はコーンにかぶりつき始めた。その速度は驚異的で、ポタポタとクリームを地面に落とす英子に明確な差を見せつけていた。

「あんたの党は人権に配慮しますってずっと言ってたじゃないの」

辰子は首を振りながら、ソフトクリームを完食してしまった。

ノーベル平和賞も受賞した平和の祭典に反対するなど、選挙に関わる政党や政治家ならば考えられないことだった。

「ユニスは私に対して、嫌だったんだなあ」

とコーンの残骸を噛みしめながら辰子は言った。平和の祭典後に衆議院選挙で同じ選挙区から出馬するユニスの知名度や人気には、辰子がこれまで積み上げてきた弁護士としての実績などないようなものだと、彼女自身も彼女を出馬させようとしていた野党政党も考えていた。

辰子は小学生時代・中学生時代を通じてユニスの仲の良い友達だと任じていたが、中学を卒業して以来、以前のように心の内を話してくれなくなったと感じてきた。辰子とてユニスがきちんと社会に出ることができていたらと何度も考えてきたが、それがこのような形で成されるとはまったく想像していなかった。彼女であれば中学生時代に見せてくれた放屁芸でも芸人として立っていたかもしれなかった。

「ユニスが負けたら？」

と英子は聞いた。英子には辰子を含む日本人や日本に住む人々がユニスが負けることを想像さえしていないのではないかと不思議だった。辰子は、確かにあまりそれは想像していなかった、と答えたが、なぜそれを想像していなかったかについては深く考えようとはせず、たとえユニスが敗れても選挙結果は変わらないだろうと言った。

ここで英子にも、今回の平和の祭典がユニスにとってチャンス以外の何ものでもないとしたら、という考えが浮かんだ。もしそうだとしたら、集会で会った支援者が言う通り英子はただユニスの足を引っ張っているだけということになる。ユニス個人の意志は英子もすでに確認した通りである。何故自分は彼女の意志に反してこのイベントに不安を抱き反対をしているのか。辰子の言う通り、自分の手を離れてユニスが成功するのが嫌なのだろうか。

英子もようやくコーンの部分に到達し、前歯で切削し始めた。やがてコーンを食べつくした英子は紙袋をカバンから取り出し辰子に差し出し、

「その紙袋に入っているお金で広沢選手について調べて」

と言った。前回大会で負けた広沢選手が安全に家族と暮らしているならば英子の不安もなくなるだろうが、彼女がインターネットで調べる限り広沢は行方知れずだった。辰子はズシリと重いその封筒に驚いたが、英子の迫力に押されて、それらを預かることにした。そして自らは電気量販店の名前が印字されている紙袋を英子に差し出し、

「先生は一応こういうの持ってたほうがいいかも知れない」と言った。

＊＊＊

団地の一室に戻った英子は電気量販店の袋を開けた。

中にはプラスチックの箱が入っていて、「盗聴探知機・ＴＯＮＣＨＩくん」と印刷されていた。その安っぽい外装に辰子がなぜこれをと思ったが、彼女も英子の知らない世界を随分と見てきたのかもしれないと思い直し、眼鏡をかけて小さな文字の説明書を読み、部屋の中でＴＯＮＣＨＩくんをかざしてみた。説明書には盗聴器がしかけられている場所で音が鳴ると書かれていたので、英子は台所の壁の前に立ちゆっくりとかざしてみたが、音は鳴らなかった。

このチャチな機械の名前はＴＯＮＣＨＩくんではなくＴＡＮＣＨＩくんの間違いではないかと思いながらゆっくりと玄関のほうへ移動した時、インターフォンが鳴った。英子は少し驚いたが、

のぞき穴を見ると智子が立っていたので、すぐに迎え入れた。

智子は入ってくると友人がくれたと言って小さな機械を取り出した。それはＴＯＮＣＨＩくんに瓜二つのものだったが、箱には「通奇先生」と印刷してあったと智子は言った。智子はすでに自分の部屋の隅々までこの通奇先生あるいはＴＯＮＣＨＩくんをかざしてきていた。２人はそれぞれの親切な友人による贈り物を大げさなものだと笑いあったが、「折角だから」と二手に分かれて英子の部屋のいろいろな場所でその機械をかざした。

智子は右手でその機械を壁や棚にかざしながら、目ざとく棚にかけてあった古い写真に目をとめた。１人で写真に写っている老齢の女性は、英子にとてもよく似ているが、英子よりもさらに深く刻まれた皺や服装から彼女の母親のものだろうと思った。もう１枚は若い男性が就学前と思われる女児を抱えているモノクロの写真で、智子はその２人を英子とその父親であろうと予測を立てた上で、英子に聞いてみた。英子の説明は智子の予測通りだったので、智子は英子が父親にも似ていると気軽に言った。英子はこれまで幾度となく見てきたその古い写真をもう一度見て、そうだろうかと首をかしげた。

英子の母親はすでに亡くなっていることを知る智子は、英子の父親もすでに亡くなっているだろうと思いながら、どんな人だったか聞いてみた。英子はＴＯＮＣＨＩくんをかざしながら少し考えてから、父親と母親が彼女の幼少期に離婚したために父についてあまり知らないのだと言った。

「船で当時も今も日本とは国交のない国へ行って、そこで亡くなったと聞いたよ」

英子は大人になってから、北へ渡った親族がいて何度か北へ行ったことがあるという人たちに父の消息を調べてもらったこともあったが、どこでどう亡くなったかついぞわからなかった。

「恐山に行ってみたらどうかな」

と智子が言った。英子は天井にかかげていたＴＯＮＣＨＩくんをおろして智子を見た。

「青森県にあるというその山に行けば、亡くなった人に会えるらしいよ」

英子は自分よりも父親についての記憶が少ない智子に気を使い、この前の雑誌に載っていたのかと、その雑誌を馬鹿にしていると受け取られないように慎重に聞いた。智子は気楽に頷いた。

「私も行ってみようかと思ってるんだ。でも結構遠いんだよね？」

恐山は日本列島の最北端、青森県は下北半島にある活火山だが、東北新幹線が通る新青森駅や八戸駅から鉄道やバスを乗り継いで行かなければならない。

「智子がもう少し大きくなったら行ってみるといいかもしれない」

「英子さんも一緒に行こうよ」

英子はうなずいた。智子は通奇先生を掲げ直しながら、

「でもなあ、がっかりはしたくないし。エアお父さんのほうが自由かもしれないね」

と言った。

英子は「エアボール遊び」は理解できなかったが、エア父親についてはすんなり理解することができた。英子は「お父さんに」と言ってから「お父さんらしきものに会ったら」と少し言い換え「どんなことを話すの？」と聞いた。智子は、

「それは内緒だよー」と言った。

「これ、鳴らないなら何も仕掛けられていないってことなんだよね」

部屋中をくまなくＴＯＮＣＨＩくんと通奇先生をかざし終えた２人は顔を見合わせた。英子は智子にお茶を飲むことを提案し、

「バームクーヘンが来たんだよ」

と言った。英子はかねてより関西の店からバームクーヘンを取り寄せてちびりちびり切って食べるのを楽しみにしていた。地面と水平に切るのが正しい食べ方と言うが、英子は最初にバームクーヘンを食べた時に食べさせてくれた友人の母親がそうしたように垂直に切る。そのほうが少しずつ食べるという一点において合理的であることに疑いの余地はなかった。２人は虎の子のバームクーヘンの端切れを少しずつ口に入れ、彼らの体内に良質なバターの成分が広がった。

２人がバームクーヘンの今日の分を食べ終え、残りを棚にしまい終えた頃、インターフォンが鳴った。宅配便はバームクーヘン以外に予定がなかったので、英子が訝しがっていると、「あ」と智子が声を上げた。通奇先生を貸してくれた木崎葉子があとで父親を連れて団地に行くかもしれないと言っていたのだった。

「通奇先生だけだと不安だと思ってお父さんを連れてきた」

木崎葉子は玄関先に迎え出た英子と智子に挨拶すると傍らに立つ父親の木崎洋一を紹介した。洋一はボソボソと英子と智子に挨拶をすると、

「では少し上がらせてもらいます」と言って言葉通り靴を脱ぎ、部屋に上がり込んでＴＯＮＣＨＩくんを一回り大きくした機械を取り出し、ヘッドフォンを頭にあて部屋を調べ始めた。洋一は

襟のついたシャツを着ていたが、シャツの袖から下に着ている発熱下着の繊維が伸びてはみ出していた。洋一は時々「チッチッ」と子犬を呼ぶような音をたてたりしながら、機械で部屋を調べた。英子たち3人は、椅子に座るきっかけを見失い立ったまま洋一の作業を見ていた。機械から音は鳴らず、洋一の他に音を立てる者もいなかった。

しばらくして葉子が父に、

「お父さん、どう？」

と声をかけた。洋一は英子と智子のほうを向き、

「わかりません。しかし」

と言って3分間沈黙した。そしてまた口を開くと、

「霊的な存在がいるかどうかはわからない」

と静かに言った。英子はそして智子も、それはいないのではないか、と思ったが口には出さず、先ほど2人が交わした彼女たちの父親についての霊的な話題を彼が感知したのだろうかと不思議に思った。そのように2人が風に吹かれている間に、洋一は「失礼します」と言って機械を持ったまま靴を履いた。葉子も一緒に靴を履いたので、英子と智子もつられて靴を履いた。

洋一は機械のモニターの揺れる波形を凝視したまま階段を下り、公園を横切って向かいの棟へたどり着くと、そのうちの階段の1つを上り、その階段を下り、その隣の階段を上り4階の部屋の前まで来るとインターフォンを鳴らした。その間ずっと彼の後ろをついて階段を昇降した英子と智子は葉子に何事かと聞いた。葉子は2人に、

「何かの数値が出たのだと思う」

と言うことしかできなかった。2人ともその数値についてはさらに問うことは差し控えた。部屋の電気メーターはぐるぐると凄い勢いで回っていたが、中から反応はない。英子は、中の住人が息をひそめて嵐が過ぎ去るのを待っているのだとしてもそれは自然なことだと思った。智子は英子にここの部屋の人を知っているかと聞いたが、英子も他の棟には集金に行くこともないので、わからなかった。洋一はもう一度インターフォンを鳴らしたが誰も出てくる気配はない。智子は洋一に訊ねた。

「こちらの部屋に何かあるんですか」

「はっきりしたことはわからないのですが、こちらの部屋から傍受した気配があります」

「留守なのだから帰りましょう」

英子は帰宅を促した。洋一も納得して4人は階段を下りた。4人が2階分ほど階段を下りたところで、手にコンビニエンスストアのビニール袋を提げたスーツ姿の若い男性とすれ違った。3人は「こんにちは」と必要以上ににこやかに挨拶し、洋一も頭を下げた。相手の男性も挨拶を返して階段を上って行った。3人は階段を下りながら、彼がどの部屋に入るのか聞き耳を立てていたが、彼らが1階に降りきるまで部屋の開閉音を聞くことはなかった。棟の外に出てきた智子は階段を見上げたが男性の姿はどこにもなかった。

「霊的な人かな」

と智子は言い、英子はその言葉に笑みを浮かべたが、洋一は沈思黙考して答えなかった。

英子は葉子に夕飯を食べて行くことを提案したが、葉子は父がすでに夕飯を作ってくれているからと言って断り、2人はそのまま帰って行った。

2人の後ろ姿を見送りながら智子は、洋一が雑誌の廃刊以来いつも家にいるのだと、以前葉子に聞いたことを話した。以前はあまり家におらず、帰ってきた時には箸の上げ下ろしからトイレスリッパの脱ぎ履きまで些細なことに怒鳴り散らしていた父親が、今ではすっかり口数が少なく置物のようになっているという。

「お母さんはいらっしゃるのよね?」

と英子は聞き、智子は会ったことはないけどと前置きしてから、

「いるって言ってたよ」

と答えた。2人は団地の向こうへ消えていく親子の後ろ姿をしばらく見ていた。

13　朴さん（6）

光雄はバイクに乗って家の近くの田舎道を走った。数日前からのソウルでのテレビ番組の収録や講演の帰り道。この頃は人前で話すことに慣れ、誰かの著作に書いてあった祖国の支配者層の贅沢ぶりを自分で見てきたかのように話したりした。飢饉の時代、支配者の豪華客船で日本人のシェフがマグロの寿司を握り、イタリア人のシェフがサラミの入ったピザを焼いていたというような話を。そして南北統一への夢を語った。どこへ行っても光雄はスターのようにもてなされた。

遠くに自宅が見えてくると光雄はバイクを停めた。これまでも光雄の家の周りには取材者や支援者が現れ、光雄もそれに慣れてきていたが、今日は今までより多くの人々が門の前の道を境に左右に分かれて陣取り、拡声器を用いて演説会を開いていた。光雄はヘルメットをかぶったままバイクからおりると、そのまま押して歩いた。

鉢巻をしめた1人の青年が光雄を呼び止め、バイクや自家用車は駅の駐車場に停めてバスで来なくちゃと注意した。光雄がそれを無視すると青年は、

「もしかして朴光雄先生ですか」と聞いた。

「違います」

と光雄は答えたが、青年がじっとこちらを見ているので、

「お荷物をお届けに」と言って、門へと向かった。

1人の青年がマイクを持って叫んでいた。

「この平和の祭典は偽りだ。このような国の大事が一つのスポーツで1人の選手によって決すというのは間違っている」

すると青年の反対側にいる人々から罵声が飛び、中の1人が拡声器を使って叫んだ。「脱北者の権利向上のために代表選手を引き受けた朴光雄に対する侮辱的言説だ。ただちに取り下げよ」

光雄はヘルメットに包まれた頭を左右に振ることなく、真っすぐに門を目指した。平和の祭典に反対する人たちがこの国に存在するということを光雄は初めて知った。光雄の右側には平和の祭典に反対する政治団体、左側には脱北者団体を含んだ平和の祭典に賛成する団体が陣取っていて、2つの団体は互いを罵り合い始めた。真っすぐに門を目指す光雄のバイクに小石が当たった。罵り合う2つの勢力はとうとうお互いに物を投げ合い始めた。光雄はヘルメットの頭上を石が飛び交う中で門へと走った。門の前まで来たところで、私服警官の洪秀全がすっと現れ、バイクを門の中へ入れるのを手伝った。

「大変ですね」

洪秀全は光雄に同情を示した。光雄が、

「そんなこと言ってる暇があったら取り締まってくれよ」

と言うと、

「集会の自由がありますから」と気の毒そうな顔をし、

「ほんの少しの我慢ですからあんまり家から出ないほうがいいですよ。買い物なんかありましたら代行しますのでいつでも言ってください」

などと目の奥は笑っていない笑顔で言うのだった。光雄はそれには答えず、ちゃんと仕事をしないと怪我人が出るぞ、特に反対派の連中はすぐに取り締まれ、と言い置いて家の中へ入った。門の外の騒ぎは収まらず投石を終えた人々が肉弾戦を始めたような声が聞こえ、それを制止する悲鳴も聞こえてきた。

光雄が家の中に入ると部屋には明かりがついて、智英と倉洞がキャリーバッグに荷物を詰めていた。光雄は2人に、

「ただいま」

と景気よく声をかけた。2人は、挨拶を返し、すぐにキャリーバッグを片付けた。光雄は2人に何の荷造りをしたのか聞いたが、智英が、

「荷造り」

と言い、倉洞もまた、

「荷造りです」

と同じ単語を繰り返した。光雄は、こんな時には出歩かず家にじっとしていたほうがいいのにどこへ行くのか、と聞いた。2人には仰々しく荷造りをするだけの荷物はそもそもない。

「こんなところでは暮らせない。庭でデモ隊の衝突が起こっているようなところで」

智英はそう切り出し、父親にもこの家を離れるべきだと言った。光雄は、政治団体の衝突が今まさに起こっているのは庭ではなく門の外だとまず細部の間違いを指摘し、それから反対しているのは北からお金を出してもらって活動しているごく少数の人たちだと怒り出し、ここを出てどこへ行くのかとしまいには怒鳴った。

人々から贈られた高級食材を貪り尽くしながら、この地に滞在し落ち着いたら職を探すと言っていた夫婦が何を言い出すのか。智英は、平和の祭典に反対している人たちは北からお金をもらってやっているわけではないし、民主主義の国ではそういう声が上がることは当然だと言った。光雄は先日見かけた政治団体に北の金が流れていたというネット記事のことをまくし立てようとしたが考えを変え、

「テレビをつけろ」

と言った。智英は父親の指示に従わなかったので、光雄は視線を倉洞に向けた。この娘婿はすでにこの家の家電に詳しくなっており、すぐさまリモコンを探し出すとテレビの電源を入れた。テレビは南部の大雨による災害のニュースを紹介していた。倉洞は深刻な顔になり義父を見て、

「これですか?」

と聞いた。光雄は死者が出ている災害に冷淡な態度を示すことに躊躇したが、

「チャンネルを変えろ」

と言った。その躊躇する感覚は見ず知らずの多くの他人の生死を情報として知るようになったこの10数年に培われたものだった。倉洞はチャンネルを変えたが、光雄はまたも、

「変えろ」

と言った。光雄は最近多くの番組に出演したつもりだったが、それほどでもなかったのか、あるいは時間帯が悪かったのか、どのチャンネルにも体の一部が映り込んでさえいなかった。倉洞は義父の意図を探り当て、

「ネット配信も見ましょうか」

と提案したが、光雄は、

「無用」

と一喝した。そして最近自分が出演したテレビ番組名やイベント名を、空中にその細かな目録があるごとく暗唱した。暗唱を終えると娘に問うた。

「これまで父さんはどう生きてきた？」

なおも黙っている智英の代わりに、倉洞が、

「日陰の暮らしですよね」

と言った。光雄と智英は揃って倉洞を見た。

「いえ、本当にご苦労を重ねてこられたことと思います。日本では日本人に差別されて、北に渡ってはパンチョッパリとやっぱりそこでも今度は同胞であるはずの北の人間に差別され、塗炭の苦しみの中お義母さんの反対を押し切って脱北したものの、今ここでも肩身が狭い中で息を殺すように暮らしてこられた」

光雄と智英は再び倉洞を見た。2人の視線に厳しいものを感じ取った倉洞は、光雄の自伝に書いてあったと言おうとしたが、彼が、

「自伝」

まで口にしたところで、光雄に、

「発売前だ」

と遮られた。窮した倉洞はテレビで見たと言おうか逡巡したが思いとどまり、

「そんなお義父さんが祖国の代表選手なわけですから」と着地した。

「そうだ」

光雄は倉洞を睨み付けた。元はと言えばお前たちの、というよりむしろお前の尻拭いでこうなったが、俺は莫大な金を手にするだろうし、お前たちにも残すだろう。お前に語られたくはなかったが、流れ流れてきた俺が祖国の代表だ。

倉洞を怒鳴りつけながら光雄は北の国の連中が今の自分を見たら何と言うだろうかと思った。自分を追い抜いて作家協会に加盟していった同僚や後輩、そして北へ送り返されおそらく死んだであろう妻がこの状況を見たとしたら。光雄の小説を読んだ時のように、無表情な顔でそれを聞くかもしれないし、そうではないかもしれない。光雄の心のうちには金と名誉を手に入れつつあるという高揚と、何をしてももうあの人たちに認められることはないという冷静な思いが同居していた。

光雄はもう一度智英のほうを向いて、大日本帝国から始まる国家に翻弄されてきた一家がとうとう祖国で表舞台に立ったことの意義を力説し、父祖伝来の地を離れてこれ以上どこへ行くつもりかと聞いた。

「カナダに行こうかと思う」

智英は言った。光雄は娘が韓国からさらに別の国へと移住する所謂脱南を考えていたとは思いもよらず、目を見開いた。

「英語苦手だろお前は。学生時代何度も落第しただろうが」

智英は大学生時代、母親の消息を訪ねて中国東北部へ何度も行くなど中国語は堪能だったが、英語には受験勉強以外の興味を示さなかった。倉洞が右手を上げ、

「僕は得意ですよ。家庭教師もしていました」

と妻を擁護したが、光雄は婿を無視して智英に詰め寄り、光雄がどのような思いでこの家を維持してきたか、祖父がどのような思いでこの地を離れ、また異郷にいる間もこの地を思っていたかを訴えた。

テレビ局を通じて祖父の家の墓が見つかったと知らせがあった時、光雄自身半信半疑な気持ちが先立った。しかしテレビのクルーと共に墓へ行った時に光雄を大きな感慨が包んだ。墓はこの地によくある山の中のそれだったが、光雄に一族の記憶と呼ぶべきものを呼び覚ました。家族と国を捨てるつもりでいた光雄が結果的に娘と二人でこの国にたどり着いてからこのかた、真の祖国で娘を育て上げるという「こと」が、実際彼を支えてきた。娘が結婚したあとで新たな何かを必要としていた光雄に、娘夫婦を守るという今回の「こと」が与えられたのだった。

「曾祖母はどうだったのか」

と智英は聞いた。光雄は智英が何を言い出したのかすぐには理解できなかったが、智英は祖父とは出身道が違う祖父の妻もまたこの地に帰りたがったのか、と改めて問うた。

光雄はそれについては考えたこともなかった。智英は、曾祖父と共に日本に渡った曾祖母自身は日本に渡りたかったのか、彼女にとっては祖母にあたる光雄の母は北へ渡りたかったのか、女性たちは男性たちに押し切られて船に乗ったのではないか、と怒りを光雄にぶつけた。光雄は自身の祖母の出身地を聞いたことはなかった。

「父さんは今また国家に振り回されることになる」

と智英は言った。父親はおそらく平和の祭典のサムレスリングで敗れるだろう。そうすれば李舜臣どころか国賊として人々に恨まれることになる。今再び国家から脱出する準備をしておいたほうがいい。

光雄は娘の話を聞いて、大海原をボートで漕ぐ自分の姿が浮かんだ。木でできた櫂を必死に漕ぐが霧の向こうから艦船が現れる。北か南か中国か、日本かはたまたアメリカか。地球上に国家がその縄張りとしていないところは南極や極地くらいのものだが、月や火星や宇宙空間はすでに争奪戦が始まっている。国家のくびきから逃れて暮らせる場所がこの地上にあるだろうか。

「待て」

と光雄は手を上げた。この国の政府がどうしてこの老境に差し掛かっている男を、全身を使うスポーツではないとは言え、代表選手に選んだか。それは競技そのものはパフォーマンスであり、結果は決まっているからだ。その結果というのをここで詳しく言うことはできないが、この国がこの件について不利な結果を飲むことはあり得ない。

若い夫婦は光雄の言うことに反論しなかった。もし光雄が敗れたら政府関係者は全員職を失い未来永劫その子孫までも汚名を着ることになるのは明らかだった。智英はしかしそれは日本も同じではないだろうかと釈然としない。

「少し考えたらわかるだろう。お前たちはまだまだ子どもだなあ」

光雄は笑った。

「日本の選手が女性だから?」

と智英は聞いた。

「え?　そうなの」

光雄は日本代表選手が女性とは知らず驚いたが、倉洞は光雄が知らなかったことにさらに驚き、吉田ユニスが首相と握手している映像をスマートフォンで探し出して光雄に見せた。

それを見た光雄はしばらくじっとその映像を見ていたが、女性であることに加えてユニスが黒人女性であることにも驚き、

「日本人ですらないじゃないか」

と呟いた。智英は冷たい目で光雄を見た。3つの国で差別されてきた自分の父親が今自分と肌の色の違う女性に対して見下した態度をむき出しにしていた。倉洞は光雄にアフリカ系韓国人を引き合いに国籍と人種の話をしようとしたが、光雄は取り合わなかった。そして納得したように、

「そういうことか」

と呟き、

「これなら絶対に大丈夫だ」

と2人に言った。日本にとっても負けたことへの国内向けの言い訳が必要で、負けて非難されても多くの日本人にとっては痛くも痒くもない人選がされたのだ。

「何が」

と智英に聞かれて光雄は、

「父さんが絶対に勝つよ」と言った。

智英は黙って立ち上がり右手を指を揃えて丸め、親指をピンと立たせて光雄の前に差し出した。

「何だ」

光雄はそれを見て不機嫌に言ったが、智英が憎しみを込めた目で、

「忠武公、お手合わせ願いたい」

とさらに手を差し出したので、笑いながら智英の右手を握った。

智英に目で合図を送られた倉洞が「はじめ」と言うと、智英は親指で父親の親指を抑え込んだ。倉洞が朗々と1から順に数字を数え始めると、光雄は慌てて手をふりほどいた。

「女相手に本気を出せるか」

数を数えていた倉洞は口を開けたまま立っていた。


「私は日本の吉田ユニスさんを応援する」

智英は言った。

「この女を？」

「そうだよ」

光雄の顔から今や笑みは消え、怒りがぐらぐらと煮え立った。倉洞は、

「お義父さん、やっぱり僕たちと一緒に外国へ逃げましょう」

と真剣に言い、光雄は、

「情けない奴だ。娘はくれてやるからどこへでも行け」

と怒鳴った。その時、飛んできた石が窓ガラスに当たった。光雄は頭を床に伏せ、娘夫婦にも床に伏せることを促し、

「洪秀全、反乱を平定しろ」と外へ向かって叫んだ。返事はなかった。

15　吉田さん（7）

その場所は草が人の背ほどにも伸びた空き地になっていた。

英子と辰子は広沢長彦の実家があったとされるところへ来ていた。もう暑い盛りは過ぎていたが日差しは強く、辰子はつばの広い帽子をかぶっていた。2人は近くの家々を訪ね、火災にあった家のことを聞いて回ったが近くの人々は「火事があったんですよ」「住んでいた人はどこかへ引っ越して行った」と言うばかりでどこへ引っ越して行ったのかはわからなかった。ほとんどが後期高齢者で他所から知らない人が来るだけでも億劫なようだった。

2人は役場で記録を確かめようとしたが、記録は残されておらず、市の担当者もどうしてかわからないと首を傾げた。くいさがる辰子に対して市役所の職員は、広沢のお陰で市全体が誹謗中傷に晒されたのだと周囲を気にしながら言った。平和の祭典の前には市も出身者の広沢を大々的に応援したために、市民の間でも広沢のことは話してはいけないことのようになっているという。彼は広沢の家族はロシアへ逃げたと思っていて、市民もみなそう思っていると付け加えた。英子がなぜそう思っているのか聞くと、「あのころ記事はネットに沢山出ていたじゃないですか」と答えた。

2人は言葉少なに市役所近くのファミリーレストランへ入り、ソフトクリームの乗ったパフェを注文した。辰子はスマートフォンで英子に画像を見せた。それは広沢がロシアに亡命した証拠とされるもので、ロシア語の看板がある街に立つ広沢が映っている。それは一時期インターネットの波間に浮かびやがて消えたものだが、画像は不鮮明でそれが本人のものかどうかはっきりしない。広沢と八百長についてのネット記事は現在では消されて見ることができない。辰子も辰子の友人も広沢のことを八百長をしてロシアに逃げた人としてぼんやり覚えていたが、当時から今に至るまで政府からの発表は何もなく、現在では消されてしまったネットニュースのみが発信源だったことになる。

パフェを平らげ車まで戻ってきた辰子はナンバーにガムがくっつけられているのを目ざとく見つけた。辰子は今ここでつけられたのだと騒いだが、英子は、都会育ちの辰子の田舎への恐れがそう思わせるだけで以前からつけられていたのではないか、と言った。辰子は自分には田舎に対する偏見はない、これは間違いなく今ここでつけられたものだと主張し、ファミレスに取って返して防犯カメラはないかと店員に聞いたが、高校生らしき店員は、

「ちょっとよくわからないですね」

と言い、次に現れた社員と思われる男性も防犯カメラは今故障していると言うのだった。その表情からはガムをつけられたくらいでは警察も動かないだろうにという心が読み取れた。英子が辰子をなだめて2人は車に戻った。

「変な見た目のおばさんがヒステリックに騒ぎ立てたように思われたかな」

高速道路を運転しながら辰子は聞いた。

「田舎に不釣り合いな美人が来てみんな驚いたのさ」

英子はそう言ってから、都市に生まれ育った自分にも田舎を見下すところがあるのかもしれないと思った。パーキングエリアで用を足し、ソフトクリーム売り場へ向かいながら、辰子はこれまで英子が抱いていた不安を軽んじてきたことを詫びた。

英子は辰子に右手を差し出した。辰子は戸惑いながらその右手を握った。英子は親指で辰子を抑え込もうとし始め、辰子は抵抗した。なかなか勝負がつかずパーキングエリアを利用する人たちが、それは長距離トラックのドライバーだったり、キャンプ帰りの学生たちだったりしたが、奇異の目を向けながら通り過ぎていく頃、

「制限時間は何分だったかな」

と英子が言った。2人は制限時間で勝負がつくには、やはり何らかの八百長と呼んでもよいような合意が双方にあるのではないかと感じた。2人はこんなにも真剣に指相撲をするのは初めてだった。

＊＊＊

ユニスはアフリカ中部の空港に降り立った。気候変動でとっくに来ているはずの乾季がまだやって来ないと聞いたが、日本に比べて湿度が少なく青い空が広がっていた。

飛行機に乗るのも、外国へ行くのも彼女にとっては初めての経験だった。入国審査に緊張したが、随行する金田ら日本政府の役人や撮影を担当する人々とともに真新しい赤いパスポートを掲げてその国へ入国した。空港から日本政府がチャーターしたバスに乗り、ユニスは窓に映る街の景色を見た。父と母が生まれ育った国だが、ユニスにはいくつかの単語を除けばほとんどこの国

の言葉を聞き取ることができない。やがて一行は郊外にある交流センターに到着した。

交流センターは日本の援助で建設されたモダンな建築物で日本語を学ぶ人々などがいると聞いていたが、ユニスはそこで大歓迎を受けた。所長はユニスに2国間の交流の大使になって欲しいとスピーチし、ユニスは金田の用意した、歓迎への感謝と2国間の懸け橋になる旨のスピーチを日本語で読み上げた。

日本政府とテレビ局が探し出したユニスの両親の親戚だという人々もやってきていて、ユニスと抱き合った。彼らと抱き合った時、ユニスは素直に母と父が会いたかったが会えぬままになっていた人々と今自分が面会しているのだと感じた。日本という国が自分に向き合ってくれたと感じ、母と父がここにいたならばと思った。幽体離脱をした人のように自分が初めて会った人々の前で涙を流し続けているのが真下に見えた。通訳はこの国の男性と結婚しこの地に住んでいる40歳の女性だったが、彼女も涙ぐんでいた。

新しい親戚たちはユニスに結婚しているかと聞き、ユニスは夫は今はいないが小学生になる娘が1人いると通訳を介して伝えた。彼らは今度は智子を連れてくるように言った。ユニスが通訳から伝え聞いてうなずき、彼らともう一度抱き合うと、会場には温かな大きな拍手が鳴り響いた。

儀式が終わり、ユニスは親戚を名乗る人々に自分の両親について知っていることを聞いた。彼らは一様に困った顔をして、昔のことは忘れてしまった、と言った。ユニスがどんなことでもいいからと食い下がると、男性が、

「子どもはとても小さかったよ」

と言った。普段のユニスならば、子どもが小さいのは当たり前だと思っただろうが、ユニスは

その発言も得難いものだと感じ、お返しに父の前でおならをすると父が激怒したこと、日本には放屁芸というものがあり思春期に自由を感じて放屁芸人になろうと思ったことがあることを話した。彼らは表情を曇らせ、

「それはやめたほうがいい」

と言った。放屁芸のことを話したことで、放屁したくなったユニスはトイレへ行った。

ユニスはトイレで手を洗っている女性がいたので、この国の言葉で挨拶をしようとしたが、彼女は日本語で、

「こんにちは」

と言った。

「こんにちは」

ユニスはそう返してからつい、

「日本語お上手ですね」

と言ったが、それはずっとユニスを複雑な気持ちにさせてきたフレーズでもあった。相手は複雑な気持ちは抱かなかったようで、この施設で職業支援を受けていると言った。ユニスは彼女の左手の指が2本ないことに気付いた。ユニスは自身の母と父が内戦の時に国を出て日本へ行ったことを話した。女性は黙ってそれを聞いていたが、彼女が故郷の村で政府軍に指を切り落とされたのは5年前だと言った。彼女は村にいられなくなり、ここへやって来た。今も多くの人々が、とりわけ女性が暴力や性暴力の危険にさらされていると彼女は言った。

ユニスは内戦や暴力は母や父が若かった昔のことだとなぜか思い込んでいた。彼女は日本へ来た父親に対し、当時経済的に繁栄していた日本にお金で引き寄せられたのではないか、政治体制も変わったし帰国してもそれほど危険ではないのではないかと、多くの日本人が言うように疑ったこともあった。彼女はそれらについて調べることもせず、積極的に知ろうともしなかった。父は娘に祖国で受けた暴力について語りたがらなかったが、自分を難民だと認めてくれない異国にあって娘には知っておいてほしいこともあったのではないだろうか。女性の首元には大きな傷跡があった。

ユニスがトイレから戻ってみると、親戚たちの姿は見当たらなくなっていた。金田は彼らは用事があって帰宅したのだと説明した。ユニスは彼らの連絡先を知りたがったが、誰もが聞き忘れてしまったということだった。

16　朴さん（7）

霧が一面に立ち込めている朝の中を、朴光雄は辺りをうかがうようにして門の外に出てきた。政治団体の残党がその辺に寝転んではいないかと周囲を見渡したが、遠くに見える警察車両の他は人の存在を感じさせるものはなかった。

政治団体の若者たちのうち、ある者は警察の留置所にいるのかもしれないし、ある者は祭りが終わったとばかりに酒を飲んで眠りこけているのかもしれない。門の外にはビラの紙くずや布きれなどがポツポツと転がっていたので、光雄は納屋からゴミ袋を持ってきて拾い始めた。しばらく拾っていると家の中から倉洞が出てきてゴミを拾い始めた。倉洞は挨拶したが、光雄はそれには答えず黙々とゴミを拾った。光雄は途中で自分がなぜごみを拾っているのか、この行為が何のためのものなのかわからなくなってきた。

門の近くのゴミを拾い終えたところで、それまで無視していた倉洞に、智英はまだ寝ているのかと聞いた。倉洞がもう起きていますと言うより早く、本人が出てきて、倉洞にクラウドファンディングを達成したから振り込まれたお金を取りに行ってほしいと言った。光雄は倉洞のスマートフォンで智英が立ち上げたというクラウドファンディングサイトを見せてもらったが、そこには「朴光雄を応援しよう」というタイトルがつけられており、設定目標金額８０００万ウォンの２倍以上のお金が集まっていた。リターンはお礼のメールの他は、光雄が出張してお茶を淹れるとか、一日散策に付き合うとか、あなたの似顔絵を描きますといったものだった。

光雄は倉洞と共に洪秀全の運転する車の後部座席に並んで乗り込んだ。

「タクシーじゃないんですよ」

洪秀全は苦い顔をしたが、光雄は買い物の代行しますと言ったのはお前じゃないかと思いながらも、金持ち喧嘩せずの精神で謝礼をはずむからと行き先を告げた。

3人を乗せた車は駅前の銀行へ行き、倉洞はお金をおろして車に戻ってきたが、光雄は洪秀全にそのまま首都へ向かうよう指示した。彼は自分はあまり寝ていないからそれは無理だと断ったが、光雄は彼に後部座席で寝ていても良いからと言った。倉洞は私服警官がそれを受け入れることはないだろうと思ったが、洪秀全はぶつくさと不機嫌な顔をして2人を後部座席から追い払うとどっかと体を横たえ寝入ってしまった。

光雄は倉洞を助手席に乗せて、運転席に座った。光雄は倉洞に今日借金を返済し、足りない分についで話をつけてくるよう提案し、倉洞は受け入れた。

車内に洪秀全の鼾を鳴り響かせて車は高速道路を走った。光雄が智英が作った数本の配信動画を見たと話を振ると、倉洞は、

「あれは自分が撮影と編集をしたんですよ」

と言った。

「俺は死んだそうだな」

「ああいうわかりやすいのがいいんですよ」

倉洞は悪びれるところがない。

「フットサルをしたことがあるって言ってたな」

光雄は一緒にチームを作らないかともちかけた。婿が、いいですね、と賛意を示したので光雄は、仁川にいる友人やメンバーが足りなければ洪秀全もいれてやろうと言った。

週に一度首都に出向いて漢江の畔にあるという運動公園で婿や友人たちとフットサルをする情景を思い浮かべることができた。

「お義母さんはもう生きていないのでしょうか」

倉洞は唐突に智英の母親について聞いた。倉洞は智英が学生時代に何度も中国東北部へ行き、情報を集めていたことを知っていた。光雄が韓国へ来てからは一度も中国東北部へ行っていないことも智英から聞いていた。

「自分はそう思っているが、娘がどう思っているかはわからない」

光雄は消息がつかめない妻は死んでしまったのだと思って生きてきたが、それを確かめたことはない。確かめる術もないのだが、光雄がこの国で生きていくためにそのほうが都合が良かったことも否めない。光雄は再婚せず娘を育てながら働いてきたが、そこには妻を愛さなかった自分を罰する気持ちがあった。彼はまた自分自身が女性にとって魅力的ではないと思っていた。

「娘にとっては父親よりも母親と暮らしたほうが良かっただろう」

養護施設で育った倉洞も頷いた。光雄は、智英は母親に会うまでは結婚などしないのではないかと心配していたことを思い出した。車内はいまだ洪秀全の鼾が鳴り響いている。

「どうして智英と結婚したんだ」

光雄は聞いた。北から来て、父親は脱北者で縁者も少なく、親から見ても容姿が良いとは思われない智英を、と光雄は思ったのだがその部分はあえて説明しなかった。自分と妻は年齢への焦りから結婚したようなものだが、倉洞はまだ若く娘と違って容姿も良い部類に思われる。

「智英は美しかったので」

と倉洞は言った。光雄はハンドルを握りながら2度ほど倉洞を見たが、彼がそれ以上言葉を足さなかったので、もう何も言わなかった。光雄は妻を美しいと思ったことはなかった。

倉洞に聞いた住所の近くまで運転してきた光雄は車を停め、洪秀全をゆり起こした。彼はあくびをしながら、光雄が車を運転したことは他言無用ですよと言い、サウナに行きたいと主張した。光雄は、サウナに行ってもいいがまず義息子のお金の問題を解決するのでついてくるように言った。洪秀全はとても面倒臭そうな顔をし、光雄が自分に何かあったらどうするつもりかと恫喝すると、それならば婿殿1人に行かせればいいじゃないですか、過保護じゃないですかと言った。

路上で言い争う光雄と洪秀全を見て、倉洞は1人で行ってきますよ、と言ったが、光雄はならば2人で行こうと、倉洞と目的の建物へ歩き出した。洪秀全が追ってきてくれるのではないかとチラッと後ろをみたが、あのテコンドー師範は1人で運転席へ入ってしまった。

2人はガラス張りのビルに入り、スルスルとエレベーターに乗った。光雄は倉洞があまりに落ち着いているので、来たことあるのかと聞いたが先ほど調べただけということだった。倉洞が受付で事情を話すと2人は奥の部屋に通され、PCでゲームをしている中年の男性と対面した。

倉洞はネットを通じて返済をしたので家には来ないでください、と丁寧だがはっきりと話した。

光雄はネットを通じて返済がすんだのならこの場所にくる必要はなかったのではないかと思い、

倉洞に小声でそれを伝えると、彼は、

「そういえばそうですね」

と大金を手にして気が大きくなってしまったと弁解した。ゲームをしながらそれを聞いていた男性は光雄に気づき、朴光雄さんではないですか、と相好を崩した。光雄がそうですと答えると、どうしてこちらにと言うので、友人の息子の付き添いで来たと言った。男性はすぐに立ち上がり、これまで苦労されたのでしょう、応援していますと言い、今はお金の使い道に困ってらっしゃるのではないですかと聞いた。光雄が特に困っているほど金はないと言うと、男性は右手を差し出し、親指をクイっと曲げた。

「私も昔からこれが得意で、これも何かの縁、お手合わせを」

「私が代わりにお相手しましょう」

倉洞が義父を庇おうとしたが、光雄はそれは恥ずべきことのように思い、

「お前じゃ意味がないだろう」

と握りたくもない男性の右手を握った。

「はじめ」と自分で言うと男性は自身の親指で光雄の親指を抑え込んだ。その力は物凄いもので光雄の親指は爪ごと押しつぶされるかと思われた。

「イテエ」と光雄は声を上げた。男性は指を離し詫びを入れ、再び投資の話をもちかけたが光雄はなんとか断ることができた。


2人が車に戻ると、先ほどとは打って変わって上機嫌の洪秀全が、

「家に帰りますか」

と出迎えた。光雄は倉洞に一度夫婦の部屋を見てくるかどうか聞いたが、倉洞は今日のところは大丈夫だと答えたので、洪秀全が今の間にサウナに行ったのか観察しつつ、家まで運転してくれるよう頼んだ。

3人は再び車に乗り、光雄の家を目指した。よく晴れた日だった。やがて倉洞は眠り、光雄もこれで娘夫婦がこの国で生きていくことができると安堵し、まどろんだ。

光雄は、洪秀全にかかってきた電話で目を覚ました。洪秀全はその電話に丁重に受け答えしたあと、乗っていた高速道路を降りた。光雄は急に高速道路を降りたので、どこへ行くのかと聞いた。洪秀全は、

「すぐですよ」

とだけ答えた。彼は、すぐというには長い距離を走ってから農村の倉庫の近くに車を停車させると、道の先に停車している車を指して、

「外交部の人が話があるそうだ」

と言った。後部座席で眠っている倉洞を横目に光雄は車を降り、黒い車へ向かって歩いた。暑くはなかったが日差しは強く、近くで飼育されている牛の鳴き声が聞こえた。光雄が車の脇腹のところまで来るのに合わせて、車の運転席から若い男性が下りてきて、後部座席のドアを開けた。光雄は促されるまま後部座席に乗り込んだ。

後部座席には光雄も以前見かけたことのある外交部の中年男性が座っていた。

「今日はお出かけですか。思ったより報道陣に追いかけられていませんね」

中年男性は冗談ともつかぬ挨拶をして、

「お元気ですか？　ちょっと太ったのではないですか」

と光雄の健康を気遣うようなことを言った。そして返事を待たずに、

「サムレスリングの練習をしていますか」

と聞いた。これに関しては完全に冗談だと思った光雄は笑顔で、

「いえいえ練習はしていません」

と答えた。なにしろ、

「相手が負けることになっているのでしょう？」

すると今度は男性が笑顔になった。

「いえいえ平和の祭典は公正明大なスポーツの試合ですから、そのようなことはありませんよ」

光雄は建前としてそう言わねばならないのだろうと理解して聞いていたが、男性が、

「平和の祭典なのですから、正々堂々と競技すれば結果はどうでもいいんですよ」

と言うのを聞いて、不安が渦を巻いてきた。

「いやいや、負けたらこの国にいられないでしょう。その心配はないと言ったじゃないですか」

光雄の顔に笑顔は失せていた。対照的に男性は笑顔を失わず、そんなことは言っていませんよ、平和の祭典なのですから、と繰り返し、

「練習はしっかりしてくださいね。平和のために」と言うのだった。

17　吉田さん（8）

その道の駅はお昼時で駐車場には多くの車が停車していた。助手席に英子を乗せた辰子は運転する車を店舗から離れた一角に停車した。彼女は後部座席を振り返り、50メートルほど先に停車している型の古いワゴン車を指して、

「あの車ですか」

と聞いた。後部座席に座っていた木崎洋一は頷くと1人車を降りて、その車へ歩いて行った。英子は智子の同級生の父親である木崎洋一を不安げに観察したが、今日はシャツから下着がはみ出ているということはなかった。木崎が車に呼びかけると、中から彼より少し年上で太った男性が車を降りた。2人は木崎から、元経産官僚の田中昭一が平和の祭典後に公務員を辞め、車で生活しているのだと聞いていた。車の中には寝台があり、道の駅を転々としているという。木崎と田中は2人で木陰のベンチまで歩き、木崎は田中に缶コーヒーを買ってベンチに座った。

辰子の車の中では、木崎から渡された、何かが余分に2つ3つくっついているのではないかと思わせる機械から木崎の声が聞こえてきた。木崎は以前英子の自宅に来た時とは異なり、静かだがしっかりとした口調で訊ねた。

「前回の平和の祭典は八百長だったのでしょうか」

田中は少し間を溜めてから、

「取り決めはありました」

と言った。木崎は続けて、

「広沢さんや田中さんはロシアからお金をもらったんですか」

と聞いたが、田中は即座に、

「いやいやいや、それはない」と否定し、もっと上のレベルで決まり自分たちに降りてきた、段取りがあったのだと急に早口になって言った。それに従えば日本側が勝つようになっている段取りが。

2人はロシアに騙されたのか、という問いかけには、田中はまた口調がゆっくりとなった。

「それだけじゃないだろうね、すぐにコサックダンスの写真が出たから」

日本の側に彼らをハメた者がいたのだろう。当時首相に重用されていた経産省の官僚をよく思っていなかった他の省庁や、首相の政敵、経産省の中にもいないとは限らない。

「広沢さんを選手に選んだのは誰ですか？」

田中は再び早口になり、

「わからない。それはわからないね」

と言ってから、人選は官邸のほうだったと思うと付け加えた。

木崎は、

「以前私はKUDANという牛について調べました」

と言った。車で聞いていた辰子はKUDANについて聞き取れず、

「ん？　何？　ん？」

と耳をスピーカーに近づけた。辰子と違い雑誌「QUU」のそのページを読んでいた英子は、

木崎に対する心配が大きく膨らんだ。木崎は続けた。

「政策を提言するために経産省がアメリカから買ったとされるＡＩの頭脳を搭載した牛です。ＡＩ部分は中国製で。この牛が平和の祭典を提案したことでプロジェクトが始まったという。千葉の牧場に今も生きているんですか？」

田中は少し考えているようだったが、やがて、

「何ですか？それは」

と言った。２人の間に沈黙が訪れた。辰子が機械の故障かと思い、音量のツマミをいじると、話題を変えた木崎の声が車内にキンキンと響き渡った。

木崎は田中らの思惑とは異なる結果となったにもかかわらず、当時の首相はノーベル平和賞を受賞し、今も政界で長老として依然力を持っていることに触れた。田中はそれには気軽に頷き、選手が裏切ったという設定がとてもうまくいったよね、と早口に戻って言った。英子も辰子も一体誰がその設定を設けたのか、そして田中の他人事のような物言いに怒りをたぎらせたが、木崎が、

「今回はどうでしょうか」

と聞くとスピーカーににじりよった。元経産省官僚の田中昭一は、当然今回もさまざまな駆け引きや話が色々なレベルで行なわれるとし、広沢がコサックダンスを踊っている写真のように、Ｋ－ＰＯＰが好きだったとかキムチが好きだったとかそんな材料はもうすでに沢山集められているるだろう、と言った。

「広沢と違って元々ガイジンだ。女で黒人。前回以上にどうにでもなるだろう」

英子と辰子は互いの顔を見た。

「広沢さんは今ロシアで生きているのですか」

木崎が聞いた。英子と辰子は田中の返事を待ったが、次に発声したのも木崎だった。

「そうではないということなんですね」

いくら待っても田中の声は聞こえない。

「広沢さんのご家族はどうしてらっしゃるのでしょう」

やがて田中のすすり泣く音が聞こえてきた。声は次第に大きくなり、辰子はスピーカーのボリュームを絞った。英子は木崎に指示した。

「どうしたら平和の祭典を白紙にできるか聞いてください」

木崎の質問を受けた田中は、絞り出すように、

「できないよ」と言った。

18　朴さん（8）

智英は庭に父が出しっぱなしにしたキャンプ用の椅子に座り、タバコを吸っていた。倉洞と父は朝家を出てからまだ戻って来てはいなかったが、倉洞からスマートフォンにいくつもメッセージが送られてきていて、彼女たち夫婦の金銭の問題が解決したことも父が持ち上げられる形で伝わっていた。

智英は吉田ユニスがアフリカへ帰国した動画を韓国語字幕で観た。彼女は父親が生まれた日本についてはこれまでほとんど興味を持っていなかったが、吉田が両親の故郷で親族とされる人々に歓迎され涙する姿に、少し年上の彼女のこれからに幸あれかしと思わずにはいられなかった。

ぼんやりと日が暮れようとしていた。智英もまたぼんやりと空の色の変わりゆく様を見るともなしに見ていた。彼女は母がタバコを吸うところを見たことがなかった。生まれた国では女性の喫煙は不道徳なことで、年を取って女性と見なされなくなるまでは吸うことが許されなかった。南でも人前でタバコを吸う女性はあまり見かけない。

智英がタバコを時々吸うようになったのは父親の元を離れ、寮生活に入ってからだった。学生時代に憧れた先輩たちはタバコを男たちと同じように吸っていたが、学校を出てどうしているかわからない。学校を出て旅行代理店に勤めたものの今は無職になっている智英と異なり、社会で成功を収めている先輩たちもいることだろう。成功した人々を羨む時、自分はあの父の娘だと強く感じた。しかし彼女は、北にいた頃自分の不運を嘆いてばかりいた父の娘というだけでなく、飢饉の中で生活を切り開いた母の娘でもあった。

智英は家族をどうしたら守ることができるかを考えた。倉洞を守らなければならないし、父を守らなければならない。10年以上前、10歳だった彼女は母親を守ることができなかった。成人した今、倉洞を守ることはできるかもしれないが、父を守ることは難しい。門の外に車が走ってくる音を聞き、智英はタバコの火を消した。


光雄は倉洞と智英の作った料理を食べた。智英は彼女としては珍しく、遠出してきた2人にそれぞれ短く労いの言葉をかけた。食事が終わり、智英が別室へ行ったあと、台所で皿を洗う倉洞に光雄は声をかけ、右手を差し出した。倉洞は最初は意味がわからないようだったが、光雄が親指を曲げ、さすがに練習が必要だろう、と言うと理解して義父の右手を握った。2人は台所で泡にまみれた食器を観客にサムレスリングを始めたが、光雄が倉洞を抑え込んだ。2人ともカウントをしなかったので、大体10秒ほど経ったところで光雄は手を放した。

「手加減したな」

低い声で光雄が言った。

「してませんよ」

高い声で倉洞が言った。

「しただろう。したよ。した」

と光雄は繰り返し、兵役が終わって何年も経っていないお前がどうして60前の俺を抑え込めないんだ、と怒鳴った。倉洞はとっさに酒瓶を見、光雄がどれだけアルコールを摂取したか確認したが、義父が酔いどれるほどには酒は減っていなかった。

「まだ洗ってるの」

と智英が台所にやってきた。光雄は、早く洗うように倉洞に言い、彼はそれに従った。光雄は「少し散歩してくる」と部屋を出た。


光雄は門の外に停まっている車の運転席に座る男と目が合い、洪秀全と交代したその警官が出てこようとするので、

「ちょっと散歩だよ」

と制した。月が出ていたので、光雄は夜道を歩き、大きな黒いビニールハウスまでやってきた。

「御免」

中へ向かって声をかけると、数人の男性が出てきた。今やビニールハウスに住むことは禁じられているが、このビニールハウスには外国からの出稼ぎの農場労働者たちがまだ数人住んでいることを知っていた。光雄は彼らに、ポケットから酒の小瓶を取り出し、

「サムレスリングをしよう」と言った。男性たちは自分たちは言葉に不慣れだからと難色を示したが、光雄がアルバイト代を出すと言うと、すぐに前言を撤回し、光雄をビニールハウスの中に迎え入れた。

ビニールハウスの中には全員で3人の男性と2人の女性がいた。彼らの住居にテレビはなく、スマートフォンで故郷の音楽番組を視聴していた。光雄は彼らに、

「帰る祖国があっていいなあ」

と言ったが、彼らは韓国人が何を言っているのかと笑った。自分のことを知られてはいないだろうと安心した光雄は彼らにサムレスリングのルールを教え、試合を始めた。光雄は彼らがサムレスリングに慣れていない間は連勝したが、彼らがサムレスリングに慣れてくると段々と負けはじめ、最終的には勝率は5割程度となった。女性にも何度も負けた。光雄はなかなかスパーリングをやめようとはせず、明日の仕事に差しさわりがあるからと彼らが言い出すまでそれを続けた。

18　吉田さん（9）

濃い色のライトに照らされ舞台の上で、かつらをかぶり顔を真っ白に塗った渡良瀬川栄次郎が父の仇役を叩き斬るアクションをしてから見栄を切った。観客の多くは女性だったが彼女たちは舞台に向かって歓声をあげ大きく拍手した。歓声をあげる女性たちに囲まれて、時代劇の舞台を見ることは初めての英子と辰子も手を叩いた。

この大衆演劇一座の若手スタア渡良瀬川栄次郎が、広沢の息子・栄治だということを木崎洋一が調べ上げ、2人はこの駅前から続く商店街の中にある演芸場にやってきたのだった。広沢の息子が生きて演劇をしているということだけで、渡良瀬川栄次郎に彼の成長をずっと見守ってきた演劇ファンに劣らない声援を送るつもりだったが、彼の役者ぶりは2人の想像を超えたものだった。

昼の公演が終わったあと英子と辰子は劇場のロビーで役者たちが出てくるのを待った。しばらくしてかつらをかぶったままの役者たちがロビーに現れ、手に花や菓子を持った人々が群がった。渡良瀬川栄次郎はとりわけ多くの客に十重二十重に取り囲まれた。英子と辰子は自分たちがその場所に溶け込んでいないことを自覚しながら待った。やがて十重二十重に栄次郎を取り囲んでいた人々が帰って行った。手に多くのお土産を抱えた渡良瀬栄次郎も楽屋に引っ込もうとしていた。2人は慌てて栄次郎の前に行き、辰子が、

「よかったです」

と声をかけた。栄次郎はさっと役者として立ち止まり2人にお礼を述べた。

「お父さんのことをお聞きしてもいいですか」

英子が聞くと、

「座長の渡良瀬川龍太郎は本名は田中洋と言いまして」

と座長についての説明を始めた。英子は栄次郎の言葉を遮った。

「広沢長彦さんのことです」

栄次郎は英子の顔をしげしげと見ていたが、

「少し待っていただいていいですか、ここにいてくださいね」

と言い、小走りでどこかへ去って行き、すぐに戻ってきて2人を客席へ誘導した。

英子と辰子は誰もいない劇場の椅子に座りなおした。栄次郎は手に持っていた箱馬を床に置いてその上に座り、2人の顔をもう一度スキャンするように見た。

「父のことをご存知なんですか」

「いえいえ、私たちもお会いしたことはなくて」

辰子が言うと栄次郎は視線を下げた。

「何か、雑誌とかの方ですか」

2人は渡良瀬川栄次郎がすっと心を閉ざしたのを感じ取り、慌ててメディア関係者ではないと釈明した。

「吉田ユニスを知っていますか？　今度平和の祭典の日本選手に選ばれた」

栄次郎はテレビで少し見た程度だと答えた。英子は、自分はユニスと同じ団地の上の階の住人であり、彼女が小学生の時に通っていた塾の教師であると自己紹介した。そしてと辰子を指し、彼女はユニスの小学校中学校時代の同級生で今は弁護士をしていて、２人ともあなたのお父さんを否定的に捉えていない、と説明した。

「父のことはあまり覚えていない」と栄次郎は言った。

両親の記憶はあるが、自動車事故に遭ったあと、気が付けば一人この劇団の世話になっていた。劇団を家族代わりに、小学生から18歳の今に至るまで、月に1度移動しながら日本中を旅をしてきた。

「両親は多分、死んでいるんじゃないでしょうか」

栄次郎は他人事のように言った。

「最近ではまあまあ劇団の役に立つようになってきまして」

英子と辰子は、木崎から渡良瀬川栄次郎が立ち振る舞いに華があり各地で人気を博していて、座長の娘とも歳が近く、ゆくゆくは婿養子となって劇団を継ぐことまで期待されているという情報を得ていた。

「平和の祭典について、どう思いますか」

辰子が聞いた。

「興味ないです」

と栄次郎は白塗りの顔で答えた。

「私たちは平和の祭典に反対してるんです」

英子は言った。私は日本国籍はないのだけれど、これはこの国における憲法違反であると思うし、一人の人間に責を負わせることじゃない。栄治はかつらを揺らしもせず聞いていた。

「栄次郎さんにも共に反対の声を上げてもらえませんか」

「そういうのはちょっと」

栄次郎は、そのような形で世間の耳目を集めることはしたくない、今はあくまで芸の道に邁進したい、芸の道で生きていきたいと言った。

「あなたのお父さんも平和の祭典の被害者です」

と辰子が割り込んだ。

「お父様の不幸を無駄にしたくないんです。被害当事者の声で国民を動かして欲しいんです。舞台の上と同じようにお父様の敵討ちをしてくださいませんか」

「父も母もあなたたちの、あなたたちのその活動のために死んだわけじゃない」

広沢栄治は感情を露わにした。

「敵討ちは人に頼まれてするものでもない」

その怒りは厚塗りの上からでも2人に伝わった。2人はまた彼の言う通りだとも思った。英子はなおも、吉田ユニスには小学校5年生の娘がいるんです、と話し始めようとしたが、渡良瀬川栄次郎は、

「もうそろそろ夜の公演の準備がありますから」

と慇懃に言って立ち上がった。

＊＊＊

都心に戻る電車のつり革につかまりながら、

「訴訟は辞めましょう」

と辰子は言った。２人は平和の祭典を中止に追い込むために、平和の祭典が憲法に違反しているとして国に対し訴訟を起こそうと計画していた。広沢長彦選手の息子栄治と共に平和の祭典を糾弾することで、世論を動かせないかと考えていた。元々勝算の薄い戦いだったが、栄治の協力を得ることができなければ、形だけのものになる。

英子は形だけでも示しておきたいとなおも訴訟にこだわりを見せたが、辰子の「何より裁判は平和の祭典が終わったあとに行なわれる」という意見にあきらめざるを得なかった。

「記者会見はどうするの」

と英子は聞いた。英子と辰子と参加が決まれば栄治の３人で外国特派員協会で記者会見を行なう準備をしていた。

「記者会見はやりましょう」

辰子は言った。辰子にしても平和の祭典に反対の姿勢を打ち出すことで党からの公認を外されることは予想できたが、平和の祭典に対して黙したまま出馬してもユニスが出馬するなら到底勝ち目はなかった。ユニスが広沢長彦のような状況に追い込まれるならば、辰子の政治家としての芽は復活するが、それは政治家云々の前に人として受け入れがたいことだった。

「ありがとう」

と英子は言った。平和の祭典に反対する活動は、木崎や塾時代の教え子らが辰子の考えに賛同してくれるようになっていた。英子にはもっともっと味方が必要だった。その輪の中にユニスはいなかった。

19　朴さん(9)

光雄はこのところ連日お金を払って出稼ぎ労働者の若者たちに夜遅くまでサムレスリングをしてもらっていたので寝不足になっていた。朝にはどうしても目が覚めてしまうからだ。

光雄は今朝も早く目が覚めたので、娘夫婦がまだ起きだしてこないうちに、バイクを押して門の外へ出た。門の外では、洪秀全の車が停車していたが、この時間は彼は車の中で眠っているのが常だった。光雄は車の横をエンジンをかけずに押して歩き、いくらか通り過ぎたところでエンジンをかけてバイクにまたがった。後ろを振り返ったが洪秀全は気づいていないようだった。

光雄は久しぶりに駅まで来て、東京オリンピックで世界中に広まった日傘兼帽子「カサボーシ」を被り、紫外線防止の色眼鏡をかけて電車に乗った。車内でも周囲に気を配ったが、特に彼に注意を払う者はいなかった。光雄はソウルからさらに1時間ほど列車に乗り続け、仁川の仙鶴付近にやってきた。

青海はお昼前に自身が経営する冷麺店に現れた光雄に驚いた。

「テレビ見たぞ。大変なことになったなあ」

実際大丈夫ではなかった光雄は、友人の言葉に安心し、列車を乗り継いでこの店までやってきたのは間違っていなかったと思った。

「前に海外移住のブローカーを知っていると言っていたよな」

光雄は準備を始めた店員の目を気にしながら言った。青海はそれを聞くと、光雄をバックヤー

ドの一室へいざない、

「社長室だ」

と椅子に座らせた。光雄は、先日外交部の役人から、平和の祭典において光雄が勝つように仕組まれているわけではないというニュアンスのことを聞いてから、にわかにサムレスリングの練習を始めたが、もし負けたときに自分と娘はどうなるかということを真剣に考えざるを得なくなっていた。

「信用できるブローカーがいるから任せろ」

青海はその場でそのブローカーと連絡を取り、光雄を一層安心させた。これで万が一結果が悪かったとしても、最悪の逃げ道は確保できた。

「お前や智英がこの国にいなくなると寂しくなるが」

青海は社長専用のソファに腰かけて言った。

「いやいや俺はあの地に留まるつもりだし、万が一の保険だよ」

「智英はどうしてる？」

光雄は、智英は婿と共に家に戻っていると説明した。妻子を国に残して来た青海は、智英のことを親戚のように可愛がってきたので、婿とうまくやっているか心配していた。

「倉洞が国家情報院から送り込まれたとしても俺は驚かない」

光雄の言葉を聞いて、青海は深刻な顔になり何故かと聞いた。

光雄から見て、倉洞はだいぶ変な男だ。変なところはいくつもあるが何よりも、智英と結婚したのは彼女が美しかったからだと言うのだ。青海は笑い出し、

「智英は美しい娘だろ」

と言ったので、光雄は、

「お前もＫＣＩＡか？」

と言った。２人は笑いあったが、青海は一足先に笑い終えた。

「新婚の頃は誰でも妻を美しいと思っているだろう」

光雄は軽く衝撃を受けたが、口には出さず、

「お前はやっぱりＫＣＩＡだな」

と言った。

光雄は青海の国の残してきた妻子について聞いた。青海はずっと送金を続けてきたが、ここ数年は連絡が取れていないと言った。青海が何故妻子を置いて国を出たのか、妻子を呼び寄せることをしなかったのか、光雄は聞いたことがなかったが、この先も聞くことはないだろう。

店は昼時となり、光雄は冷麺を食べて行くよう勧められ冷麺を食べた。そば粉が用いられているという黒味がかった麺にさっぱりとしたスープがかかり美味だったが、光雄が北にいる間に食べた冷麺は材料の違いか白い麺で、青海と出身地域の違いを感じた。光雄はお金を払おうとしたが、青海は受け取らなかった。

店を出た光雄は路上で女性がスイカを売っている路地を足早に歩き駅に向かった。地下にある駅へ続く階段へ向かおうとしたところで後ろから呼び止められた光雄は、帽子を被りなおして振り返ると、

「人違いです」

と言った。後ろに立っていたのはスーツ姿の長身の男性で、光雄を見下ろしながらにこやかに、

「人違いではありません」と言った。

＊＊＊

光雄は10畳ほどの部屋の椅子に座っていた。

独房監禁や暴行が問題となり現在は北朝鮮住民離脱保護センターと名を変えた旧中央合同尋問センターに光雄はいた。10数年前、光雄はここで数カ月にわたり尋問を受けたが、今また当時に比べその権限が制限された国家情報院の職員に尋問を受けていた。

光雄は突然街を歩いていて連れてこられたのは初めてのことだったので、目の前に座った2人の職員に理由を訊ねた。2人の職員は1人が光雄より少し若く、もう1人はずっと若かったが、2人とも光雄の質問には答えず、年配のほうはかつて光雄を尋問したことがあるらしく、親しげにその時のことを話した。光雄はその職員のことを覚えていなかったが、そのように言われるとあの時の職員が彼だったろうかと考えたりした。

光雄がこの国にやって来た時、智英も尋問を受けた。母親と離れ離れになったばかりの10歳の子どもが父親とも引き離され心細かっただろうと思う。光雄はというと、韓国入りして緊張感から解き放たれ、呆然と取り調べに応じ、日本に生まれ北へ渡ったところから細部まで詳しく話した。あの時、何日も何日も細かなことを思い出したために元々の記憶が変容してしまったのか、何を話したかほとんど覚えていない。

「ご活躍ですね」

と職員は言った。たしかに、と光雄は思った。数カ月前には思いもしなかった、自身の「活躍」ぶりに、数日が数年にも感じられるこの頃だ。職員は、あなたは平和の祭典でどのように「戦う」つもりなのかと聞いた。光雄は正々堂々と競技するつもりだと答えた。

「はたしてそうでしょうか。はたしてそれがあなたがすべきことでしょうか」

職員は言い、光雄に考える時間を与えた。そして光雄が脳の働きを鈍化させてこの場を乗り切ろうとしているのを見破ると、

「あなたは平和のために殉ずるべき」だと言った。

今政府は難しい局面を迎え、政権は明らかに腐敗し、少子化はやまず、統一が果たされなければこの国自体が滅亡するであろう。そのような中にあって起死回生の策は、わが国がほんのわずかでも係争地を失うという犠牲を払うことで、国民を政治に目覚めさせることに他ならない。そのような行ないをすることこそ、あなたが現代の李舜臣として末代まで語り継がれるに必要な行動である。

光雄は黙って聞きながら、東西冷戦の頃、ロシアの最高権力者が酒に酔い、核のボタンに手をかけたという話を思い出していた。自分の任期が終わろうとする時、政権の延命のために戦争を起こした指導者もいた。まともなふりをしているが、人間などというものははウォッカを飲む前から酔っぱらっている。目の前の職員は国のために、それが卓球くらいしかできないような小さな島とはいえ、領土を失うことを推奨し、そのための行動を求めてきた。彼らは自分たちの考えによって立っているだけにもかかわらず、その考えこそが愛国であり全体であると思い込もうとしている。

「私は李舜臣ではないので」

光雄は言った。李舜臣が敗れるどころか、わざと敗れたら、考えるだに恐ろしいが、多くの将兵や民衆が苦しんだだろう。

「もちろん知っている」

と職員は笑った。あなたは李舜臣ではないから私たちもお願いしているわけではない、これは強制なのだ。

光雄は抵抗を試み、外交部はそんなことを指示していない、と反論したが、彼らは、

「外交部とは考え方が違う」

と一蹴した。あなたが私たちの提案に従わなければ、今の政権が続きますよ、北から逃げてきたあなたにとっても肩身の狭い政権が、今の政府に任せていて南北統一は果たされますか、という意味のことを幾重にもわかりづらい表現を使って職員は言った。

「あなた方もご存じでしょうが私にも家族がいるのです」

と光雄は言った。

「私たちの提案を受け入れるか、他の人たちに従うか、ここは自由の国ですからご自身で選んでください。もちろん離脱住民の皆さんを管轄しているのは私たちですが」

彼らが光雄をスパイに仕立て上げ北に送還することは、にんにくを生でかじるより簡単に思えた。職員たちは光雄の様子に手ごたえを感じ別の話を始めた。

「じつは今、この間やってきた離脱住民を取り調べているのです。李恵英と名乗っています」

光雄は妻の名前を久しぶりに聞いた。光雄は狼狽え、それを隠すことができなかったが、妻と

同姓同名の人物は多くいるはずで、彼らが光雄に対して揺さぶりをかけているのだと自分に言い聞かせた。

「奥さんは中国東北部で中国の警察に捕まり、北へ引き渡されたあと亡くなったとお話しされていましたね」

職員が身を乗り出した。

「亡くなったというのは本当ですか」

光雄は2人の職員に連れられて、別の部屋に通された。部屋にはガラスがあり、そこからもう一つ別の部屋に中年女性が女性職員に尋問されているのが見えた。光雄は自身の肋骨に内臓がギュッと圧迫されるような痛みを感じた。光雄はこの国へ来た時に、妻と娘とともに映った写真を持ってきていたが、智英が寮生活をする時に持って行ったため、以来妻の顔を写真でも見てこなかった。向こうからはこちらが見えなくなっているガラス窓のすぐ向こう側に、その女性は横顔を光雄に見せて座っていた。

「どうですか」

と職員が聞いた。光雄は口を開いた。

「いいえ、妻ではありません」

「確かですか。名前と年齢が一致していますが」

光雄は、

「はい、違います」

と言った。彼女は妻に似ていたが、妻であるはずがなかった。

20　吉田さん（10）

アフリカから帰ってきてからもユニスはトレーニングを続けていた。以前はついていくのがやっとだったフィジカルトレーニングも軽々とこなすようになっていた。

アフリカの地に飛行機で降り立った時、ユニスにこれまでと違う感覚が生まれていた。自分は国家に選ばれたのではなく、地球に選ばれて使命を与えられた人間なのだという全能感が湧き上がってきた。アフリカのホテルで真夜中、ユニスはベッドの上で放屁した。その音はいままでになく長く続き、どこまでも遠く父や母が生まれ育った村にも響き渡ったように感じられた。日本に戻ってからも毎晩ユニスはロングトーンを試みた。その音は夜の団地の棟と棟の間に響き渡り、古いコンクリートの割れ目から団地全体に染み込んだ。


休憩時間にユニスがトレーニングセンターのロビーへ行くと、全日本サムレスリング協会の選手たちが大きなモニタの周りでニュース会見の配信を見ていた。ユニスがのぞきこむと辰子と英子が外国特派員協会で記者会見をしている。

２人は平和の祭典が基本的人権を脅かすものとして、憲法違反にあたるとして中止を求めていた。会場の記者の１人が、今現在も世界の各地で領土を巡る戦争や紛争が起こっていて、パフォーマンスの側面があるとはいえ武力による解決を図らない画期的な試みであるのにこれに中止を求めるのは人類の進歩への逆行ではないかと質問した。

また別の記者は、辰子が当の吉田ユニスの小学校と中学校時代の友人であること、朴英子が吉田ユニスの小学校時代の塾講師であることを明らかにしつつ、本人が参加意志を明確にしているのに、このような運動を起こすことは友人の足を引っ張ることになるのではないかと疑問を呈した。

もう1人別の記者は、平和の祭典への反対が、吉田ユニスの出馬の噂によって当選が厳しくなったと言われている辰子の私怨から来るものではないかと質問した。

辰子は今回の平和の祭典への告発は私怨ではないとし、人類の進歩よりも友人が健康に生き延びることを望むと答えた。英子に対しても、今回の平和の祭典への反対は韓国籍であることが理由かという質問が飛んだが、彼女はこれを否定した。また現在のユニスとの関係を問われ、子どもの時には彼女に塾講師として教えていたがその後はほとんど会っていないと答えた。

動画を見ていた協会の選手の1人は野党が売名のために辰子に今回の会見をさせたと私見を述べ、英子に対しては韓国から金をもらっているのだろうと断定した。ユニスはそっとその場を離れた。辰子と英子が社会からの信用を失うだろうことがユニスにもわかった。

＊＊＊

その日の練習の終わりに協会長がユニスを呼び、他の協会員を人払いした。協会長は、ユニスの上達ぶりを激賞したのち、平和の祭典が近づいてきたので、実際の戦略を授けると言う。協会長が右手を出したので、ユニスはその手を握った。

「まず最初に相手が抑え込んでくるからそれを右にかわして抑え込む」

協会長の言うとおりに右にかわしてから抑え込もうとするが、彼の親指はヒラリとユニスの親指をかわしてから抑え込んだ。ユニスは逃れようとするがガっちりと抑え込まれて逃げられない。

「負けますけど？」

とユニスは言った。

「三十六計負けるに如かず」

協会長はおごそかに発言したが、中学時代に中国と日本の古典に親しんでいたユニスは、

「三十六計逃ぐるに如かず」

と訂正し協会長を見た。協会長は本番ではこの動きをしてほしいと言った。彼の全身から汗が滝のように流れ、床を濡らしていた。

ユニスは決められた動きをするつもりはないと言った。協会長は選手は個人である前に国を背負っているのだということをさらに汗をかきながら言った。金田が近くにやってきた。金田は汗をかいていなかった。金田は、

「選手は選手なのです」

と言った。ユニスの脳裏には「山は山なのです」や「海は海なのです」というフレーズが不用意に浮かんだ。その間に協会長はユニスに背を向けてタオルを頭からかぶっていた。ユニスは協会長の戦略通りにすると負けると説明した。金田は、

「勝ち負けではないのです」

と言った。平和の祭典なのですから、日本には色々な戦略があります、国策です、それは一人一人の人間が考えるより大きなところにあります、日本人ならばそれを受け入れなければならな

いのです。

「着替えてください」

金田は柔らかく言った。協会長はこの間に一礼をして練習場をあとにした。

「広沢選手は？」

ユニスは聞いた。彼もまた選手だったということなのだろうか。

「前回の選手はどうなったんですか？」

平和の祭典が終わったら韓国に亡命する手はずがすでに整っているのだろうか。金田は冷静さを保ち、

「心配しないでください」

とユニスをなだめた。その選手と吉田さんは違います、その選手は契約に違反して不法な金銭の授与があり、日本を裏切ったとされている選手です。

「国に従わない場合、選手はどうなるのですか」

とユニスは聞いた。金田は穏やかに、「選手は国に従います、なぜならそうしないと2つの国の関係が悪くなり、多くの人々の生活に支障が出るからです、両国がこれから築いていこうとしている平和的な未来もなくなるでしょう」と言った。そして、

「とりわけあなたは日本人でいることができなくなるでしょう」と付け加えた。

着替えが終わったユニスは、外履きのランニングシューズを履いてトレーニングセンターの外へ走り出た。ユニスの両側には屈強な協会員が2人付き添った。トレーニングの前と後でトレー

ニングセンター近くの街路をランニングすることがユニスの日課となっており、それは協会から指導されたものだった。その時間、沿道には人々が集まり、ユニスが通りかかると手を振るようになっていた。街にはユニスの姿が大きくプリントされた広告写真がいたる所に貼り出されていた。ユニスは今日も沿道の人々に笑顔で手を振り、日の丸を手に持った人々は一斉にユニスに旗を振り返した。

一人の女性がユニスに声をかけながら近づいた。緊張した協会員は間に割って入ろうとしたが、ユニスが止めた。女性は、

「私だよ、覚えてる？」

と言った。女性はユニスと収容施設で同室で、施設のサムレスリング大会の1回戦でユニスと対戦した女性だった。ユニスは施設に置き去りにしてきた人々の一人が目の前に現れたので狼狽したが、多くの人が見ていたので狼狽ぶりを悟られぬよう気を張ってにこやかな顔を見せ、

「どうしてここに？」

と聞いた。女性は屈託なく「私も外に出ることができたの」と言うと、あなたが誇らしいよ、私たちのために絶対勝ってね、と言い立ち去った。

ユニスはランニングのあと、団地へ向かうハイヤーの中で、衆院議員西浦にスマートフォンのアプリを使って「平和の祭典のことでお話しできませんか」とメッセージを送ったが、西浦からは「今地元に帰っています。祭典が終わったらまたゆっくりお話お聞かせください」というメッセージが絵文字を添えて返ってきた。ユニスはスマートフォンを指で上中下左右と動かしてみた

が、特に今相談すべき「友達」の登録はなかった。

＊＊＊

団地の自宅に帰ってきたユニスは、玄関の土間を上がった廊下の入り口にランドセルが置きっぱなしになっているのを見つけた。智子は電気を点けずにトイレに入ることもあるので、トイレをノックしたが中から返事はなく、開けてみたが誰もそこに座っていなかった。日は短くなってきていた。

智子は上の英子のところへ行っているのかもしれない、自分はあの日以来上に上がっていないが、智子はよく上に行っているしユニスもそれを咎めたことはない。しかしもし上に行っていなかったとしたら、そう思い直してユニスは階段を下りた。

公園では若者たちがいつものようにキックボクシングの練習をしていたが、智子の姿はなかった。ユニスは顔を見られないように足早に去った。ユニスが商業地域まで歩いていくと、団地内の激安スーパーから智子が牛乳の紙パックを抱えて出てきた。

「お母さん」

智子はユニスのもとへ走ってきた。ユニスが部屋にいないので心配したと伝えると、明日の朝食用の牛乳が切れていたことに気付いたからだと智子は言った。

2人は日の暮れた団地の古いコンクリの上を歩いた。少し前まで公園で遊んでいた子どもとその母親たちもみな帰宅して、ベンチに高齢の男性が座っているが辺りを歩く人もほとんどいない。

「母さん、見張りの人がいるよ」

と智子が小声で言い、少し後ろをビニール袋を持って歩く帰宅途中の会社員のような風体の若い男性を目で示し、駆け出した。ユニスもあとを追い、智子に団地の東側と西側を繋ぐ橋の上で追いついた。

ユニスは息を整えながら、人をそんなふうに見ては駄目だし失礼だと咎めた。智子は、友達のお父さんに調べてもらいわかったこととして、先ほどの男性ともう少し年上の男性とでユニスらの住む棟の向かいの404号室でユニスと英子の部屋の盗聴をしているのだと歩きながら説明した。2人はそれぞれ公安警察と公安調査庁からの出向者なのだが年齢差が少しあるためか表向きは仲良くやっているという。友達のお父さんが盗聴器に細工をして、あらかじめ録音していた生活音を2人に聴かせているのだが今のところ2人は気づいていないのだと。ユニスはそこまで聞いて笑ってしまい、あまりに唐突に笑ったので尻の穴からプブッと放屁した。智子は真実なのだと言ったが、ユニスはもう一度ププっと放屁した。

「私はこの団地が好きなんだよ」

智子は言った。ここで育ったから、別のところを知らないし。だけども母さんがこの団地にいることができなくなったら、違う国でも母さんにどこまでもついていくから。ユニスの屁はもう出なかった。

「英子さんがそんなことを言ったの」

とユニスは聞いた。智子は否定し、英子は最近平和の祭典について話してくれないが、友達の木崎葉子は物知りなのだと言った。ユニスは、心配することは何もないんだよ、と言った。そして先日訪れたアフリカの親戚たちについて話し、自分が大きな使命のようなものに導かれているのだと、それをホテルの一室で長く長く放屁した時に感じたのだと言った。智子はユニスがアフリカに行っている時に、母親の放屁を真似てみたが、思ったような音は全然でなかったことを告白した。ユニスは自分もロングトーンができるようになったのはつい先ごろだと言った。

その夜、智子が寝入ったあとで、ユニスはサンダルを履いて階段を上った。英子はベッドに横になっていたが、起き上がって驚きながらユニスを部屋に入れた。

英子に冷たい緑茶の入ったコップを渡されたユニスは黙って座っていたが、台所で自分のコップを探している英子に、

「会見見たよ」

と言った。英子はユニスが怒ってやってきたのかもしれないとも思ったが、自分のコップにも冷茶を注いでユニスの向かいに座り、日本という国ではその国に住む人がその国に住む人々に向けて訴えたいことがある場合、外国人の記者クラブで会見を行なうのだと言った。日本記者クラブというのもあるのだが、それはフリーランスや新興メディアの記者が入ることができず閉鎖的で権力に阿っているのだと。

英子は黙って聞いていたユニスに、

「何かあったの」

と聞いた。広沢のように八百長を求められたのではないか。そうならば今からでも選手を辞退して、人の目を避け、生きていくことをするべきで、自分も協力を惜しまないだろう。

ユニスは子どもの頃から慣れ親しんでいるこの女性に「先日は」と切り出し、自らの態度と非

礼を詫びた。「この前のことを謝ろうと」思って来たのだと。そして先ほど智子に話したアフリカの空港やバスから見た街の様子、親戚たちに会ったことを話した。英子はテレビ番組で放送されたユニスと親戚の再会の模様を、

「見たよ」

と言った。英子にとってもそれは涙なしには見ることができなかった番組で、もしその時までに木崎洋一から向かいの棟に通勤する2人を特定した情報や、広沢にまつわることを知りえていなければ、自分の国家というものに対する偏見がユニスの足を引っ張ってしまったと英子自身に思わせただろう。

自分がアフリカへ行けたことを英子も感激してくれていた。そのことを知ったうえでユニスは、

「あの人たちは親戚じゃないのかもしれない」

と言った。しかし自分はそれでも良いと思えた、自分が日本という国家に選ばれたという以上に、より大きな使命を受けて生まれてきたのだと思えたと。英子はユニスが自分の問いに答えていないことにすでに気づいていたが、彼女が何かをはぐらかそうとしているようにも思えず、先日札束を受け取らされた時よりも彼女を遠くに感じた。

「ユニス」

英子はユニスのほうへ身を乗り出し言った。

「八百長を指示されたんでしょう」

断れば与えられたものは奪われるのでしょう、国籍や何もかも、あなたが本来生まれながらに獲得できたはずのものが。

「私、前に辰子と指相撲してみて思ったんだけど」

英子はコップを握りなおした。

「なかなか勝負がつかなかったんだよ」

それはつまり、デスマッチではなく制限時間があるのなら、引き分けになるほうが自然なんじゃないか。英子の眼はらんらんと輝き、自分の思い付きに高揚し始めた。魑魅魍魎の連中を出し抜いて、直接相手選手と示し合わせることができたら、ユニスも相手選手も助かるんじゃないか。

ユニスは、不思議なほどに長年の間自分たち親子を守ろうとしてくれた英子に感謝はしつつも、そんなことはできないだろうという貌をした。英子はユニスと違い韓国籍なのだから同国人にも負けてほしくないのではないか。

英子はそれにはかまわず、自分が必ず取りまとめるから、そうしたら私の言うことを聞いてくれるかい、と迫った。ユニスがアフリカに行って大きな使命を感じたように、英子もまた今自分がここにこうして生きてきた理由の一つを見出したような使命感に燃えていた。ユニスは静かに首を振り、

「私は勝つよ。勝ったら誰も私から奪うことはできない」と言った。

2人の会話は終わり、ユニスは部屋を辞して階段を降りた。階段を下りる途中で見知らぬ番号から電話がかかってきて、普段ならば出ないところを、その晩の彼女は受話器の通話マークを押した。

21　朴さん（10）

警察車両に取り囲まれた門の前へタクシーが1台走ってきた。光雄が尋問室から帰ってきた日から、光雄の家の周りの警備体制が変わり警察車両が増えていた。配置転換なのか洪秀全も姿を見せることはなくなり、平和の祭典に対する賛成派と反対派も毎日集まってはいたが、その人数はずっと少なくなっていた。

智英と倉洞は門から出てきて、タクシーに乗ろうとしたが、制服を着た警官2人に遮られた。

「どちらへ？」

「このところ気分が悪いので病院で診察してもらう」

と智英は言った。警官は行き先の病院とおおよその帰宅時間を尋ねたので、彼女は2カ所の病院の名前とおおよその時間を答えた。警察の仕事にはここまでやるかという執拗なものもあれば、やっているふうで、ずさんなものもある。2人はタクシーに乗り込んだ。

警備体制が変わった日、倉洞は小さな瓶を割った。それは門の外まで響くような音ではなかったが、数分後に警官が、

「変わりはないですか」

と訪ねてきた。警官が帰ったあと、倉洞は盗聴器が仕掛けられたようだと彼にしては珍しく断定したが、智英はそんなものを取り付ける時間があったろうかと疑った。そこで倉洞はコーヒー

を淹れ、

「外の警察の皆さんに振る舞いたいが声をかけるのを怖気づいてしまう」

と話した。智英も、

「冷める前に行ってきたら」

と合わせ、倉洞も、

「やはりよすよ」

などと会話した。果たして数分後、警官が家を訪ねてきた。２人がコーヒーを出すことはなかったが、それ以来、彼らは性交渉を控え、スマートフォンで会話をするようになってしまった。ソウルの住居に帰ることも考えたが、光雄だけが監視対象なのか家族まで及んでいるのかどうか判断がつかなかった。スマートフォンを使って会話を続けた２人は、ストレスを溜めてしまい、気をつかわずに声を出して話したくなったのだった。２人が病院を目指したのは智英がこのところ気分が優れないのは本当だったからだ。


２人は病院へ着くと、すぐに受付には行かず屋上階まで上がり、鍵がかかっていない屋上に出て、植物の鉢植えの横にあるベンチに腰掛けた。２人は話そうとしたが、言葉がすぐには口の端に上って来ず、倉洞は、

「どう?」

とようやく口に出した。喫煙にうってつけの場所で煙草も吸わずにいた智英は、

「風がいいね」

と屋上を吹き抜けていく風を褒めてから、吉田ユニスがアフリカへ行ったテレビ番組を字幕付きで視聴したことを話した。

「私が北に帰る日が来ると思う?」

それは南北の統一あるいは国交の自由を意味する問いかけで、その日がすぐに来るとは倉洞には思えなかったが、大国間の思惑で引き裂かれたまま、家族ですら自由に行き来できずにいる状況が70年以上も続いているということの不思議を改めて思った。続いて智英は、

「父は勝つだろうか」

と口に出した。父は政治的に結果は決まっていると言ったが、父が勝つということはあの吉田ユニスさんは負けるということだ。平和の祭典の選手になることによって国籍を得たという吉田が負けたあとはどうなるのか。そして父が負ければ彼とその家族たる自分たちは国にいることはできないだろう。

「やっぱりニュージーランドがいいだろうか」

倉洞がカナダとは別の南半球に位置する島国の名を挙げた。吉田もカナダかニュージーランドへ行くのだろうか。カナダやニュージーランドが皆を受け入れてくれるのか、それらの国の人々に相談もせずに勝手な妄想だとは思いながら、智英の脳裏には自分と夫と吉田とその娘が同じ街に暮らす情景が浮かんだ。畑仕事を覚えた父は近くの農園に働きに行き、そして母が市場へ出ているかもしれない。風に吹かれている智英に、

「お義父さんはここに留まるのだろうね」

と倉洞は言ったが、風向きが悪かったか智英にはあんまり聞こえていないようだった。

光雄は本人にとっても意外なことに、小説を書いていた。彼は国情院から帰ってきてからすぐに、しまいこんでいた原稿用紙を取り出してその上に文字を書き始めた。今も娘夫婦が出かけたことすら気が付かずにいた。

舞台は日本の川崎から始まる、郭光雄という少年の成長物語。彼は川崎で生まれて、両親と共に船に乗り北へやってくる。光雄は自分が見て来たこと、匂いを嗅いで来たことを郭の目を通して書き続けた。この前、自分については陸冠見に話して聞かせたし、彼女の書いた伝記がそのうち出版されるだろうが、それはそれでいい。もう一度思い出すことによって記憶が変容したとしてもかまわない。川崎の路地裏、他の家族と違い見送りのいなかった帰国船、割り当てられた地方都市の住宅での暮らし、父の死んだ朝の匂い、それらは全てすでに遠く失われていた。

李恵英は李恵英として郭の前に現れた。彼女は長く交際した馬のように逞しい男性と別離したあとで、2人とも当時の社会ではトウの立った年齢だったが、近づこうと努力した。恵英は家庭や人間関係に恵まれない女性だったが、優しい女性で、郭が不用意にした放屁に対しても寛大だった。2人は狭い住宅で暮らした。そして一人娘が生まれた。家族は毎日同じものを食べた。大韓民国のテレビで毎日同じものを食べるのはよくないという番組を見た時、光雄はふいにかつての住宅と食事を思い出した。光雄は郭の暮らしを書き飛ばした。

李が貨幣を稼いで夫婦は厳しい時代を乗り越えたが、お互いを疎ましく思い、郭のほうは自分の不遇をすべて李に責任をなすりつけようとしたのは光雄がかつて陸冠見に語った通り。郭と李はそれでも娘を挟んで生活を続けるが、郭は一人脱北を試みる。彼が捕まったのは、保衛部ではなくまず妻の李にだった。

李は郭を一人で脱北させず、娘を連れてついてきたが夏のある日、遼寧省のブローカーにあてがわれた隠れ家で、そこは夏でも最高気温が30度になれば高温のほうだが郭はとても暑い日だと記憶している、郭は李の首を絞めた。ことの起こりはブローカーに騙されていたことを李が郭につきつけたことだったろうか。李がまず郭につかみかかってきたに違いない。郭は李の首を絞め続け、彼女はやがて動かなくなった。長年過酷な労働に耐えた首筋は変形していたが、彼女の特徴である黒子は黒々とそれが李であることを示していた。娘がその時どこにいたのか、李の死体をどうしたのか、郭には記憶がない。娘はどこへ出かけていたのだろう。

娘が帰ってきた。光雄はタクシーがやってきた音には気づかずにいたが、娘婿と共に帰ってきた。２人は食事の支度をして、光雄に声をかけた。

娘との別れが近づいていた。

妻がいなくなる日の前の晩、夫婦はいつも通り食卓を囲み、さして会話らしい会話もなかったはずだ。あれが妻との別れになるとは。

光雄は倉洞が作ったというカレーを食べた。日本のレトルトカレーだった。光雄が食べていると倉洞が紙を取り出して「僕らは病院へ行ってきたんです」と書いた。倉洞は同じ紙にこの部屋が盗聴されていることを説明した。光雄は、

「どこが悪い、肺か」

と口に出して聞いた。智英は小児喘息で幼い頃夜更けに咳をしていたが、医者にかかることもなく、妻は夜中彼女の背中をなで続け、光雄は咳が止むことを祈りつつ自分だけ早々と寝入って

いた。

「9カ月したら子どもが生まれる」

智英は言った。

「ということなんですが」

と窺うように倉洞が発言した。妻は妊娠中大きなお腹を抱えて働き続けたが、そのためか智英の出産は予定よりひと月早く、彼女は小さな赤子だった。

光雄は倉洞に手で紙を要求し「おめでとう」と書き、「病院まではどうやって行ったのか」と書いた。「タクシーで行きましたよ」と倉洞が答えた。

「明日またタクシーが来る」と光雄は書いた。

お義父さんどちらかへ行かれるんですか、と倉洞が書いたので、先日青海のところへ行き、2人の脱南の手配をしてきたのだと書いた。若い夫婦はしばらく黙っていたが「カナダですか?」と倉洞が書いた。光雄は「カナダだ!」と書いた。倉洞はニュージーランドと迷っていたことについては書かなかった。智英は立ち上がると部屋へ行き、写真を1枚持って戻ってきて、光雄に渡した。彼女が持っていた李恵英と智英と光雄の3人が写った写真。光雄は鮮明に思い出すことができた、その日の情景。

李恵英はここにいるべきだった。光雄は結婚してから李を喜ばせたことがなかった。

22　吉田さん（11）

煙がもうもうと渦巻いていた。

ユニスは頭を雲の上に出したり、隠したりしながら、同じく雲に取り巻かれている兼原に、衆院議員の西浦を交えて会ったあの日と同じ場所で向かいあっていた。ユニスは、以前「天照大神は黒人女性だったかもしれない」などと言い、会社と宗教法人を運営する兼原を胡散臭く感じていた。

ユニスは小学校の図書館で「古事記」を小学生向けに編集したものを読んで以来、何と珍妙な物語かと思ってきた。天照は天界に住むという女神だが、部下に出雲を脅迫させて日本を征服したあと、孫を高千穂に下してなぜかもう一度日本を征服させたりする。大陸からの他民族の神による日本征服物語にしか読めないが、だからといって天照が遠くアフリカの女神だったというのはトンデモが過ぎる。

だが、彼女が国家から八百長の指示を受けた晩、電話をくれたのはこの兼原だけだった。

「あなたはあなたの道を往くべきです」

と煙の中から声がした。

「私たちには色々なことができる仲間がいます」

ユニスの両親はキリスト教徒で、彼女の名前も聖書に出てくる人物の名前からとられたと聞かされていたが、彼女自身は聖書を読んだことがなかった。彼女は小中学校を通じて図書館の蔵書の多くを読んだが、自然科学や歴史分野がほとんどで、神は苦しむ母や父を見殺しにした存在であり、怒りを抱きこそすれ感謝の祈りを捧げたことはなかった。

「あなたは神を信じているのですか」

とユニスが聞いた。

「あなたはどうですか」

「私は神は信じない」

とユニスは答え、しかしながら先だってアフリカで感じた霊的な感覚、自分が何かの使命を受けているという自覚について正直に話した。兼原は煙から頭を出して、

「素晴らしい」

と言った。世の預言者は皆啓示を受けている、あなたはこの末世に現れた預言者かも。

「神を信じていない者でも啓示を受けますか」

兼原は再び煙の中に隠れようとしたが、ユニスは大きく息を吸いその煙を吹き払った。煙はちぎれてちりじりになり兼原は照明の下に晒された。

「神は信じるも信じないもそこに存在しています、あなたの心に」

神は苦しんでいる人、すなわちすべての人の心の中にいる。あなたのお父様とお母様の心にもきっと神はいたはずで、皆その恩恵を受けている。

ユニスは宗教戦争について糺した。人々を救うはずの宗教が人々をさらに苦しめる仕組みについて。兼原は煙を吐いてまた雲の中に隠れた。

「それは関係ないです」

あなたは神の使いとして世界に平和をもたらすために生きることができる。ユニスの頭もまた煙に覆われていった。たしかに自分が果てしなく大きなものの一部であり、神の言うがままにすべてを受け入れて生きることができるとしたら、随分楽に生きていけるかもしれない。自分も大きなものに巻かれて生きていけたらどんなに楽だったか。そしてこれまではそれが許されなかったのだ。

「日本の国造りは間違ってきた」

と再び煙の中から声がした。この国はもう一度天孫が降臨してくるところからやり直さなければならない。それにはあなたの力が必要なのです。

その時、ユニスは図らずも放屁した。屁のわずかな空気がそれを成したとは思われないが、どういう作用か兼原の雲は切れて彼自身が姿を現した。兼原は驚いて、

「何ですか、今のは」

と聞いた。ユニスはとっさに、

「御南良（オンナラ）というもの」だと答えた。

自分がアフリカ滞在中に習得した解放の象徴なのだと。ユニスは自分でも驚くほど「御南良」についての説明がスラスラと口をついた。兼原はもう一度「御南良」を求めた。ユニスは今度は長く長く御南良をした。兼原は、

「素晴らしい」

と目を輝かせて言った。

「私にはお経や讃美歌のように、それ以上に美しく聞こえます。私と一緒にこれを広めません

か」

ユニスは兼原をもう一度見た。彼が冗談を言っているのかそうでないのか判然としなかったからだ。兼原は力強く言った。

「これを広めるための会を作りましょう。会員はすぐに全国で集まります。御南良の会はどうでしょう。私には沢山の仲間がいます。なかには日本に恨みを持っている者もいます。みんなあなたを護るでしょう」

23　朴さん（11）

朴光雄はインターフォンの音に目を覚ました。
書き上げて間もない郭光雄を主人公とした小説の原稿用紙の束が机の上にあり、カーテンからもれる陽の光を浴びていた。題名は悩んだ末に「ポックギ物語」とした。ポックギとは渡り鳥のカッコウのことで、中国語では郭公と書いた。光雄は覚めきっていない意識の中で娘夫婦が帰って来たのではないかと思った。

智英と倉洞は今朝、カナダに脱出させてくれるブローカーの元へ向かうべくタクシーに乗った。光雄もタクシーに乗ろうとしたが、警官に呼びとめられた。娘の体調が悪いので病院に付き添うのだと説明したが、警官はここに留まるようにと譲らない。光雄は「洪秀全」「洪秀全はいないのか」と眼の奥が笑っていないあの男の名前を呼んだが、あのテコンドー師範の姿はどこにもなく、その私服警官なら異動になったのだと他の警官たちは説明した。

親子に別れの時が来て、光雄は新婦の父として出席した結婚式の時にも握らなかった智英の手を握った。智英も結婚式の時には触れなかった父の手に触れた。光雄はそれから黙って倉洞の手を握り、彼は強く握り返した。光雄は車体から離れ、車はドアを閉めて走り去った。朝日の中を走り去るタクシーを見送りながら、先ほど光雄に同乗を許さなかった警官が声をかけた。もしかすると娘さんはオメデタなんじゃないでしょうか。光雄は「そうだ」と言った。警官たちはおめでとうございます、と手を叩いた。

娘夫婦はもちろん帰って来ていなかった。光雄は時計に目をやり今が11時50分であることを確認してからふらりと立ち上がり、インターフォンの前に立った。向こうから青海の冷麺店を名乗る声が聞こえた。光雄は娘夫婦がカナダへ着いたにしては早すぎると思いながら、この友達を門まで出迎えた。青海は店にいる時には来ていない白いコックコートを着て門の前に立っていた。彼は見知らぬ相手にそうするように大きな声で自身の店名を叫び、注文を受けて出張調理に来たことを告げた。光雄は青海の意図を完全には理解できなかったが、門の中に迎え入れた。青海は一人の業者としての姿勢を崩さず大きな箱を持ったまま後ろに指示を出し、家の中へ入った。青海に続いて青海よりもさらに年上と思われる女性が、白いコックコートを着て食材の入っているであろう大きな箱を抱えて入ってきた。朴英子だった。

英子は昨日、急遽チケットを取った割には窓側の席が空いていた格安航空会社の飛行機に乗り、日本列島とユーラシア大陸の端にある半島の間の海を渡った。飛行機は離陸するとすぐに雲の上に出、すぐにまた雲の下に降りたかと思うとそこが仁川空港だったので、祖父母が船で渡ったその海を見ることはできなかった。

英子は久しぶりに来た祖国が現金を使わない社会になっていることに驚きながら、空港でどうにか乗車カードを現金で購入し列車に乗った。大きなスーツケースを持つ乗客に囲まれて、登山用のリュック一つを背負った英子は、列車の窓外にいくつも立ち並ぶ高層建築物の群れを横目に、脱北者団体の一つの窓口になっているという冷麺食堂を目指したのだった。

門を抜け家の中に入ってきた青海はもう一度、

「この度はお料理の注文をありがとうございました」

と元気よく言い、メニューを光雄に渡した。メニューには今日青海がここへ来た理由が書いてあった。在日朝鮮人であり、また吉田ユニスの隣人であるという英子が光雄に面会を望んできたということが。

青海は料理名を読み上げ、台所で料理の支度に取り掛かった。光雄は今一度、自分たちより年長であろう白いコックコートを着た英子を見た。英子は緊張していたが、いつか書店の棚で見かけた写真集のネイティブアメリカンの酋長の厳かな姿を意識しながら光雄の前に座った。

光雄はしばらく黙って座っていたが、メニューの続きに「ご出身は」と書いて英子に渡した。英子は受け取って日本の川崎という街だと書いた。光雄の海馬の路地裏をまだ何も盗んだことのない小さな郭少年が走り抜けた。光雄は自分もそうだと言葉にして言った。

英子は朴光雄が在日であることとそれを韓国メディアが報じていないことを瞬時に悟り、激しい怒りに襲われた。彼もまたこの地でユニスと同じような形で追い詰められていると感じたからだ。彼は少年時代に船に乗り北へ渡ったのだろう。英子の父とも船上や配置された土地ですれ違ったことがあるかもしれない。英子は自分の父親について見聞きしたことがないか聞いてみたいと思ったが、今は伝えなければならないことがあった。彼女は自分の住む団地の一つ下の階に住む吉田ユニスのことについて伝えなければならなかった。お互いのために引き分けてくれと単

刀直入に書いて渡した。光雄はその文字を読み、英子の顔を見てから、

「それは不公平ではないですか」

と言った。光雄はチラシの隅に、歴史を踏まえると日本と韓国が引き分けるのは、たとえ地震の一つで消えるような島が対象であったとしても、不公平なのではないかと書き込んだ。光雄がこの10年間見聞きした情報からでも、日本では大日本帝国による韓国統治を覚えている者が少なくなり、人々はこれを知らず学ばず、日本統治により工業化が進んだという良い面を取り上げる言説のみが広がっているというではないか。さらに半島から列島に渡った在日のことは、日本人も韓国人もやがて消えていく存在として関心を持たずにいるのではないか。自分たちの歴史がなかったことにされようとしているのではないか。日本に残ったあなたにはそれがわからなくなってしまったのではないか。そんな日本選手が、日本選手を支援しているあなたが信用できるだろうか。チラシの隅は文字で一杯になった。

英子は別のチラシを、そのチラシは裏が白になっていたが、光雄に渡した。光雄は日本の選手も外国人としてあの国に来て苦労したのかもしれないが、自分たちの民族の苦労と釣り合うものではないとさらに文字を書き連ねた。

英子は日本で平和の祭典反対運動をする中で、韓国にも留学経験のある日本人女性が、ユニスを歴史に翻弄されてきた在日コリアンと比べて、苦労が釣り合わないと言っていたのを思い出した。彼女はユニスが自分の身勝手な行動で来日したと思い込んでおり、ユニスが結婚し子を成したことについては自分勝手が極まった行動だと大いに憤っていたのだった。

英子はかねて用意しておいた便箋を取り出して光雄に渡した。それは英子が初めてユニスと出

会った日から書き起こされたユニスについての説明文で、日本へやってきた両親の元で祖国を知らず生まれ育ち、特別在留許可が最近まで下りず、当局に隠れて行なう労働と収容が繰り返されたことが語られ、彼女と自分はニューカマーとオールドカマーの違いこそあれ祖国を知らず異国に生まれ育った共通の境遇を持つ兄弟姉妹であり、末尾にはもう国家に翻弄されるのは終わりにしようと結ばれていた。

光雄がそれを読んでいる間栄子は落ち着かず、別のチラシを取り、彼女を助けてほしい、そしてあなたを助けたいと殴るように書き込んだ。ユニスも私もあなたもいわば在日同胞ではないか。

青海が冷麵の入った器を持って2人のところへやってきていた。

「もし彼女が本当にそのつもりならば」

と光雄は口を開き、

「ボンカレーを合図にしてくれ」と言い、ボンカレー、ボンカレーと2度繰り返すと、冷麵をずるずるとすすった。青海は、

「申し訳ありません。カレーはやっておりません」

と答えた。光雄は大げさに音を立てて麵をすすったが、それが仇となってか喉につまりそうになった。

24　吉田さん（12）

10月の青い空を一片の石が青い海へと落ちていく。視界に入ってからわずか2秒の間にその巨大な石は海と地球に激突し、巨大な衝撃と火災を巻き起こす。

智子は3日間同じ夢を見た。ユカタン半島に落ちて地球上の75パーセントの生き物を絶滅させたという巨大隕石が空を横切るのを目撃した者はどれくらいいただろうか。落下した隕石の近くにいた生き物は考える暇もなく絶命しただろう。先日図書館で借りてきた本によると、衝突地から遠くにいた生物たちはすぐに絶命することなく、火災のない南極に逃れた者もいたが、隕石衝突の衝撃で舞い上がったチリが地球を急速に寒冷化させ多くの生き物が死滅したという。

何も知らされず突然その生が断ち切られるのと、しばらく前から自らの死を知るのとどちらが良いだろうと智子は考えた。前者のほうが良いような気もするし、後者のほうが良いような気もする。同級生の木崎葉子から借りた雑誌を読むに、人類にはどこか皆で揃って一瞬のもとに消え去る滅亡願望があるように思うが、実際には一度に大量絶滅は起こらず、苦しまずに一瞬で滅亡に至るのは一部で、大部分はその後何年もあるいは何十年もかけて苦しみながらじわじわと滅んでいくしかない。ユカタン半島に隕石が落ちたときも恐竜は一度に絶滅したわけではなかった。

大量絶滅の夢から覚めた智子が隣を見ると、ユニスがいびきをかいていた。彼女はこの頃、以前のようなテレビやCM出演の他に打ち合わせで遅くなることも多かったが、平和の祭典への出発を明後日に控え昨晩は練習後直接ここへ帰り、智子とともに夕食を採った。智子は時計を見て、学校に行くための準備を開始するまでもう30分ほど眠ることができると知り横になったが、眠ることはできなかった。

時間が来るとユニスのスマートフォンが鳴り、2人は起き上がると2人して口をすすぎ、朝食を食べた。以前は近くにあるフードバンクでもらった添加物の沢山入っていたパンを食べていたが、ユニスが今日の脚光を浴びて以来、良い原料から作られたという触れ込みのコーンフレークや玄米などを試した挙句、以前フードバンクでもらったパンを団地内の安いスーパーで購入して食べるようになった。

2人は食事を済ませると団地の階段を下り、学校へ歩いて行った。2人が行くところどこへでも後ろをついて来るものがある。智子は団地の向かいの棟に常駐している者のうち、今日は（キバナコスモス）のほうだと思った。もう1人を（クチナシ）と呼んでいた。彼らも明日からの平和の祭典が終われば、任務を解かれ通常の業務に戻るのだろう。智子には平和の祭典が終わった後でどのような毎日になるのかわからなかった。案外これまでと変わりない日が続いていくのか、それとも全く違うものになるのか。空を見上げると雲一つなく、隕石どころか鳥の糞すら降ってくる気配がなかった。

「隕石は落ちてこないよ」

とユニスが言った。智子は、

「そう？」

と母を仰ぎ見た。3日間続けて隕石がユカタン半島沖に衝突する夢を見たことは伝えていなかったが、恐竜の絶滅についてはこれまでも何度か話したことがあったかもしれない。智子は

「落ちてこないと断言できないのではないか」とすぐに思ったが、なぜかユニスにそれを言うことはできなかった。

ユニスは続けて「ププッ」と短く高い音で放屁した。彼女は中学3年生の頃から研究してきた放屁に置いて新局面を迎えていた。これまではずっとロングトーンを追求してきたのだが、最近は会話の途中に短く高い音で放屁するようになり、それを自身と周囲の緊張を和らげるための行為と位置付けた。彼女は放屁を自由の象徴として「御南良（オンナラ）」と呼んでいた。

智子は母の御南良については何も言わなかった。母が一人で受けているさまざまな重圧、智子はそれらについて直接聞いたことはなかったが、それらの重圧を受けながら日常生活を営むには御南良が必要なのだろうと理解した。ユニスは娘の前だけではなく、公衆の面前でも御南良をしていて、それに対して日本人は、少なくともメディアに出てくる人々は皆称賛し、テレビ番組では芸人やアイドルが「自由で素晴らしい」とか「芸術的ですらある」などと誉めそやした。智子は母の振る舞いに尊敬すら覚えていたが、多くの日本人のユニスへの称賛に怖くなり、それが平和の祭典の後でどう変わるのか強く恐れていた。

ユニスは政府に負けるように求められていることを誰にも言わなかった。一時連絡が取れなかった政治家たちからも何事もなかったように激励の連絡が来るようになった。英子には自分の思うままにしたら結果も人々もついてくるのだと力強く言ったが、実は未だ決めかねていた。自分と智子を守るにはどうするのが一番良いのか。

「今日は学校を素通りしてバスに乗ったらどうだろうか」

と智子が言った。

「バスに乗ってどこへ」「バスが駅に着いたら列車に乗って、遠いところへ行ったらどうだろうか」海へ着いたらそこで浜辺を歩いたらどうだろうか、海辺の生き物や人間を観察して午後を過ごしたらどうだろうか、夜が来ても戻らずに小さな民宿に宿を取り、近くのラーメン屋でラーメンをすすったらどうだろうか、魚や磯の幸を食べるところもあるかもしれない、翌日はまた浜へ出たり、少し山のほうに歩いてみたらどうだろうか、いろいろな約束をさぼったりすっぽかしたらどうだろうか。


ユニスも智子も海辺のまちに旅行に出かけたことは1度もなかった。ユニスは中学校を1日も欠席せず卒業した。智子も母の立場が悪くならないように、小学校をサボったことも遅刻したこともない。英子が2人を海水浴に連れて行ってくれたことがあった。彼女はペーパードライバーだったが小さなレンタカーを借りて何時間もかけて海へ行った。2人の脳裏にその時見た海の姿がよみがえった。


2人はサボらず、海にも行かなかった。

住宅街を抜けた先に校門が見えてきて、他の小学生と合流する道に来た。

「夕方は英子さんが迎えにくるから」

とユニスは小さな声で言い、3日したら帰ってくると手を振った。木崎葉子を通じて辰子から、辰子の友人の外国人僧侶が運営する茨城県の寺院に英子とともに平和の祭典の期間中滞在する申し出があり、ユニスもこれを受け入れた。登校中の児童たちがユニスを見つけ声を上げた。ユニスの元に児童たちが群がった。ユニスは手を振り続けた。智子は小さく手を振り校門へ消えていった。

25　朴さん（12）

午前10時より少し前に、黒いセダン車が光雄の家の門の前に着き、前後を護衛のための車に囲まれた。

娘夫婦がいなくなった家でこの数日の間、光雄はお昼に出前を取っていた。青海たちがやってきたことが特別に見えないようにという配慮で、毎日比較的遠方の異なる店から取り寄せた。ジャージャー麺やポッサム、昨日はピザを頼んだ。そして食べて排泄して寝る以外のことをしなかったので、便秘になり昨晩は体操をした。何年も伸ばしたことのない筋を伸ばしてみたが、今朝になっても体内に排出するべき便が確実に残っている居心地の悪さを感じていた。

光雄はそのまま、一着だけ持っている背広を着て門の外に停車している車に乗った。門の外にはテレビ局の撮影隊と平和の祭典に反対するデモ隊と賛成するデモ隊と平和の祭典については賛成だが脱北した国民を選手にすることには反対するデモ隊、それに睨みを利かせる警察が駆けつけていた。光雄は洪秀全がいないかと見回してみたが、彼の姿は今日もなかった。自分と関わったことで左遷でもされたか、一方的に家族の動向を探られてきたが、彼の家族や生活について訊ねたことはなかった。デモ隊は久しぶりに拡声器で激しくやりあっていた。彼らにさまざまな方面からお金が流れているのだと言っていたのも洪だった。

車のドアが閉ざされ、運転手によってゆっくり前進を始めた。車の外の人々は大きな声を上げて車に向かって叫んだ。光雄がこれまで見てきたのは、脱北者ならどのような結果になっても傷は浅いだろうと考えた政府、自分たちの予算を縮小させた政権をひっくり返すために自らの国の選手を負けさせようとする国情院の一部などであるが、今車に向かって叫んでいる若者や老人たちにそれを伝えたらどんな反応を示すだろう。ほんの数人は話を聞いてくれるかも知れないが、ほとんどの人は自分より国家を信用するだろう。

光雄は先日の朴英子を思い出した。日本や日本の選手を信用できるかどうかまだわからないが、在日同胞を通じてアフリカにルーツを持つ日本人女性と連帯し難局を切り抜けることができるとしたら、それはコケにされてきた者たちの逆襲として案外素晴らしいのではないだろうか。たとえ失敗したとて娘夫婦はもう海外に脱出できているのだから。

車が15分ほど進んだころ、光雄は胃腸に異変を感じ取った。出発までに出しておこうと飲んだコップ3杯分の水が効いてきたのかもしれない。光雄は運転席の隣に座っている男に言った。

「大便がしたい」

男は無線機を手に取った。

「トイレを頼む」

光雄の乗っている車は道の脇に停車し、光雄は車を降りた。目の前には荷台にユニットが溶接されたトラックがお尻を光雄のほうに向けて停車していて、軍人が銃を持ち取り囲んでいた。ユニットのドアを示された光雄はドアを開け中へ入った。中はキレイな公衆トイレそのもので、左手に男性の尿の排泄用の便器があり、右手にはまたドアがついていた。右手のドアを開けるとそこには男女共用の便器があり、光雄は疾風のごとく便座に腰を下ろした。

光雄が紙を使っているとズボンの中に入れていたスマートフォンが鳴った。ズボンを上げ腰でボタンを留めると機械を取り出して耳にあてる。

「アボニム」

とスマートフォンの向こうから娘婿の声がした。おお、倉洞だな、どこに着いた元気か、とシャツをズボンに入れながら光雄は聞いた。倉洞は、みんなが元気だと言ったが、その声はさして元気ではなかった。

「どこへ着いたんだ」

まだ国を出ていないのです、と娘婿は言った。光雄は慄いた。国を出るときに政府に捕まったか、ブローカーがお金だけ取って姿を消したか。青海の紹介のブローカーなので信用していたのだが。智英は、安定期を迎える前の妊婦である娘は一緒か。

「智英は健康です」

と倉洞は言った。光雄は聞きたいことが沢山あったが、娘婿はスマートフォンを別の人に渡した。スマートフォンを受け取った主は、

「朴光雄、すまないことになった」

と言った。これもまた光雄には聞きなじみのある声で、先日自宅を訪ねてきた青海その人だった。光雄は青海と一緒だと知り少し安心したが、それはすぐに裏切られることとなった。電話を終えた光雄がトイレから出ると、軍人たちは光雄がトイレに駆け込む前と同じ姿勢でトイレを取り囲んでいた。

26　吉田さん（13）

かつて英子が平和の祭典反対を訴えた広場には、すでに多くの女性たちが集まっていた。数は女性に比べると少ないものの男性たちもいた。

木崎洋一が英子とその隣に立っていた辰子に向かって手招きし、前のほうに連れて行った。かなりの数の運営スタッフが忙しく動き回っていて、会の模様は配信される準備がされていた。何らかの組織が動員をかけているのは間違いなかった。

今朝、英子は天候不良で足止めされていた仁川空港から成田空港へ戻ってきた。彼女は空港の駐車場で車の運転席に座る辰子の姿をみつけると親指と人差し指を輪にして交渉がうまくいった興奮を伝えた。ユニスにあのレトルトカレーの商品名を伝えなければならない。

車を西に向かって走らせながら辰子はこれまでのような警備・監視体制ではないと言い、助手席で「平和の祭典」壮行会の模様をスマートフォンで見ながら英子も頷いた。団地の向かいの棟に潜む人たちは増員されるかして、カップ麵の新味を試す余裕は失われているかもしれない。ユニスは日本選手に選ばれた時と同じ赤いジャケットと白いスラックスを着て人々の声援に応えていた。

「木崎さんが御南良の会に潜り込んでいるよ」

と辰子が言った。英子は初めて耳にしたその会の名前を聞き返した。

「ユニスが始めた勉強会だよ。御南良は自由の叫び。会員は握手の代わりに御南良をする」

辰子は会のキャッチコピーを唱えながら説明したが、英子は理解できなかった。辰子は会が先週発足したにもかかわらず4万人近い会員を集めていることに触れ、ユニスが資金源となる組織の神輿に乗せられていると案じた。英子は、ユニスが自分の身を守るために自ら神輿に乗り込んだのだと感じた。

「あんたできる？」

運転しながら辰子は横目で英子を見た。

「自在に、つまり自分の思うままに放屁できる？」

辰子は首を振った。

「木崎さんは？」

「毎日練習してるらしい」


「毎日練習はしていますが」

と木崎は2人に小声で伝えた。やがて平和の祭典の行事を終えたユニスが広場の壇上に現れた。人々は大きな拍手でユニスを迎えた。ユニスはマイクを手に、

「こんにちは、みなさん」

と言ってから放屁した。人々は一層大きな歓声を上げた。ユニスは聴衆に、

「無理に放屁する必要はありません。あなたがたの御南良は聞こえています」

と語りかけた。

「解放の御南良を鳴り響かせましょう」

ユニスの長い放屁が始まった。人々は各々放屁を試み、できないものは口で音を立てて唱和した。英子と辰子は立ち尽くしてそれを聞いた。木崎はなんとか放屁をしようと試みていた。ユニスはロックスターのように、あるいはアメリカの大統領選挙の有力候補のように見えた。配信終了になるとユニスはカメラに手を振り、壇を降りて人々と握手をしながら広場を歩いた。参加者の中にはユニスにプレゼントを渡す人もいて、ユニスはそれを肩にかけたり手に持ったりして英子たちのほうへやってきた。英子にはユニスが自分たちに気づいてくれているのかもわからなかったが、ユニスは2人のところへやってくると手を差し出した。

辰子がユニスの手を握った。2人が手を握るのは中学生の時以来だった。辰子は久しぶりにユニスの顔を見た。ユニスは黒い瞳でじっと辰子を見、力強く手を握ってきた。辰子は力いっぱいその手を握り返した。

次に英子が折りたたんだ紙片を掌に挟みユニスの手を握った。ユニスは英子の目を見て手を握った後、ズボンのポケットに紙片を滑り落とすと、短く御南良をひり、2人を振り返ることもなく、次の人の手を握り、やがて広場を去っていった。

車に戻った2人はしばし黙っていたが、車を走らせている途中で辰子は、ユニスは最初から私では相手にならない候補者だったとつぶやいた。そして彼女がレトルトカレーの商品名を言うだろうかと疑問を口にした。英子はそれには答えず、広場でユニスに千羽鶴を渡す人がいたことについて、

「ああいう人がいてくれたお陰で私たちも紛れることができた」

と言った。ユニスは手渡された千羽鶴をマフラーのようにして歩き去ったのだった。

辰子は車を小学校のグラウンドに面した道に停車し、英子は智子を迎えに車を降りた。その赤い車は智子の教室からもよく見えた。

27　朴さん(13)

波は船を揺らすことを辞めず上下左右に運動し続けていた。光雄は体を船室の床に横たえて、波の運動が静まるのを待ったが、一向にその気配はなかった。まだ東海に面した港を出て1時間も経っていなかった。

光雄がトイレカーの中で青海から連絡を受けたとき、彼が聞いたのは娘夫婦は北に関連する団体によって軟禁されているということだった。そしてその団体は光雄が八百長に応じることがあれば娘夫婦を船に乗せて北へ送ると言っているという。それを青海から聞いたとき、光雄は最初かなり悪どい冗談だと思ったが、いつまでたっても青海は冗談だと言い出さなかった。彼は電話を替わると言った。

「アボニム」

と聞きなれたような声が聞こえた。

「私たちのために、民族のために頑張ってください」

英語の成績は悪かったが国語はとても得意だった智英が明らかに棒読みしていた。光雄は体はいいのか、食べることができているのか、とまくし立てたが、電話の向こうはすでに話し手が入れ替わっていて、

「と、いうことなんだ」

と青海が気の毒そうに引き継いだ。2人は元気なのかと光雄は聞いた。青海は間違いなく健康で3食栄養価の高いものを食べさせていると説明した。食事の代金を夫婦に請求することもないという。

「俺が平和の祭典で勝利したら、娘らは北に送られないいんだな」

と光雄は念押しした。青海はそれは間違いないと答えたので、光雄は平和の祭典は必ず勝利するので娘夫婦を頼むと言った。家族を北に残している青海がいつから北の指令を受けてきたのか光雄にはわからなかった。青海が所属している団体は北との融和政策に反対する団体の一つだったはずだ。

「智英は俺にとっても幼い頃から知っている娘だ」

と青海は言った。彼女のためにも何としてでも勝利してくれ、ともう一度懇願した。「お前は何も悪くない」

と光雄は2度ほど電話口で繰り返した。

「俺がお前の立場でもそうするしかなかっただろう」

光雄は電話を切り、スマートフォンを脇に挟みながらパンツを上げズボンを履いた。きれいな洗面所を素通りし手も洗わずにトイレから出ると護送車に同乗していた外交部の職員に娘夫婦が拉致され軟禁されているとまくしたてた。首謀者は仁川で冷麺の店を出している脱北者で北と繋がっている。国民の敵と言って間違いない。一刻も見つけ出してくれ。

「安心してください。その団体のことはこちらでも把握しています。娘さん夫婦は安全を確保しますから、まずは平和の祭典の選手として責任ある任務を果たしてほしい」

職員はそう言って光雄をなだめた。

つい先ほども外の部屋に待機している外交部の職員に娘夫婦を確保したか聞いたが、団体については泳がせているだけで時間の問題だから安心してくれと繰り返した。光雄はなぜ泳がすのかまったくわからなかった。光雄は在日による共同戦線とも呼ぶべき英子の提案を履行することができなくなったことを知り、持参したクリームを親指に塗った。

28　吉田さん（14）

ユニスは船室の椅子に座り鼻の穴の中一杯に広がる油の匂いと戦っていた。丸い窓の外はたれ込めるような薄暗い雲の下に鉛色の海が広がり、時折海鳥が飛んでいるのが見えた。日本海側の港を出て2時間余りがたっていた。

ユニスは英子から紙片を渡された昨日、団地に戻ってきて自室のトイレで読んだあと、キッチンで燃やした。そこには子どもの頃彼女の塾で何度も目にした英子の字で、光雄との交渉が成立し、合言葉は韓国選手が「ボンカレー」を指定したので、韓国選手に「ボン」と言うよう書かれていた。相手選手は「カレー」と応えるだろうと。部屋のどこかにそのレトルトカレーがあるかどうか調べてみたが、棚の奥から出てきたのは別のメーカーのものだった。自分で購入したことはなく、フードバンクからもらってしまいこんでいたものだろうと思われた。合図に指定されたのが日本のメーカーのレトルト食品の名前であることについては合点がいかなかったが、ユニスに口を挟む余地もなかった。家にある食材、それもレトルトに関しては自分よりも智子のほうが詳しかったが、彼女は英子と辰子と共に東京を脱出していた。

ユニスがこの団地に来て以来、彼女自身が長期間留守にすることはあっても、娘がいないのは初めてのことだった。英子と茨城県の寺で無事に過ごしているだろうか、彼女にとっても団地以外のところに泊まるのは初めてで、ユニスが大航海あるいはツイスターと呼ぶ寝相の悪さを発揮しているだろうか。寺ならば畳の間があるかもしれないが、もしベッドだとしたら転落を免れないだろう。転落した先に柔らかい布でも敷いてあれば良いが、硬い床だと脳細胞のいくつかが死んでしまうかもしれない。そして10歳の彼女が一人で縦横無尽にこの部屋で転がりながら、自分の帰りを待っていた長い日々を思った。

今朝、ユニスは一人目覚めると、トイレの内倒し窓から下を見た。既に黒い公用車が3台小道に停車していた。ユニスは顔を洗い、慣れ親しんだ安価なパンを口に放り込むようにしてから、昨晩用意していたリュックを背負って玄関を出た。風呂場と台所のガス栓もそれぞれ閉まっていることを3度確認した。

階下では団地や近くに住む人々、報道陣などが集まっていて、ユニスの姿を見つけると大きな拍手が起こった。ユニスは手を振りながら、階段を下りきると皆にお辞儀をして、金田が案内する車に乗り込んだ。ユニスの乗った車が動き出すと万歳三唱が起こり、それは車が団地の敷地を離れるまで続いた。

車の助手席に座っていた金田はユニスに智子について聞いた。ユニスは彼女は友達のうちに泊まりに行ったと答えた。金田がなおもどの友達か追求するので、木崎という友達のうちへ泊りに行き、そのうちの家族とキャンプに行っていると説明した。

波は一向に収まらなかった。

ユニスの船室はベッドと机、テレビが備え付けられた個室になっていた。金田やサムレスリング協会副会長は別の部屋を与えられているということだった。協会長は八百長の指示をした翌日から体調を崩し、代わりに副協会長を名乗るそれまで練習で姿を見ることがなかった女性が練習を監督するようになっていた。ユニスは御南良をロングトーンで奏でようとしたが、エンジン音と波音にかき消されてしまった。ユニスはあきらめて床に手をつき、指立て伏せを始めた。

エンジン音が変わりユニスは目を覚ました。椅子に座ったまま眠っていたのだった。ユニスは窓の外を見て、空を覆っていた雲がなくなっていることに驚き、視界の先に小さな島を発見した。それは気候変動により隆起した大きな岩というにふさわしく、両国政府が祭典のために試合会場と船を係留する小さな岸壁、レセプション会場を整備したと聞いていた。船はさらに速度を落とし、向きを変えながら島に接岸した。

29　朴さんと吉田さん（1）

床には赤い絨毯が敷かれ、天井からはシャンデリアが吊り下がり、黒いチョッキをきたサーバントが白いテーブルクロスが敷かれたテーブルの間を回っていた。ホテルの宴会場と見まがう空間がそこにはあり、雇われた楽団はヨーロッパの音楽を奏でていた。バイキング形式の料理にもキムチや寿司はなく、スパゲティやサンドウィッチやソーセージなどが並べられ、両国の外交官と見られる人々やほかの省庁の関係者、政治家、官僚でも政治家でもない人々がいたるところで立ち話に興じていた。

光雄は一人、外交部にあてがわれた背広を着て、空間の隅に立っていた。手には外交部が料理を盛ってきてくれたが今は空になっている皿を持っていて、右手にはこれも空になったワイングラスを持っていた。側にいる外交部の職員が何か取ってこようかとしきりに勧めるのだが、光雄はそれを断った。

パーティーの参加者が声をかけてきたが、通り一遍の挨拶と会話だけしてやり過ごしていた。「調子はいかがですか?」「元気です。絶好調です」「明日は頑張ってくださいね」「もちろんです」というふうに。

日本から来た人々も光雄に声をかけてきて、彼らとも直接会話した。「調子はいかがですか?」「元気です。絶好調です」「明日は頑張ってくださいね」「もちろんです」というふうに。日本人は必ず最後に「日本語お上手ですね」と付け加えた。

光雄は側に立っていた外交部の職員に娘夫婦の居場所を突き止めたかどうか何度も詰問した。そのたびに彼らは警察が努力しているので何も心配はいらないと繰り返した。光雄は会場の隅から移動し始めた。外交部の職員らが付いていこうとしたが、光雄が大きな声で制したので、一部の人々が彼らに注目した。外交部の職員たちは、手の平を広げて、自分たちはここにいるから落ち着いてという意思を示した。

光雄はマッコリも清酒もないがワインの赤白が並んでいるテーブルまで行き、サーバントが注ぐワインを1杯飲み、そのままもう1度グラスを出して2杯飲み、もう一度空にすると3杯飲んだ。それからグラスをサーバントに渡して歩き始めた。

光雄はアルコールが足の指先の毛細血管を巡回するのを感じながら、外交部は北と通じているのではないかという考えに捉われた。かつて冗談で洪秀全に言ったように娘婿も政府の人間だったのではないだろうか。と、そこまで考えて、いや娘婿を疑うのはよくないしそれはあり得ないだろうと思い直し、会場にいくつもあった扉の一つを開けて外へ出た。

そこは薄暗く天井から小さなランプが釣り下がっているような廊下で、数メートル歩くと階段がありそれを降りると突き当りに扉があった。鍵はかかっておらず、光雄は外に出た。

目の前は小さな入り江になっていて、夕日が赤く空を染め上げていた。振り返るとレセプション会場と思われる、崖の上に窓のないコンクリート製の建造物が建っていた。建設費用を抑えたのだろうということはわかったが、この小さな島のためにどれだけの予算が使われたか見当もつかない。

目の前に赤いバケツが置いてあり、底には煙草の吸殻がこびりついていた。ここはこの建物を作った作業員たちの休憩場所だったのかもしれないと思いながら、光雄は懐からスマートフォンを取り出し、智英に電話をかけたが、電話の向こうから彼女のスマートフォンに電源が入っていないということを伝えてきた。光雄は煙草を取り出し、火をつけた。

＊＊＊

吉田ユニスもまたレセプション会場にいた。

彼女は平和の祭典の選手に選ばれてから数多くのパーティーに招かれていたのでそこでの振る舞いにも慣れていたが、この宴会は特別に奇妙なものに感じられた。四角い空間に丸いテーブルがいくつも並んでいるが、どこが中心なのだかわからない。隠れるところはどこにもないのに、たとえ赤穂浪士が討ち入りしても吉良上野介を見つけることができないように思われた。

ユニスは昔図書館で読んだ江戸時代の物語、「忠臣蔵」の面白さがまったくわからなかった。彼女から見れば、物語上の吉良は弱々しい老人で、赤穂浪士はその老人を集団で襲うあまり恰好のつかない団体だった。最初に浅野内匠頭を裁いた幕府は何も変わらず太平の世を謳歌し続ける。赤穂浪士が討ち入るべきは果たして吉良だったのか。

そして広沢選手のことを考えた。騙され裏切者の烙印を押されたとされる広沢選手が、自らの仇を討とうとするならどこへ討ち入ればよいか。日本という国家なのか、当時の首相なのか、経済産業省の担当者なのか、当時経済産業省と手柄を競い合っていた外務省なのか。その誰しもが彼に刃を突き付けられたとき、日本のためにやったことで私の責任ではないと言うだろう。そしてその誰もが一人の個人ごときに仇を打たれるはずなどないと思っているだろう。そして実際広沢選手にも誰にも、彼の仇を討つことなどできはしない。たとえ彼が国会議事堂へ首相官邸へ討ち入ったとしても、議長や首相を討ち取ったとしても彼と彼の家族の平穏な日々は二度と帰って来ない。

ユニスは会場を眺めまわして、自分は彼とは違うと自らに言い聞かせた。前に英子にも主張したが、自分は彼のように生まれた時から日本人であることを無意識に享受してきたわけではない。最初から国家に期待することもないし、裏返せば憎むこともない。生まれてこのかた何年もかけて、ぼんやりしたその巨大なものと戦うために準備をしてきたのだ。そして無策ではない。

ユニスは御南良を一つ小さくひり、歩き出した。近くで会場全体を監視していた金田が、

「どちらへ？」

と聞いたので、煙草だと答えた。金田は「喫煙所は」と説明しようとしてキョロキョロと会場を見回した。この男も家に帰れば良き父良き夫なのだろう。自分の力をひけらかすところのない良い青年で省内でも人気がありそうだが、人を蹴落とすことが得意とも思えないから昇進争いでは最終局面で勝ちきれないとユニスは見ていた。

「自分で探すから大丈夫です」

ユニスは歩き出した。たとえぴたりと傍に張り付いていなくても、さまざまな方法で彼女は監視されているだろう。ユニスは会場の扉の一つを開け、廊下に出た。そこにはアクリル板に囲われた小さなスペースがあり、首からカードを下げた男性たちがたむろしていたが、そこに加わる気になれなかった。ユニスはアクリルを横目で過ぎ、また別の扉を開いた。そこはもう小さな入り江だった。赤いバケツのところで男性が喫煙するのが遠くから見えた。ユニスはそこまで歩い

て行った。

ユニスは男性の前で御南良を短くするとにこやかに、

「こんにちは」

と声をかけた。朴光雄はすぐにユニスに気づき、彼女の放屁については風と波の音だろうと捉えた上で、日本代表選手が先方から挨拶に訪れたのだと思い、笑顔で、

「アニョハセヨ」

と手を差し出した。ユニスはその手を握った。

光雄はアフリカにルーツを持つ女性を目の前にするのは初めてのことだった。光雄の両親は人種差別から逃れるように祖国を目指したが、日本人と同じように朝鮮人にも差別はあり、韓国でも同様だった。自分たちが韓国民に監視されていると思う時もあるし、自らも仁川で働いていた一時期、街にたむろする東南アジアからの出稼ぎ労働者を侮蔑的な目で見ていた。家の近くのビニールハウスで暮らす人たちに対しても敬意を持って接してはこなかった。

目の前にいる女性は自分とは違う星から来た人類であるかのように自分とは異なっていると思え、さらに彼女の全身から漲る迫力を感じ、宇宙人の女王とコンビニの帰り道に遭遇したような緊張に包まれたが、緊張を相手に悟られないように光雄はバケツを両手で持ち上げ、丁寧にゆっくりとユニスの近くに置いて、

「どうぞ」

と言った。ユニスは会釈をして煙草とライターを取り出し、煙草に火をつけながら、光雄の顔

を検め、男性が韓国代表選手であることに気付いた。

ユニスは協会長から韓国の選手は骨太で闘争心が凄くダーティーなプレイも厭わないなどと吹き込まれてきたが、目の前の朴光雄はこの島に流れ着いた枯れた木を思わせた。波は穏やかで、夕日がゆっくりと東の海へと向かっていた。

「小さいね、島」

光雄がレセプション会場を振り返りながら言った。嵐の日の波でそのうち消えてしまうのではないかというほど島は小さく、この島を巡って国と国との争いが起こるとしたら、それは人類の馬鹿馬鹿しさを証明するに相応しいものに思われた。そしてこの島を起点として始まったこのイベントに自分は追い詰められ、英子によるとユニスもまた追い詰められている。人類はウォッカに酔った独裁者に核戦争の危機に晒されたこともあったという一節を光雄は再び思い出した。

「小さいですね」

ユニスは島のサイズに同意してから、

「日本語お上手ですね」

自らが何万回も言われたことを口にした。

「私は川崎生まれ」

光雄が海とユニスを見比べながら言った。

「え、川崎？　私は相模大野です」

ユニスは自分でも驚く勢いで言ったが、光雄の記憶にその地名はなかった。

「町田の境隣で。小田急線です」

ユニスが説明すると、光雄も小田急線は聞き覚えがあったので、

「それは聞いたことがある」

と反応した。ユニスは金田や協会長から光雄が脱北者であることは聞いていたが川崎出身だということは聞いていなかったし、韓国政府やメディアによるアナウンスも耳にしなかった。光雄が公になっていないことを話しているのではないかと思い周囲を見たが、監視カメラはレセプション会場という名の箱の所々に設置されているのが目視できたが、他には2人を見ている者はいなかった。

「小さい頃に家族で引っ越したから」

光雄は相模大野を知らないことについて言い訳した。カジョクという光雄の発語を聞きながら、ユニスも自らの両親と暮らした記憶を元手に光雄の家族、異国を彷徨う家族を、ユニスの家族と似ている、また似ていないだろう家族を、幻視しようとした。

光雄は英子の手紙によってユニスは両親をとうに失くし、娘が一人いることを知っていたが、その娘が元気にしているかというつもりで、

「家族は？」

と聞いた。

「娘が一人います」

ユニスは答えた。聞いた意図からはずれた答えが返ってきたが、光雄は、

「私もです」と言い、「何歳？」と聞いた。

「もうすぐ11歳になる10歳で、小学5年生です」

「私が川崎から引っ越したのもその年頃」

「そうですか、生意気な盛りです」

ユニスは光雄の家族について訊ねた。

「娘さんはもう大きいんですか」

「この前結婚しました」

「おめでとうございます」

ユニスは花嫁を見送る父親としての光雄の姿を、彼の娘が婚礼衣装を披露している姿を思い浮かべ、また自分自身は結婚式をすることもなく父親を招きもしなかったことを思い出していた。

「ありがとうございます」

光雄はお礼を言ってから、娘夫婦の結婚生活への不安も口にした。光雄はユニスに話しているうちに娘夫婦が北の息のかかった組織に、友人に軟禁されているということが現実ではないような気がしてきた。

「うまくいくといいんですが」

「私は子どもが小さい時に別れました」

だから大丈夫ですよ、とユニスは光雄を励ましているような、いないような形になった。

「娘は何カ月かしたら子どもが生まれる」

ユニスはもういちど、

「おめでとうございます」

と言い、光雄は、

「ありがとう」

と言った。

2人は絶海の孤島で、入り江の岩場で吸殻のたまった赤いバケツを挟んで立っていた。波はいつものように勤勉に休むことなく寄せては返していた。ユニスは光雄に日雇いの労働現場で同じ作業に回された人と野ざらしの休憩所で話す時のような気安さを感じたが、光雄もまた工場の裏手できつい仕事の休憩時にお互いの不運を慰めあっているようだと思った。

「いつかうちの団地に遊びに来てください」

ユニスは言った。光雄はしきりにうなずき、

「うちにも来てくれ。約束だ」

と言った。

ユニスは吸殻をバケツに落とし、バケツを抱えると光雄の前に置きなおし、この時間に対する礼を言った。会場に戻る時がきていた。

ユニスは、

「ボン」

と言った。光雄は黙っていた。ユニスは自らの発音が悪かったかと、

「ボン」

とよりはっきりと発語した。光雄はなおも黙っているので、ユニスはレトルトカレーはレトルトカレーでも別の商品名だったのではないかと疑念がよぎり、

「バーモント」

と言ってみた。次いで、

「ククレ」

そして、

「ジャワ」

光雄はユニスが入り江に現れた時から彼女がレトルトカレーの商品名を切り出すかどうか気にしていた。ユニスはもう他にレトルトカレーの商標登録名を知らなかったが、新宿中村屋やこくまろ、カリー屋は明らかに違う。やはりボンに違いない。

「ボン」「ボン」

頼むからカレーと言ってくれ。

「大丈夫。火は燃えないよ」

光雄は言って、バケツを指した。ユニスは光雄に背を向け来た道を引き返した。

「カレー」

大きな叫び声を聴いてユニスは振り返った。光雄はもう一度叫んだ。

「カレー」

太陽が海の向こうへ沈もうとしていた。

30　朴さんと吉田さん（2）

智子は棚に並ぶ無数の本の中から、紀元前564年に生まれ紀元前595年に死んだとされるゴータマ・シッダールタが前世に菩薩だった時のエピソードを集めたジャータカ物語を読んでいた。脇に置いたカバンには団地から持ってきたポケットサイズの古生物辞典などの本が入っていたが、このテーラワーダ仏教の寺院には仏教書籍を集めた部屋があり、智子と英子はその部屋に滞在することになったので、持参した本は鞄に入れたままになっていた。

智子は先刻、この寺の僧侶に差し入れてもらった弁当を英子と2人で食べ、この8畳ほどの図書室に布団を敷いたが、まだ眠るには時間が早かった。昨晩辰子の車でこの寺院に着いた時、智子は自分が知っている寺院と違う鮮やかな色彩の装飾に驚いた。

この寺院は10年前にスリランカ出身の僧侶たちによって建立されたもので、今日の昼間に僧侶たちは智子の右手首にお経を唱えながらオレンジ色の紐を巻いてくれた。それはピリットヌーラと呼ばれるもので幸運を呼ぶのだという。辰子は智子が吉田ユニスの娘であることなどは僧侶たちに知らせていなかったので、智子にはありがたかった。

智子はジャータカ物語の中の「郭公物語」を読み終えた。この物語は托卵でカラスに育てられているカッコウの雛が、育てられている途中にカッコウの鳴き方をしたためにカラスに托卵がばれて殺されるというもので、駄弁を諫める説話だった。托卵とは体温が低く卵を温められないカッコウにとっての生存戦略なので、駄弁を諫めるのはよいとしても、もう少し良い話にできなかったのだろうか。さらにはこれらの物語に出てくる地獄は説教のための人工的なものに感じられた。一方で死後に極楽と地獄があると思わなければやっていけない人のことも理解できた。輪廻や転生や何か大きな物語が、目の前のことに思い悩んでいる自分たちには必要だった。

英子は敷いた敷布団の上に身体を横たえて、本を読みふけっている智子の背中を見ていた。韓国へ渡ってから休みなく動き疲労が蓄積していたが、眠ることもできなかった。ユニスはあのレトルト食品の名前を言ってくれるだろうか。言ってくれるとしたら試合会場で試合の直前だろうか。ユニスの世代でそのレトルトカレーは食べたことがない可能性もあった。違う商品名を口にしてしまうかもしれない。

英子は身を起こして敷布団の脇に置いておいたスーツケースを開き、分厚い茶封筒を取り出した。中身は光雄が書いたという原稿で、光雄の家に行った帰り道、光雄に託された青海が英子に保管を頼んだものだった。英子は固辞したが、青海は自分でうまく保管できるかわからないと懇願した。英子が封筒から原稿用紙を取り出した時、ドアをノックする者があった。英子は急いで原稿用紙を封筒にしまい、スーツケースの奥まったところにしまうと、ドアを開けた。スリランカ出身の僧侶が立っていて、

「日本の政府の人が来てる」

と言った。

＊＊＊

遠くで汽笛の音がした。ここへ来た日には波の音も聞こえていたはずだが、耳が慣れてしまっ

たのか1週間のうちに聞こえなくなっていた。

智英は床に置かれたマットレスに横になっていた。窓もない雑居ビルの1室で倉洞は温かい麺を啜っていた。この6畳ほどの部屋にはユニット式のシャワーとトイレ、真四角の冷蔵庫があり、彼らの荷物とスマートフォンは没収されていたが、食事だけは食べきれないほど開閉式の小窓から3食運び込まれていた。

目隠しをしてこの部屋に運び込まれたために、時折聞こえる汽笛に海が近いだろうということは推測できたが、この場所がどういう場所で周囲に何があるかまるでわからなかった。ただ1日に何度か鳴り響く鐘の音で時間をふんわりと知ることができた。

倉洞はスクワットや腕立て伏せをしたが、それでも3食腹いっぱい食べていたので顔が丸みを帯びてきていた。智英は1日のほとんどをマットレスに横になって眠り、食事もあまり摂らなかった。料理の中のキクラゲをひたすら食べたりもした。時折のっそり起きて排泄した。

智英がマットレスで眠っている間に倉洞は日に2度シャワー室で自慰行為をしていたが、シャワーの水が中々お湯にならず、水量も少ないので、シャワー室を洗い流すのに時間を要した。智英は一度それを見て、セックスレス夫婦の始まりだと咎めたが、トイレに行くのをやめてそのままマットレスに引き返した。明日が平和の祭典であることは食事の回数から2人も知ることができた。

「その小窓から外へ出て、警察署へ駆け込もうかと思う」

どんぶりの汁をすすり終えた倉洞が言った。智英は首を動かして倉洞をじろじろ見、

「あんたはコン・ユではない」

と有名俳優が演じる訓練された工作員ではないという意味のことを言った。しかし倉洞は意に介さず、北はお義父さんに圧力をかけているのだろう、我々がその圧力の原因になってしまったらお義父さんに申し訳ない、自分が警察署に駆け込み連絡すれば彼は安心して戦うことができるだろう。さらに自分は軍隊で脱出の訓練も受けてきたと言い出した。

「義父を救い、国を救うのは今しかない」

平時ならば彼の持つおそらく他者への思いやりか、ただの冗談から端を発した言説に対し寛大な気持ちを持てる智英も今はそのような気分になることができなかった。

あの夏の日、ここを出るのは危ないと言った母を父は無視し、急き立て、母は死んだ。智英は母について初めて死という言葉を口から発語した。その言葉はその狭い部屋の空気にすっと溶けていった。

「俺は正気よ」

と倉洞は言った。ここに留まればやがて北へ送られるのだろう。それならば今何かしなくては。北の収容所はレストランの食事が配膳されることなどあり得ない。

無理が過ぎる、と智英は思った。外へ出て武装した人々が監視していたらその場で落命するだけだ。北へ送られたとしても、その場で殺されるということではないだろう。

「落ち着いて考えてみよう」

と智英は3度言った。倉洞は自分と出会ってからずっと献身的で良いパートナーだった。仕事のようにぶれることなく。彼が、この国が自分に与えた定着のための工業製品だったとしても、それを非難するどころかこれまでの献身に感謝したいと思える。この瞬間倉洞が、お前たち脱北親子と関わったおかげで俺の人生はメチャクチャだ、と怒り喚いてくれるのではないかと期待したが、彼はそうしてはくれなかった。

「彼らは俺たちが逃げ出そうとするなどと思いもしないだろう、だから」

と言って警備が手薄なのではないかと自論を披露し続けるのだった。

「シャワーを浴びたらどうか」

と智英は提案した。シャワーで体を温めリラックスさせ、頭を冷やすのがいい。ついでに自慰行為をするのもいいかもしれない。自分が手伝ってもよいし、手伝わなくてもよい。おぼろげな知識ながら副交感神経と交感神経の切り替えは心身に良い影響があるはずだ。

「それは俺が決めることだ」

倉洞は大きな声を上げた。智英はその声の大きさに、そうだね、と言った。倉洞はむっつりと黙り込み、それからシャワー室へ行った。チョロチョロと流れるシャワーの音を聞きながら、智英はまたマットレスの上で目を閉じた。

31　朴さんと吉田さん（3）

朝が来た。

ユニスは夜が明けるとすぐに船室で目を覚ました。起き上がり、ルーティンとなっていた指立伏せをした。昨日光雄と段取りをつけることができた。あとは素晴らしい演技者となって、2つの国家を欺けばいい。国家が国民を欺こうとしているより上手に。

ユニスは目を閉じ放屁した。彼女の御南良はロングトーンの仕様で船室に響き渡った。上空にはすでにいくつもヘリコプターが飛び回り、島の中心のステージ周りには、多くの人々が立ち働いているのが見えた。一見働いていないように見える人たちも多くたむろしていて、人々の重量で島が沈んでしまうのではないかと思われた。

光雄もまた朝早くに目を覚ましていた。船室のベッドで目を覚まし体を起こしてから、丸い窓から島とは反対側にあたる海のほうを、はるか彼方には半島があるであろう海の波頭を長いこと見ていた。光雄は外交部から渡されたクリームを少量親指に塗ってみた。クリームは試合では禁止されているが、少量ならばよいという説明を受けていた。光雄は長いこと塗っては落とし、塗っては落とすことを繰り返した。

日が上がりきる頃、祭典が始まった。日本の外務大臣と韓国の外交部長官がにこやかに握手し、それぞれの国のミュージシャンがパフォーマンスを始めた。いくつものカメラが設置され全世界に同時中継されていた。近頃アメリカツアーを成功させた韓国の音楽グループの音楽が、船の壁を伝って船室で待機する2人にも聴こえていた。

ユニスの船室をノックしてタブレット型のコンピューターを抱えた金田が入ってきた。金田は簡単に挨拶をしてユニスのご機嫌をうかがったあとで、

「娘さんからメッセージが届いています」

と言った。

「お友達とじゃなくて正確には上の階の方とお寺ですか？　行かれてたんですね、安全の面から私たちがホテルをご用意させていただきました、上の階の方からも色々お話をうかがいました。上の階の方あちら側の方だったみたいですね」

矢継ぎ早に言ってから、金田はタブレットの画面をユニスに見せた。画面にはホテルの一室とみられるところに智子が無理に笑顔を作るようにして立っていた。画面の智子は、

「国のことをよく聞いてお母さん頑張ってね」

と言った。

音楽グループの歌が終わった。光雄はゆっくりとベッドから腰を上げると白いスラックスと青いブレザーに着替え、頭には「カサボーシ」をかぶった。外交部の職員が船室に呼びに来たので、職員の後ろについて甲板に出、島に上陸した。彼の姿に気づいた報道陣から声が上がった。遠く

を見ると、日本船からユニスがタラップを渡ってくるその赤いブレザーが見えた。

両国国旗がはためくステージの脇に小さなテントが2つあり、2人は別々にそこに入った。大会の演出は韓国企業が請け負ったのか日本企業なのか、第三国の企業なのかは2人とも知らなかったが多額の報酬を得ているいることだろう。音楽はいよいよ高鳴り、会場は主役の2人の登場を待つばかりとなった。

外交部の職員が、光雄に屈伸をするよう促した。光雄は黙って立ち上がったが、屈伸はせず、そのまま椅子に腰を下ろした。国際ドーピング協会の協会員がやってきて光雄の尿検査に問題がないことを告げた。彼らは光雄の手をさすりべたつきや湿度を測定した。光雄は2人の男性に手を触られている間も黙ってされるがままになっていたが、彼らは問題なしとして立ち上がり、

「幸運を」

と言いテントから出て行った。

ユニスは椅子に座って虚空を見つめたまま親指を揉みほぐしていた。協会の副会長がやってきて会長の段取り通りにと念押しをしたが、金田はもう何も言わなかった。ユニスは下半身に力を込めたが、辺りに音を響かせることができなかった。もう一度今度は短い御南良をと考えたが音は鳴らない。ユニスの元にも国際ドーピング協会の2人の女性がやってきた。彼女たちもユニスの右手を念入りに調べた。チェックを終えた2人は、

「幸運を」

と言った。

中国系アメリカ人のMCが2人の名前をコールした。ユニスは「カサボーシ」を脱ぐと椅子から立ち上がり、テントを出てステージへ向かった。何台もの灯体がユニスの全身を照らした。ユニスはステージの階段を駆け上がると壇上に立った。光雄も外交部に促され椅子から立ち上がるとテントを出て歩き、ステージへ上がった。2人はステージの中央で再会した。海は凪いでいて、太陽の光を反射していた。島は1艘のいかだのように彼らを乗せていた。2人ともすでに自分が相手を、レトルトカレーの合言葉を裏切ることを知っていた。

タキシードを着たレフリーが2人を中央の小机へと招いた。2人は握手をした。互いの手は大きく血流が良いのか温かかった。レフリーが声をかけ、2人はもう一度右手を差し出し、小指から人差し指までの4本の指でお互いを握り合った。ステージの周りで立ち働いた人々は一斉に動きを止め、静まり返った。レフリーが手を空に向かって上げた。

レフリーが手を下すとすぐに、光雄はユニスの長い親指の第一関節の上に親指を置き地球の重力の中心のほうへ押し込んだ。たちまちレフリーが、中国なまりの英語を話す男性だったが、数を数え始めた。

「ワーン」

ユニスはいきなり抑え込まれ慌てたが、「トゥー」のあたりから落ち着きを取り戻し、「スリー」光雄をじっと見た。光雄は千載一遇の勝機として渾身の力を込めてユニスの親指を押し続けた。

「フォー」

「ファイブ」

ユニスはそれが人々を欺く演技ではなく、自分たちのレトルトカレー謀議を破棄するものだと受け取った。

「シックス」

「セブン」

ユニスに改めて国の言う通りに敗れるか、国に背くかの選択肢が顕れた。

「エイト」

ユニスは光雄の親指を跳ね除け、親指の第1関節を曲げ指先を光雄に向け少し距離を取った。息をするのを忘れていた人々の声が一斉に呼吸を取り戻した。金田は副協会長と目を合わせた。

「吉田さん」

2人は大きな声を上げ、その場に居合わせた人々の多くはそれを「よくやった」の意味で捉えた。各テレビ局のアナウンサーも、

「命拾いしたという表情ですね、日本側」

と解説した。

2人の指が改めて小競り合いを始めた。何台ものカメラが2人を、2人の右手に向けられ、彼らの指が中継されていた。日本も韓国もほとんどのテレビ局が中継し、テレビのない人々は配信で中継を見ていた。両国の人々の見る画面は絶え間なく動く親指で埋め尽くされた。

短く長い時間が流れ、2つの指は一進一退を繰り返した。骨と皮がこすれ軋む音が、何本ものマイクによってあますことなく全世界に伝えられた。このままでは引き分けになると両国の関係者が思った時、ユニスは光雄を抑え込んだ。

泣くように、笑うように、アメリカ人が声を張り上げた。国家に背くのなら国家に否定できない成果を上げる必要があった。2人の謀議によらず引き分けになっても、国はあらゆる事柄から2人の八百長をでっちあげるだろう。

「ワン」

「トゥー」

「スリー」

「フォー」

光雄は親指を引き抜こうとしたが、ユニスの親指と人差し指に挟まれて動かない。光雄は一度脱力し、降り注いでくる大きな力をカサカサの皮膚とその上に塗ったクリームでそらそうとした。この親指から逃げることができなければ、娘夫婦のいう通り自分は国に住むことができなくなるだろうし、身重の娘と娘婿はどうなるのか。光雄は脱力して行き場を失ったかにみえたユニスの親指を弾き飛ばそうと全力で力を入れた。しかしユニスは依然として絶望的な力で光雄の親指に覆いかぶさったままだった。

「シックス」

「セブン」

ユニスはがっちりと光雄の親指を押し続け、光雄の苦しんだ顔を見た。光雄の親指は枯れ木の印象を一層強くし、ユニスの人間という動物の親指で折れるのではないかと思われた。ユニスは枯れ木を押し続けた。

光雄は自分の指がもはや自分のものではなく、砂漠に置き去りにした死体のように感じた。やがてその砂漠は中国東北部のあの町に姿を変え、李恵英が路地に横たわる姿を光雄に示した。国情院にいたあの女は誰だったのか。あれもまたあの町に置き去りにされた李恵英だったかもしれない。

「エイト」

「ナイン」

今指を離せば、英子の言う通り引き分けとなる。光雄と彼の家族が国で虐げられることもないだろう。しかし引き分けでユニスと智子は本当に無事か。政府の八百長を拒否する以上勝利しなければ民衆の援護を受けられないのではないか。何よりも、勝てば全てが手に入る。

ユニスは親指を離さなかった。

アメリカ人が、

「テーン」

と言い、鐘を打ち鳴らした。

ユニスには体の奥底から勝利の興奮が沸き起こった。自分を負けさせようとする日本政府の思惑を完全に打倒した。自分の敗北を願う国内のレイシスト達を打ちのめした。勇ましいことを言う卑劣な連中が何万人束になっても成し遂げなかったことを成し遂げた。英子との約束は、果たせなかったが、謀議を守らなかったのは光雄だった。智子との生活を守るためにもこれが最善だったのだ。敗北した広沢長彦と違い勝利した自分を政府が罰することも民衆が襲うこともできないだろう。

向かい合って握手をした時に、ユニスは光雄の姿を見た。試合の前に比べても、光雄の体は小さく細くなってしまったように感じられた。勝者は敗者を憐れむべきではない、と感じながらユニスは光雄に、

「あなたの家族は守ります。日本へ来てください」

と小さな声で言った。白々しく聞こえても構わなかった。自分は確かにそれをするだろう。光雄はユニスの手を握り返したが、ユニスの言葉にはまったく反応を示さなかった。彼は自分は敗北には慣れていると思ってきたが、今回の敗北はそれらとはまた別のものだった。握手をした後ユニスに背を向けると、平然とした足取りで自陣テントまで歩いた。出世の道が閉ざされたであろう外交部が悲壮な顔で光雄を見ていた。大統領は退陣だろう。外交部の中でも、与野党でも足を引っ張り合った結果がこれだ。

俺を選手に選んだことを含め、国民に懺悔するべきは役人と政治家たちだ。光雄はメディアのカメラの前を足の裏の感覚をまったく感じることなく通り過ぎた。今やすべてが現実を失っていた。とにかく、家へ、いやまずスマートフォンを取り戻して、娘たちのところに行かなくてはならない。そこに現実が残されているはずだ。

ユニスもまた光雄に背を向けて自陣テントへ体を向けた。テントの前で金田が憎しみの目をユニスに向けて立っているのが見える。プロジェクトを上役との打ち合わせ通り進めることができなかった彼の昇進は見込めないだろう。彼の夜遅くまでの勤務、それに伴う妻子への負担、それらは報われることがなくなったのかもしれない。ユニスは金田とその傍に立つ副協会長の視線をまっすぐ受け止めて歩いた。私はあなたたちの昇進を阻んだことには同情するが、私を恨むのは

お門違いだ。金田の前までやってくると、

「娘と話をさせてください」

とユニスは言った。金田は言葉を絞り出すように、

「まずは記者会見がありますので」

と言った。

自陣テントの中には記者会見の場が設営されていた。ユニスは白い壇の上に上がると拍手する記者たちに右手を挙げ、集まっている記者たちを見回した。御南良の会のメンバーと思われる記者の顔も見える。兼原が以前ユニスに、御南良の会メンバーをスタッフや関係者の中に多数紛れ込ませておくと言っていた。司会の女性が、勝利おめでとうございます、と言ってから感想を求めた。ユニスは息を吸い込むと長い長い御南良を発してから、ゆっくりとマイクを握った。

「日本に住むみなさん、応援ありがとうございました。皆さんのおかげで貴重な経験をさせていただきました。本当にありがとうございました。また相手選手であった朴光雄さんに惜しみない拍手をいただければと思います。今の日本の前身である大日本帝国は現在の朝鮮半島を統治下に置いた時代がありました。朝鮮半島にルーツを持ち韓国を代表する朴光雄選手が今日この場に来るのは私以上に大変な葛藤や重圧があったはずです。しかし両国の平和のために勇気を持ってこの場所に立ち試合をしてくれました。敬意と感謝を伝えたいと思います」

司会の女性は記者の質問を募り、多くの手が上がった。大手新聞社の記者が指名され社名と自分の名を名乗った。

「これからの吉田選手はこの日本でどのようにやっていかれるのでしょうか。吉田選手が顧問に

名を連ねる御南良の会というグループが政党登録をしてすでに6万人の党員を集めていると聞いています」

「今はまだこの平和の祭典が終わったばかりでこれから考えたいと思います。もし私がこの国に生きる人たちの役にまた立てることがあるなら前向きに考えたいと思っています」

別の記者は聞いた。

「いま改めて日本はどのような国を目指すべきだと思いますか」

「日本は閉鎖的な島国だと言われることが多いですが、じつはそんなことはありません。私も私の家族もこの国で多くの助けてくれる方のお陰で生きることができました。これからも国籍や人種性別にかかわらずそこに住む人々が安心に暮らし活躍できる国であり続けることを期待しています。日本は神の国ですが、日本だけが神の国なわけではありません。神の国でない国はないかもしれません。互いの神を尊重しあって生きていきたいと思います」

最後にまた別の記者が聞いた。

「日本に、ここも来年から日本なのですが、日本に戻ったらまず何をしたいですか」

「東京に戻ったらまず娘に会いたいですね。娘にはこれまで大変な負担をかけてきまして、まず娘とゆっくり過ごしたいと思います。それから私の家の近くに住む在日コリアンの恩師に会いたいと思います。会って美味しいものを食べてくだらない話をしたいですね。子どもの頃からの友人にも会いたいですね。私自身の卑屈さから避けていた才能ある友人に会いたいと思います。そして新しい仕事、自分にできる仕事を見つけて働きます。一日一日を大切に過ごしたいと思います」

ユニスは、

「日本に住む皆さん、ありがとうございました。これからもよろしくお願いします」

と言って会見を締めくくると、また長い長い御南良をした。大きな拍手がテントの中に響き渡った。そしてもう一度右手を高く上げるとテントを出て船へと続く道を歩いて行った。

32　広沢さん（2）

窓から見える景色のすべてが雨で煙っていた。

東海地方のそのサービスエリアはお昼時、客で賑わっており、広沢栄治はカウンターでカツカレーを受け取り、席に座った。劇団に入って以来、移動の時に栄治は決まってカツカレーを、カツカレーがなければカレーではなく醤油ラーメンを食べていた。早く食べ早く排泄することを今や得意とする栄治だが、移動中の食事はゆっくり摂りたい、ポケットからスマートフォンをテーブルに置いて集合時間を確認した。スマートフォンの画面には「吉田ユニスさんの捜索を終了した」という記事が流れてきた。

平和の祭典が終わった日、吉田ユニスが祝勝会の酒に酔って帰路船から落ち、その後の懸命の捜索の甲斐なく行方不明になっていることは栄治も知っていた。真夜中、酒に酔ったユニスがふらふらと船室を出る姿は監視カメラに記録されており、世界中で視聴された。

「見つからなかったんだね」

隣の席に座っていた劇団座長渡良瀬川龍太郎の娘・田中香子が栄治の画面を見て言った。

記事では日本代表選手として勝利したユニスを称えるために首相は国葬を検討し、今のところ野党含む全議員が賛同しているという。吉田には小学5年生の娘がいることも簡単に報じられた。そして娘を誘拐した容疑で同じ団地に住む韓国籍の女性とその仲間の女性弁護士が逮捕されたことも伝えていた。あの時の2人組だ、と栄治は思った。怪しいと思っていた。国のやろうとすることに反対するような奴はろくなものじゃない。

「韓国の選手の家も火事になったんだってね」

田中香子が言った。栄治はそれには答えず、カツを丁寧にスプーンの先で切り分けてから、ルウと絡ませ口へ運んだ。あれも季節は同じだったか、あの日、父の実家が燃える炎を見た。たしかに見たはずだが、その後の記憶は朧げで、気が付いたら栄治は渡瀬川龍太郎の楽屋で化粧道具の匂いの中にいたのだった。

2人は、父と母は、あの時死んでしまったのか、それともどこかに。ロシアにはいると思わなかった。父はロシア語は「ダスヴィダーニャ（さよなら）」しか覚えていなかったし、同時にスペイン語で「アディオス」も中国語で「ツァイジェン」も言えた。もし2人が生きているならいつか劇場の客席に姿を見せるだろうと考えてきたが、今に至るまで発見できなかった。小学生の学芸会で主に植物を演じた自分が、国定忠治やりゃんこの弥太郎を演じているのを見たら驚くだろう。

食事を終えた田中香子が立ち上がって放屁した。栄治が驚いて彼女を見ると、平然と「御南良だよ」

と言った。

「そうだった、そうだった」

栄治は自分が世の中の動きに疎いことを恥じた。

栄治は食べ終わると、食器を返却し、サービスエリアの中を歩いて、土産物エリアで物色している渡良瀬川龍太郎を見つけると、

「座長」

と呼び止めた。

「吉田ユニスの娘を一座に迎え入れたいのですが」

渡良瀬川龍太郎はちくわの包みを手に持ったまま露骨に嫌な顔をした。吉田ユニスの娘と自分を重ね合わせたのだろうが、2人の事情は全く違うはずで、飛躍が過ぎる。興業の起爆剤になる可能性もなくはないが、本人がやりたいと言うとも思えずまったく現実的でない。師匠の顔に栄治はひるんだが、なおも、

「親がなくとも子は育つんです。でもファミリーは必要だ」

と明るく言った。

「聞いてみろよ。ご本人に」

渡良瀬川龍太郎は嫌な顔はそのままにちくわをもう一つ手に取ると、ぷいっと背を向けてレジのほうへ行ってしまった。


「日曜日に市場に出かけ」

栄治は気が付くとトラックの助手席で「一週間」をつぶやくように歌っていた。

「糸と麻を買ってきた」

テュリャテュリャテュリャテュリャテュリャテュリャリャ。運転席の香子もハンドルを握りながら唱和した。テュリャテュリャテュリャテュリャテュリャリャ。樹脂製のタイヤが雨に濡れたアスファルトの上で回り続けトラックを走らせた。

＊＊＊

国葬の日は晴天だった。

最寄駅から人々が列を成し、武道館にたどり着くまでにセレモニーが終わってしまうのではないかと思われた。栄治はどこまでも長く続く人々の列に嫉妬し、自分が興業の世界に染まっているからだと気づいて苦笑した。平日で休演日だったので、ここに来ることができたが、もし休演日でなくともここに来るつもりだった。列は献花台まで続いていて、そこでは人々が記帳していた。栄治は劇団の太客から手に入れた招待状を持って、献花台を追い越し武道館へと入った。

内部は大量の花で飾り立てられ、中央に大きな吉田ユニスの写真が掲げられていた。その写真は広告で多くの人が目にしたものだった。花壇の左右にはモニタがあり、会場の様子が映し出されていた。喪服を着た人々で埋め尽くされた会場の中で、栄治は吉田ユニスの娘智子を探そうとしたが、彼女がどこにいるのかわからなかった。官房長官の司会の元、首相や衆参両院の議長、最高裁長官の追悼の辞が行なわれたあと、参列者による献花が行なわれたが、智子と思われる子どもを見つけることはできなかった。

終盤に長い髪をした長身の黒人女性が舞台正面に立った。人々はざわめき、栄治は吉田ユニス本人が現れたのではないかと思った。吉田ユニスは酒に酔って船から落ちてなどいなかったと。だが彼女は本名である果てしなく長い名前を名乗った後で、今日から2代目吉田ユニスを襲名し、御南良の会の副代表に就任すると宣言した。

「吉田ユニスは不滅です」

彼女の言葉に人々は拍手を惜しまなかった。２代目吉田ユニスは御南良の代わりに口で、「ぷうー」と言い、黙とうした。栄治が驚いたことには会場のあちこちから「ぷうー」という声が起こった。御南良をするものは一人もいないように思われた。

栄治はその時堰を切ったように激しく嗚咽した。なぜ嗚咽したのかわからず、そのまま武道館を出た。明るい日差しの中に出ても栄治は嗚咽し続けていた。献花台で記帳する人々も目に入らなかった。何年もの間思い出すことのできなかった母と父の声がはっきりと聞こえた。彼はそのままどこまでも歩き続けた。

33 朴さんと吉田さん（4）

波は飽きもせず繰り返し穏やかに浜辺に打ち寄せていた。朴英子と吉田智子は久しぶりに英子の借りたレンタカーで、三浦半島の付け根にある浜辺へ来た。冬の浜辺は時折犬の散歩をする近所の人以外はほとんど誰も歩いていなかった。随分前に来たときと同じように英子は一番小さな車を借りて、その車をハンドルをしっかり握って下道でここまでやってきた。

英子は2週間ほど拘置所で過ごした。迎えに来た甥が現れた時、英子がしなければならないことは智子を探し出すことだった。英子は智子の法定後見人となっていたが、自身が拘置所にいる間に児童相談所に送られてしまったのではないかと焦っていた。英子は同時に拘置所から出てきた辰子と、智子を探した。智子は政府機関にホテルに匿われたあと、御南良の会に引き渡されたという情報をつかんだ2人は、都内屈指の繁華街の裏通りにある会の事務所を訪ねた。大きな来賓室に通された2人はそこで兼原に面会した。

「吉田ユニスさんの死は日本の大きな損失でした」

兼原は悲痛な顔をした。そして、

「吉田ユニスさんの遺志を私たちは継いでいかなくてはならないと思うんです。吉田ユニスさんの死を無駄にしてはなりません」

と続けた。

「智子さんをゆくゆくは3代目吉田ユニスとして擁立するために私たちの会で引き取らせていた

だきたいのです」

兼原は辰子のほうを見た。

「布施先生は選挙に出馬されるご予定だったのですよね。今回は間に合わないかもしれませんが、御南良の会としてお力を添えさせていただくこともできるかと思います」

英子は、

「智子ちゃんに会わせてください」

と言った。彼女の意思を問うのはあとでよい。彼らは智子に吉田ユニスの遺志はこうだと彼らの正解を説き続けるだろう。今の智子に必要なのは元通りの暮らし以外にない。元通りに団地に住み、元通りに学校に通い、元通りに。もう元通りにならないことは英子にもわかっていたが、それに少しでもほんの少しでも近づける義務が自分にあると思った。

しばらくして部屋に智子が現れた。2人は、3人は抱き合った。

「本当にあの団地に帰るのですか?」

と兼原は言った。

「もちろんです」

と言う英子に、兼原はお金を差し出そうとした。英子はこれを断った。

衆院議員選挙では御南良の会が大躍進を遂げた。

2代目吉田ユニスは会の共同代表としてもちろん当選した。辰子も御南良の会の選挙協力を得、また初代吉田ユニスの親友という触れ込みで当選を遂げていた。英子は朴光雄のことが気がかりだった。光雄の家が放火されたあと、北のスパイだったとして彼を北へ送り返せと叫ぶ人々がいたと英子はニュースで知った。しかし一方で大学生を中心に光雄は国家の犠牲になったのだと、彼を擁護する運動が生まれたことを知った。韓国に住む知人の情報では、青海も光雄の娘婿も行方不明だが、光雄は燃えた家の隅にプレハブを建てて仮住まいしているという。彼の娘はどうしているだろうか。

拘置所から出て英子は「郭公の物語」を読み終えた。物語の終盤、郭公こと郭光雄はサムレスリングの試合に出場し、日本選手を打ち破る。祖国の英雄となって凱旋するが、死んだ妻の亡霊が郭の家を焼き払う。郭光雄は海外に移住し、小さな町の小さな家で畑を耕しながら暮らす。その町には平和の祭典で敗れた日本人選手の与田も亡命してきていて、彼女が勤めるドラッグストアに光雄は時折買い物に行くのだった。

――「郭光雄さん、今日はどちらへお出かけですか」

といつものように与田が私に声をかけた。私は大きな町の空港に行くのだと言った。「またどこかへ行くのですか」

と彼女が聞くので、私は知り合いを迎えに行くのだと答えた。それから私は彼女からカードのレシートではなく現金でお釣りを受け取ると、購入したレトルトカレーをバイクのかごに入れて空港へ向かった。大きな真新しい空港の到着ロビーで、大きな窓から入ってくる日差しの中で私は居眠りをした。遠くから私の家族が歩いてくる、その足音が聞こえた。――

「恐山に行ってみようか」

砂浜を歩きながら智子が言った。彼女は団地に戻ってきてからすぐに学校へ通った。英子と朝夕の食事を共にし、カンブリア時代の図鑑に親しみ、木崎葉子と宇宙人と古代文明について見解を述べ合い、団地の公園でキックボクシングのミット打ちをした。ユニスが収容施設に入れられている時と同じように。違うのは母が強制送還されてしまうということは永遠にないということだった。

向かいの棟のあの2人はいなくなっていたが、英子のもとに英子とユニスが階段で口論している写真を送ってよこした。本来ならば機密に属する写真だということだがもう不要になったのでお渡しすると添えられていた。ＳＤカードも同封されていて、その時の2人の会話が録音されていた。その録音を智子は繰り返し聴いた。

「行ってみようか」

砂浜を歩きながら英子が応えた。

「やっぱりやめとこう」

と智子が言った。

「英子さんの運転は怖いから」

貝殻が細かく砕かれて砂になったその上を2人が歩いた。

34　木崎さんと田中さん

その軽ワゴンは時折エンジン音にズズという異音を混じらせながら坂道を登っていた。

スマートフォンの電波は先ほどからとぎれとぎれになっていて、もし助手席に座る木崎洋一の手に紙製の地図が握られていなかったら2人はどこを走っているか皆目わからなかっただろう。道の両側の森は深いが、道路だけは立派なアスファルトが敷かれて、鹿がイタチが狸が、時折物珍しそうに車を眺めた。窓は先ほどから開け放たれていたが、それは車のエアコンが壊れていたからで、もう9月だというのに車の中も外も温度が40度近くあろうかと思われた。

運転席ではこの車の主、田中昭一がハンドルを握り道の先を凝視していた。車の後部座席は相変わらず田中昭一の住居であり、住人の衣類やインスタント食品の匂いが車内にムッと充満していた。

「ゴルゴダの丘で死んだのはキリストじゃなかったという説があるそうですね」

ずっと黙っていた木崎が口を開いた。

「どう思いますか」

田中昭一は一度ゲップをしただけで道の先を見たまま何も答えなかったので、木崎はもう一度繰り返した。キリストはゴルゴダで死んでいなかった、キリストが観衆の中に身をおいて磔にされる影武者を見ていた、としたら。

「いや、何も」

田中昭一はもう一度ゲップを挟みながら答えた。キリストが磔にされていなかったとして、それがどうしたというのだ。人々が生贄を求めたことだけが事実であとはどうでもよいように思われた。生贄にされた者の友人にとってはその限りではないだろうが、彼らのことは文字にも歌にも残っていない。木崎は口をつぐんで道と地図を見比べた。

「ゲップなら売るほど出るんだが、おならはあまり出ない」

田中昭一が言った。木崎は途中に挟まれたゲップのせいか聞き取ることができなかった。田中は繰り返すことはせず、

「ゲップとおならは出るとしたらどちらが体にいいんだろうか？」

と聞いた。木崎は少し考えていたが、やがて、

「場合にもよると思いますが、どちらかと言うとおならのほうじゃないでしょうか」

と答え、

「先ほどから沢山してらっしゃいますね。病院にはかかってらっしゃいますか」

と田中の身を案じた。田中はそれは無視して聞いた。

「あなたは御南良の会員なの」

「今は違います」

木崎は御南良の会については結成後いち早くその集会を取材し、この数年の同会の政界での躍進を見てきた。健全な家庭を求める家庭法の推進、大国への従属強化などで支持を広げ連立与党の最大勢力として、２週間後には2代目吉田ユニスが首相に就任する見通しだ。天照大神は黒人女性だったという説も巷間定着してきた。初代吉田ユニスの親友として最初は会の要職に迎えら

れた布施辰子は、御南良の会の方針に反し除名されていた。彼女は除名された議員たちと新しい政党を結成しようとしたがうまくいかず政界に復帰できていない。御南良の会員たちは今では誰も放屁しなくなっていた。山道のカーブが激しくなると田中はゲップを何度も繰り返した。

やがて森の木立の間から、草に覆われた広い土地が見えてきた。軽ワゴンは坂道をそのまま進み、草原へ出た。錆びついた門を通り過ぎると赤い屋根の牛舎とコンクリ造りと思われる2階建ての建物が建っていた。

田中は車を建物の前に停車した。牛舎の屋根の塗装は剝げ、建物にもどこにも人の気配は感じることができなかった。見渡す限り草原にも牛は見当たらない。鹿の糞が建物の周りに敷き詰められ、今は彼らがここの主であることを示していた。田中は車から降りるとカップラーメンやお菓子の袋に埋もれた後部座席から猟銃を取り出し、それを見た木崎は、

「何ですか」

と咎めた。殺すために来たのではない。確かめに来ただけだ。田中は2度ゲップをしてから、猟銃を元に戻した。2人は牛舎に入った。牛はどこにもおらず、動物の糞尿の匂いがかすかに漂う。

2人は牛舎の外に出た。草原とは反対側のほうに回ると白い柵が壊れたところがあった。子どもの背丈ほども伸びた草を踏み歩くと、壊れた柵の先に窪地があり、牛が1頭体を横たえているのが見えた。2人は慎重に足場を選びながら窪地へ降りて行った。鼻腔を破壊するような匂いが襲ってきたが、鼻を手で抑えながら底まで降りた。

足のほうが白骨化した牛が2人に足を向けて横たわっていた。2人は頭のほうへ回った。目を閉じた顔は自分たちに似ていると2人は思った。牛は何も喋らなかった。

参考文献

『放屁論（日本の名著22 杉田玄白 平賀源内 司馬江漢）』平賀源内・楢林忠男訳（中央公論社）
『放屁という覚醒（人類学的放屁論のフィールド1）』O・呂陵（世織書房）
『脱北者たち北朝鮮から亡命、ビジネスで大成功、奇跡の物語』申美花（駒草出版）
『ルポ 入管―絶望の外国人収容施設―』平野雄吾（筑摩書房）
『海を渡った故郷の味』（認定NPO法人難民支援協会）
『日本に住んでる世界のひと』金井真紀（大和書房）
『在日韓国人になる―移民国家ニッポン練習記―』林晟一（CCCメディアハウス）
『フォト・ドキュメンタリー 朝鮮に渡った「日本人妻」―60年の記憶』林典子（岩波書店）
『真説・長州力 1951～2018』田崎 健太（集英社）
『日本に生きる北朝鮮人―リ・ハナの一歩一歩』リ・ハナ（アジアプレス出版部）
『生きるための選択―少女は13歳のとき、脱北することを決意して川を渡った―』パク・ヨンミ・満園真木訳（辰巳出版）
『暗闇のトンネル』川崎栄子（パブフル）
『跳べない蛙―北朝鮮「洗脳文学」の実体―』金柱聖（双葉社）
『北朝鮮人民の生活―脱北者の手記から読み解く実相―』伊藤亜人（弘文堂）
『脱北、逃避行―NGO日本人青年の脱北者支援活動と中国獄中243日―』野口孝行（新人物往来社）
『北朝鮮の子供たち―脱北少年が見た〝楽園〟の真実―』カン・ヒョク・檜垣嗣子訳（文藝春

秋）
『北朝鮮のリアル―住民・脱北者の証言から読む金正恩体制の明日―』チョ・ユニョン（東洋経済新報社）
『自由を盗んだ少年―北朝鮮悪童日記―』金革・金善和訳（太田出版）
『脱北者―命懸けの脱出と今を追う―』崔淳湖文・写真　高橋宣壽訳監修（現文メディア）
『冷たい豆満江を渡って―「帰国者」による「脱北」体験記―』梁葉津子（ハート出版）
『囚われの楽園―脱北医師が見たありのままの北朝鮮―』泰炅・川﨑孝雄訳（ハート出版）
『在日』姜尚中（集英社）
『在日一世の記憶』小熊英二編・姜尚中編（集英社）
『在日二世の記憶』小熊英二編・高賛侑編・高秀美編（集英社）
『「在日コリアン」ってなんでんねん？』朴一（講談社）
『脱北者を待ち受ける韓国での新たな抑圧と偏見の壁』（ＡＦＰＢＢ　Ｎｅｗｓ）
『脱北者の漫画家が描く南北ギャップがイタい』神谷毅（朝日新聞ＧＬＯＢＥ＋）

参考映像
『ワタシタチハニンゲンダ』監督・高賛侑
『アリランラプソディ』監督・金聖雄

執筆にあたり多くの方にご協力いただきました。厚くお礼申し上げます
この物語はフィクションであり、実在の団体・個人とは何の関係もありません。

[著者]
佐々木 想（ささき・おもい）
山口県旧豊浦郡出身。演劇を流山児祥に師事。監督作品として長編映画『鈴木さん（2022年公開／第33回東京国際映画祭）』、短編映画『サトウくん（2017年公開／第9回沖縄国際映画祭）』がある。本作は著者初の小説にして「名前シリーズ」最終章。他に『隕石とインポテンツ（2013年公開／第66回カンヌ国際映画祭短編コンペティション）』など。

装丁………足立友章
DTP制作………REN
編集協力………田中はるか

朴さんと吉田さん

発行日❖2024年4月30日　初版第1刷

著者
佐々木想

発行者
杉山尚次

発行所
株式会社言視舎
東京都千代田区富士見2-2-2　〒102-0071
電話 03-3234-5997　FAX 03-3234-5957
https://www.s-pn.jp/

印刷・製本
モリモト印刷（株）

ISBN978-4-86565-273-4　C0036